Scarlet
스칼렛

Scarlet

스칼렛

Hospital

He

She   SCARLET ROMANCE STORY

서은진 장편 소설

병원에는 그들이 산다

목차

프롤로그

의대생 시절, 카데바(cadaver, 해부용 시신) 실습을 기점으로 자퇴한 그곳은 7년이라는 세월에도 불구하고 여전히 변함없는 모습으로 경은을 맞이했다.

끝없이 이어지는 복도와 높은 천장은 황폐한 공동(空洞)을 연상시켰고, 환하게 켜진 형광등은 오싹함을 불러일으켰다. 복도 끝에 서 있는 해골도 특유의 존재감으로 그녀를 압박했다.

건물의 모든 것들이 경은에게 공포로 다가왔다. 생각 같아서는 걸음아 날 살려라 뒤도 돌아보지 않고 도망가고 싶은데 그런 그녀의 생각과 달리 경은의 몸은 자꾸만 앞으로 나아가 급기야는 해부학 실습실 앞까지 다다랐다. 마치 무엇인가가 그녀를 실습실로 이끄는 것 같은 기분에 경은은 소름이 돋았다.

하지만 그렇다고 도망갈 수도 없었다. 몸을 돌려 이곳에서 빠져나가려는 생각만 하면 발은 천근만근 무거워지고 몸은 뻣뻣하게 굳어진다. 뒤돌아 빠져나갈 수도, 그렇다고 그 자리에 서 있을 수도 없는 상황 속에서 경은은 한참 동안 주저했다. 하지만 결국 그녀가 할 수 있는 선택은 하나뿐이었다.

입술을 질끈 깨문 경은이 실습실 문을 열고 그 안으로 들어갔다. 실습실 안에서는 수십여 구의 태아 표본과 인체장기 표본들이 자리하고 있었다. 금방이라도 유리병을 깨고 나와 그녀에게 달려들 것 같은 모습에 경은은 기분이 오싹해졌다.

그녀는 양팔로 몸을 감싸고 표본들을 보지 않으려 애쓰며 앞으로 걸어갔다. 한 걸음, 두 걸음, 세 걸음…… 열 걸음, 열한 걸음, 계속해서 안으로 들어가던 경은은 잠시 후 카데바 한 구를 발견했다.

카데바가 안치되어 있는 캐비닛의 뚜껑은 열려 있었고, 카데바를 덮고 있는 하얀색 PVC비닐도 오픈되어 있었다. 내내 겁먹은 모습이던 경은의 얼굴에 변화가 일어난 것은 바로 이 광경을 본 직후였다.

냉장 보관되고 있는 카데바를 공기 중에 오픈시키면 부패가 시작된다. 기증자는 자신의 몸이 의학계의 발달을 위하여 숭고하게 쓰이길 바라고 기증을 한 것이지 함부로 다뤄서 쓰레기처럼 버려지기를 바라서 기증한 것은 아닐 것이다.

의사로서의 무게를 견디지 못하고 의대를 뛰쳐나온 경은이라고 해도 기증자의 시신이 존중받아야 한다는 사실은 알고 있다. 크게 숨을 들이마신 경은이 캐비닛의 뚜껑을 닫기 위해 카데바를 향해 한 발 앞으로 나아갔다.

가까이에서 본 카데바는 검푸른빛을 띠었고, 그것은 그로테스크한 매력과 함께 본능적 두려움과 긴장감을 자아냈다. 성별은 남자, 20대 후반에서 30대 초반으로 추정되는 그는 살아 있었을 때 꽤 인기를 끌었을 거라고 생각될 정도로 잘생긴 외모였다. 하지만 경은의 눈을 잡아당긴 것은 그의 외적인 부분이 아니었다.

"어라?"

뚜껑을 닫으려던 경은이 멈칫했다.

"……뭐지?"

그녀의 미간이 찌푸려졌다.

콕 찍어 뭐라 말할 수는 없지만 무엇인가 이상했다. 검푸른 피부며 꽉 감긴 눈과 입술, 단단하게 경직된 몸은 모두 그녀가 알고 있는 카데바와 다를 것이 없지만 그럼에도 이 카데바에는 뭔가 그녀의 신경을 거슬리게 하는 부분이 있었다.

경은은 들고 있던 뚜껑도 놓고 골똘히 그를 바라보았다. 하지만 아무리 보아도 이상한 점을 찾을 수가 없었다.

"기분…… 탓인가."

경은이 꿍얼대며 입술을 달싹였다.

더 부패하기 전에 뚜껑을 닫아 공기와의 접촉을 막아야 하는데 카데바에서 느껴지는 무엇인가가 경은의 행동을 막았다.

어떻게 해야 하나, 경은은 카데바와 뚜껑을 번갈아 바라보았다. 그녀는 수십 번도 더 그녀의 마른 입술을 축였다. 그리고 결심했다.

"뚜껑이나 닫자."

아무리 봐도 뭐가 이상한지를 모르는 상황이니 본래의 목적이라도 달성하는 것이 맞았다. 그렇게 경은은 캐비닛을 닫으려고 했다. 하지만 뚜껑을 거의 다 닫아 갈 무렵, 그녀는 지금까지 계속해서 그녀를 신경 쓰이게 하던 이상한 점이 무엇인가를 깨달았다.

"어? 냄새!"

경은이 짧게 소리쳤다.

카데바는 보통 시신을 포름알데히드에 절여 부패를 막는데 그녀의 눈앞에 있는 카데바에서는 아무런 냄새도 나지 않았다.

"말도 안 돼!"

뒤늦은 깨달음에 경은은 뚜껑을 닫는 것마저 잊고 카데바를 바라보았다. 멀리에 있어도 코를 찔러 숨도 못 쉬게 만드는 냄새가 왜 안 나는 거지? 경은의 눈이 황망해졌다. 카데바가 갑자기 눈을 뜨고 그녀의 손목을 잡아챈 것은 바로 그때였다.

"까악!"

비명을 지른 경은은 카데바의 손을 그녀의 손목에서 떼어 내기 위해서 안간힘을 다했다. 하지만 그것은 결코 떨어지지 않았고, 경은이 그것을 떨치려고 하면 할수록 카데바의 악력은 점점 강해져만 갔다.

경은은 쓸데없이 오지랖을 부려 뚜껑을 닫으려 한 스스로를 원망했다. 카데바는 당장이라도 그녀에게 달려들어 경은의 목을 조를 것 같았다.

경은은 그녀가 마치 스릴러 공포 영화의 주인공이라도 된 것 같아 견딜 수 없이 두려웠다. 극심한 공포에 경은은 의식마저 혼미해졌다.

그렇게 경은이 까무룩 정신을 잃으려는 무렵, 그것의 입이 천천히 벌어졌다.

"Welcome."

카데바가 고저 없는 억양과 감정 없는 목소리로 말했다.

마치 B급 공포 영화의 예고편 같은 상황 속에서 경은은 거품을 물고 정신을 잃었다. 그리고 동시에 눈을 반짝 떴다.

오늘 경은은 정말 재수가 없었다. 꿈에서는 카데바에게 시달렸고, 잠에서 깬 이후에는 머피의 법칙에 시달렸다. 무슨 놈의 악몽이 꿈속에서 기절까지 하게 만드는지는 모르겠지만 어쨌든 경은은 밤새 악몽을 꿨고, 악몽의 여운은 아침에 일어난 후에도 계속됐다.

넋을 빼놓고 있다가 아이라인을 눈두덩에 그어 버린 것은 시작에 불과했다. 대충 화장을 수습하고 허둥지둥 버스 정류장까지 뛰어갔더니 버스는 막 마지막 승객을 태우고 출발한 이후였고, 버스를 잡기 위해 '아저씨 스톱!'을 외치면서 달려간 그녀에게 남은 것은 부러진 구두 굽뿐이었다.

중첩된 불행으로 인해 그녀는 어쩔 수 없이 눈물을 머금고 택시를 타야만 했다. 하지만 택시를 탄 후에도 교통신호라는 교통신호는 전부 다 경은의 발목을 잡았고, 덕분에 경은은 택시를 탄 보람도 없이 지각을 했다. 그리고 그 대가로 이곳저곳에서 있는 대로 깨졌으며, 급기야는 드라마국 국장 앞에서 이런 어이없는 경우를 마주하고야 말았다.

"……박봉달 의료원이요?"

경은이 황망한 눈으로 드라마국 국장을 바라보았다.

드라마국의 인턴으로 근무하며 단막극만 주야장천 써 대는 신인 작가에게 방송국에서 밀고 있는 대형 메디컬 드라마의 서브 작가를 제안해 주니 참 감사하기는 한데 그렇다고 냉큼 받아들이기에는 참 거지 같은 상황이었다.

꿈을 이 지경으로 꿔서 그런가? 아니면 내 꿈이 예지몽이었던가! 공황상태가 된 경은에게 국장은 대수롭지 않은 목소리로 말을 이었다.

"그래, 박봉달 의료원. 정식 명칭은 청암종합병원! 박 작가 의대 출신이라면서. 거기 가서 자료 조사 좀 해 봐."

병원에 가라는 이야기를 마치 동네 뒷산에 산책 가는 것처럼 말하는 그의 행태에 경은이 입을 떡 벌렸다.

"국장님, 여기서 의대 이야기가 왜 나와요? 아니 이게 중요한 게 아니라, 거기에서 어떻게 자료 조사를 해요?"

"왜 못 하는데?"

국장은 알사탕 같은 눈을 데굴데굴 굴리면서 경은에게 반문했다.

한참 동안 입을 벙긋거리던 경은이 천천히 숨을 고르며 입을 열었다.

"국장님, 단순히 자료 조사를 위해서라면 논문을 뒤적이거나 의료진에게 직접 적합한 사례가 있느냐고 물어보는 것이 낫지 않을까요? 거긴 병원이잖아요. 한순간에 삶과 죽음이 오가기 때문에 다들 민감하고 예민해요. 외부인이 막무가내로 가서 자료 조사를 하는 것보다는……."

"누가 막무가내래?"

국장이 경은의 말을 끊으면서 말했다.

"그냥 가라는 거 아니야. 병원이랑 다 이야기하고 투입하는 거야. 박 작가는 그냥 아무 생각 하지 말고 내일부터 그쪽으로 출근하면 돼."

"국장님, 그 뜻이 아니잖아요. 윗사람들이랑 이야기를 했든 말든 저랑 직접 부딪치는 의사나 간호사들이 외부인을 싫어할 수도 있다는 이야기예요."

"아, 싫어할 수도 있다는 거지 싫어한다는 말은 아니잖아!"

계속해서 부정적인 말을 내뱉는 경은 때문에 국장의 미간이 좁혀졌다. 심드렁하던 목소리에 짜증이 섞였다.

"그리고 설사 싫어한다고 해도 그런 상황에서도 자료를 건져

오는 것이 능력이야! 박 작가, 내가 보기에는 박 작가가 병원에 가는 것을 별로 내키지 않아 핑계를 대는 것 같은데, 지금 이 드라마에 끼고 싶어 하는 작가들이 얼마나 많은 줄 알아?"

국장이 경은을 위아래로 훑어보며 말을 이었다.

"그나마 박 작가가 의대 출신이라서 서브로 들어온 거야. 중간에 그만뒀건 말건 그래도 다른 사람들보다는 병원 현장에 대해서 잘 알 것 같아서! 우리라고 6개월 연수과정도 안 끝난 신인 작가 투입하고 싶었는지 알아?"

말하다 보니 짜증이 치솟은 국장이 신경질적으로 소리쳤다. 안 그래도 메인인 장금복 작가가 속을 썩여 대는데 대타로 자료 조사 내보내는 인턴 작가까지 못하겠다고 대들고 나서니 겨우 삭이고 있던 짜증이 다시 솟구치는 느낌이었다.

"하지만 국장님……."

"뭐라 말하든 들을 생각 없으니까 짐 싸서 병원에 갈 준비나 해. 박 작가한테 많은 것 바라는 것도 아니고, 가서 병원에서 생기는 에피소드나 좀 주워 오라는 거야. 드라마를 쓰라는 것도 아니고 그냥 주워 담아 오라는 건데 뭐가 그리 말이 많아?"

국장은 그간 쌓인 스트레스를 푸는 것인지 마치 잡아먹을 듯 드센 목소리로 경은을 다그쳤다. 경은이 울 듯 잔뜩 일그러진 표정으로 국장을 바라보았다.

"그래도 국장님, 저 정말 이 일은 무리예요."

경은이 어렵게 입을 열었다. 하지만 국장은 매달리는 경은을 단호하게 잘라 냈다.

"무리가 어디 있어? 하면 하는 거지. 다른 말 안 들을 생각이니까 내일부터 가서 자료란 자료는 죄다 박박 긁어 와. 6개월 후부터 바로 장금복 작가님과 함께 작업 들어갈 거니까 요령 피우지 말고 열심히 해. 이게 다 박 작가한테 피가 되고 살이 되는 거야."

국장이 냉랭한 목소리로 말했다.

가서 좌충우돌로 까이든 차이든 긁히든 그것은 국장과는 상관이 없었다. 그는 그저 드라마가 좀 더 리얼리티 있게 그려지기만 하면 된다.

다른 분야도 그렇지만 메디컬 드라마에는 유독 팩트(fact)가 중요하다. 요즘은 워낙 메디컬 드라마가 많기 때문에 시청자들도 눈치가 빤해서 보다 새로운 것이 필요했다. 하지만 아무리 머리를 굴린다고 해도 문외한인 그들이 현장의 생생함을 흉내 낼 수는 없다. 그런 의미에서 의대 출신이라는 경은은 꽤 좋은 패다.

국장은 병원에 갈 수 없는 이유를 구구절절 늘어놓고 있는 경은을 바라보았다. 기겁하며 피하는 경은에게도 사정이 있겠지만 경은을 보내야만 하는 드라마국에도 드라마국만의 사정이 있었다. 한숨을 내쉰 국장이 입을 열었다.

"나한테 그 말 해 봤자 씨알도 안 먹힌다는 것 알고 있지? 공모전 당선된 보람도 없이 국장한테 찍혀서 작가 생활 못 하게 됐다고 나중에 후회하지 말고 지금 열심히 해, 박경은 작가님! 그럼

6개월 후에 봅시다."

국장은 더 이상의 말을 하고 싶지 않다는 듯이 축객령을 내렸다.

"국장님!"

"나가 봐."

경은이 다시 한 번 하소연하듯 그를 불렀으나 국장은 더 이상 경은의 말은 듣지 않겠다는 듯 단호하게 경은을 내쫓았다.

반론을 할 기회도 얻지 못하고 반강제로 쫓겨난 경은은 한참 동안 국장실의 견고한 문만 바라보았다. 문이 열리고, 방금 한 이야기는 없었던 것으로 하자며 국장이 나오기만을 기다렸다. 차라리 연수기간 내내 들들 볶이는 것이 낫지 병원은 정말 가기 싫었다.

하지만 그것은 역시나 가능성 없는 기대였다. 그녀의 헛된 희망은 갈 준비 안 하냐는 국장의 호통에 유리처럼 깨져서 산산이 흩날렸다.

1장

청암종합병원, 다른 말로 박봉달 의료원이라 불리는 유서 깊은 병원에 아침이 밝았다.

독립운동가였던 부친의 유고를 받자와 그의 아들이 국민 보건 향상에 대한 사명감과 애국심으로 지었다는 이 병원은, 의료진들의 뛰어난 실력으로 유명하지만 박봉달 의료원만이 가지고 있다는 독특한 의식으로도 유명하다.

다른 병원과는 사뭇 다른 엄숙한 분위기 속에서 병원 이사장의 우렁찬 외침이 터져 나왔다.

"일동 기립, 국기에 대한 경례!"

병원 강당에 모여든 병원 스태프와 레지던트, 인턴들의 손이 일제히 가슴으로 올라갔다. 뒤이어 경례곡 연주가 시작되며 이사장의 입이 다시 한 번 벌어졌다.

"나는 자랑스러운 태극기 앞에 자유롭고 정의로운 대한민국의 무궁한 영광을 위하여 충성을 다할 것을 굳게 다짐합니다."

국기에 대한 맹세가 엄숙하게 울려 퍼졌다. 이사장을 필두로 강당에 있는 모든 사람들은 더할 나위 없는 모범적인 자세로 태극기를 바라보았다. 단 한 사람만 제외하고.

반듯한 얼굴의 미남자는 강당 안의 사람들과 달리 조금은 시니컬한 표정으로 정면을 응시했다. 꽉 다물린 입술과 쌍꺼풀 없는 눈이 그를 날카로워 보이게 했지만 온기가 도는 검고 깊은 눈동자가 그 날카로움을 희석시켰다.

맨 앞에 꼿꼿하게 서 있는 조부를 보는 용운의 입에서 나지막한 한숨이 흘러나왔다.

저분의 어디를 봐야 두 달째 입원 중인 중환자로 보이는지 용운은 도무지 알 수가 없었다. 오늘 죽을지 내일 죽을지 모른다며 손자들을 들들 볶아 증손자 타령을 할 때와는 참 대조적으로 정정한 모습이다.

물론 특별한 병명은 없었다. 그냥 노환이었다. 팔다리가 쑤시고 먼저 간 아내와 아버지가 눈앞에 아른거린다며 병원에 자리를 잡았다.

돈 많은 자신이 건강보험의 재정을 위협할 수는 없다며 병원비 전액을 건강보험 비적용으로 해서 따박따박 밀리지 않고 지급해 주는 것은 참 감사한 일이지만 용운의 눈에는 그조차 못마땅했다.

'차라리 그 돈으로 기부를 할 일이지⋯⋯.'

용운이 나직이 한숨을 내쉬었다.

그사이 애국가 제창이며 순국선열 및 호국영령에 대한 묵념이 끝났다. 의사와 간호사, 교수진과 스태프, 이사회의 임원들까지 상대를 가리지 않는 무차별 폭격이 시작될 시간이다.

"자, 그럼 오늘은 누구부터 시작할까요? 음, 그래! 오김구 교수님이 좋을 것 같습니다."

이사장 봉달이 히죽 웃으며 서문을 열었다. 그리고 그 첫 번째 제물로는 정형외과 오김구 교수가 선정되었다.

오김구 교수를 바라보는 병원 가족들의 눈빛이 짠해졌다. 봉달의 특별한 총애를 받는 탓에 거의 매달 선정되는 오김구 교수는 득도한 듯한 표정으로 봉달을 바라보았다. 봉달의 입에서 병원 가족이라면 누구나 들어 본 적 있는 오김구 교수의 이름에 대한 예찬이 이어졌다.

"오김구 교수님의 이름은 언제 들어도 참 좋습니다. 오김구 교수님은 부모님께 감사해야 합니다. 대한민국의 독립을 위하여 애쓴 백범 김구 선생님을 기리기 위하여 아들의 이름에 그분의 이름을 넣은 부모님의 숭고한 의지가 얼마나 아름답습니까!"

"아⋯⋯ 예, 감사합니다."

그의 부모님에 대한 높은 평가는 감사하지만, 마냥 기뻐할 수만은 없는 오김구 교수가 떨떠름한 표정으로 고개를 숙이며 감사를 표했다. 그 모습을 흐뭇하게 지켜보던 봉달의 입이 천천히 벌어졌다. 질문이 시작되었다.

"그러면 질문하겠습니다. 오김구 교수님, 미리 공지했던 이달의 독립운동가 열 분 중 첫 번째 분은 누구십니까?"

"한상렬 의병장이십니다."

"그분의 자는 무엇입니까?"

"문극(文極)이십니다."

"업적에 대해서 말씀해 보세요."

"1907년 침탈된 국권 회복을 위하여 횡성에서 의병을 일으키셨습니다. 홍천와 횡성, 원주, 지평, 평창, 영월 등지에서 반일투쟁을 전개했고 탁월한 지도력으로 큰 전과를 거두었습니다. 막대한 재산을 군자금으로 내놓았고, 일제가 그 보복으로 그의 가족을 납치하고 가문을 몰락시킵니다만 한상렬 의병장님은 이에 굴하지 않고 의병 활동을 계속하셨습니다. 이후 만주로 무대를 옮겨 대한 독립단 참모장으로 항일투쟁을 계속하셨습니다."

물 흐르듯이 나오는 한상렬 의병장의 활동과 업적에 봉달은 만족한 듯 고개를 주억거렸다.

"좋습니다. 역시 김구 선생님의 숭고한 의지를 받드신 분답습니다. 다음 답변은 누가 해 주실까요?"

봉달의 가느다란 눈이 수많은 병원 스태프들을 훑었다. 봉달의 시선이 닿는 이들이 저마다 움찔했다. 봉달의 시선이 내과 수간호사 영은에게 멈췄다.

"내과 장영은 수간호사 선생님, 두 번째 독립운동가에 대한 설명을 부탁드립니다."

"홍원식 선생님이십니다. 만세운동과 계몽운동을 주도하고 일제의 대표적 만행이라고 할 수 있는 제암리 교회사건으로 순국하셨습니다."

"제암리 교회사건은 무엇입니까?"

"일본군 중위 아리타가 주도한 학살 사건입니다. 알릴 일이 있다고 속여 기독교인과 천도교인 30명을 제암리 교회에 모이게 한 후 출입문과 창문을 잠그고 집중 사격을 가했습니다."

역시나 물 흐르는 듯한 대답이 이어졌다. 아무리 실력이 있고 일을 잘해도 월례조회에서 대답을 못 하면 인사고과에서 마이너스가 되는 것이 청암병원의 독특한 운영 방침이다.

바쁜 병원 일정 속에서 매달 독립운동가 10인의 이름과 약력을 외우는 것이 쉬운 일은 아니지만 병원 이사장이 주도하는 질문 세례에 대놓고 항거할 수 있는 사람은 없었다.

이 의식이 시작된 초반에는 국가보훈처에서 선정하는 이달의 독립운동가도 한 달에 한 명인데 왜 병원에서 발표하는 독립운동가는 10명씩이나 되느냐며 항변한 사람도 있다고 들었지만 아직까지도 병원 공지사항에 매달 10명씩 발표되는 것으로 봐서는 그 항변이 씨알도 먹히지 않았음이 분명했다.

매일 5시간씩 병원 가족들의 이름과 얼굴을 외우며 치매를 예방한다는 소문이 농담이 아닌 것인지 질문을 하는 봉달의 입에서는 의사나 간호사는 물론이고 원무과 직원이며 이송반의 이름까지도 정확하게 튀어나왔다.

한 번 찍히면 석 달 나흘은 들들 볶여야 하는 터라 다행히 이번 월례조회 때도 이사장의 질문에 대답을 하지 못하는 낙오자는 없었다. 질문자 10명에게서 모두 100점 만점이 나왔다. 봉달의 얼굴에 미소가 만연했다.

"전원 만점입니다. 역시 모두들 훌륭하십니다. 과거는 현재로 이어지고, 현재는 미래의 자화상이 됩니다. 역사를 잊은 민족에게 미래는 없습니다. 우리는 모두 대한민국의 독립을 위해 애쓰신 분들을 잊어서는 안 됩니다. 지금까지 귀한 시간 내 주셔서 감사합니다."

피 말리는 시간이 끝났음을 알리는 봉달의 인사말에 병원 가족들은 전원 안도의 숨을 내쉬었다.

해야 할 일들은 산더미처럼 많고, 본격적인 월례조회는 이사장인 봉달이 사라진 지금부터 시작하는 것이라고도 볼 수 있지만 병원 가족들은 다음 월례조회까지 앞으로 1달 동안은 위기 상황을 벗어날 수 있다는 것에 그저 감사했다.

"우와, 나 안 외웠는데 안 걸렸어."

"나도. 반쯤 외우다가 자 버렸는데 진짜 다행이다. 살았어. 만세! 진짜 대한민국 만세다. 대한민국 만세!"

"나는 이번 달에 진짜 열심히 외웠는데 안 걸렸어. 이번에 걸려야 다음 달에 안 걸린단 말이야. 다음 달에 진짜 바쁜데……."

의국으로 들어오는 레지던트들의 목소리가 소란스러웠다. 지옥에서 살아 돌아온 듯한 레지던트들의 활발함 속에서 용운이 나지막하게 한숨을 내쉬었다.

저들의 마음이 이해가 가지 않는 것은 아니지만 정작 신경을 써야 할 월례조회의 내용보다는 이사장인 봉달에게 찍히지 않았다는 것에 더 환호하는 것은 못마땅했다. 반듯한 이마에 주름이 잡혔다.

"다들 조용!"

용운이 엄한 목소리로 소리쳤다. 직원 전체 조회는 방금 끝났을지 몰라도 의국조회는 지금부터 시작이다.

"각자 자리에 앉아. 의국조회 시작할 테니까."

의국 과장님에게 받은 지시 사항을 떠올린 용운이 그 내용을 머릿속으로 정리했다. 우당탕 소리를 내며 각자의 자리를 찾아가는 레지던트들을 보며 용운이 천천히 입을 열었다.

"오늘 조회는 교수님 없이 약식으로 진행한다. 의국 내부 전달 사항은 크게 없는데, 외부 전달사항이 하나 있다. 이번에 방송국에서 메디컬 드라마를 하나 제작하는데 그걸 우리 병원에서 촬영하기로 했다고 한다."

"우와! 주인공 누구예요?"

"언제부터 촬영 시작이에요?"

용운의 말이 떨어지기 무섭게 여기저기에서 질문이 터져 나왔다. 매일 반복되는 지루한 병원 생활에 활력소를 발견한 레지던트들의 격렬한 반응에 용운이 책상을 내려치며 소리쳤다.

"다들 조용히! 내 입에서 큰 소리 나오게 하지 말자. 질문에 대답하자면 주인공은 미정이고, 촬영은 6개월 후 예정이란다. 그리고 하나 더 덧붙이자면 그것 때문에 우리 의국에 드라마 작가가 투입될 예정이라고 한다."

"으액? 진짜요?"

"귀찮아요."

"거부권은 없습니까?"

레지던트들의 얼굴에 호기심과 궁금증이 지워지고 거부감이 깃들었다. 촬영이야 며칠만 불편을 감수하면 좋은 구경을 할 수 있는 것이지만, 외부인이 의국에 침범하는 것은 사정이 달랐다.

전공의 기숙사가 있기야 하지만 바쁜 일정에 시달리다 보면 기숙사까지 올라가서 휴식을 취하기는 어려웠다. 의국은 레지던트들에게 허용된 유일한 휴식처였다. 그런데 그런 의국에 낯선 외부 인물을 들인다는 건 전혀 반갑지 않았다. 불편할 거라며 투덜거리는 반응이 여기저기에서 튀어나왔다.

"왜 정형외과입니까? 신경외과도 있고 흉부외과나 산부인과도 드라마 소재가 될 만한 것은 많지 않습니까!"

"안 그래도 정형외과 일정 빡빡한데 외부인 감시까지 받아야 해요?"

"저번에 병원24시라는 다큐멘터리도 정형외과에서 촬영했잖아요. 왜 항상 정형외과에서만 촬영을 한대요?"

여기저기에서 볼멘소리가 터져 나왔다. 작가의 투입은 용운도 원하는 것이 아니지만 윗선에서 결정된 부분인지라 답이 없었다. 용운이 떨떠름하게 입맛을 다셨다.

"치프 샘, 우리도 거부해요."

"거부권 행사합시다."

여기저기에서 용운에게 매달렸으나 애석하게도 그리고 어떻게 할 수 있는 일이 아니었다.

"나 힘없다. 거부하고 싶으면 니들이 직접 가서 말해. 참고로 드라마 협찬은 이사장님이 직접 결정하신 것이라 이사장님한테 가서 말해야 한다. 그럼에도 불구하고 직접 건의하겠다는 용자가 있다면 내가 직접 윗선까지 보내 주마."

협조적이기는 하지만 묘하게 잔인한 용운의 말에 레지던트들은 엎드려 좌절했다. 호랑이 입에 들어가는 것이 낫지 열혈 이사장님은 너무 부담스러웠다. 그의 애국심은 존경할 만하지만 그의 넘치는 정력을 따라가기에 레지던트들은 너무 연약했다.

"신청자 받아 볼까. 누가 직접 말할래?"

전혀 농담 같지 않은 용운의 농담에 일동은 입에 지퍼를 채웠다.

"윤권? 지훈이? 혜정이? 은민이?"

용운의 눈빛이 레지던트들에게로 향했다. 연차를 막론하고 용운의 눈빛을 똑바로 마주 보는 사람은 아무도 없었다. 고개를 숙이고 손가락으로 뱅그르르 원만 그리는 레지던트들을 바라보는 용운의 눈빛이 씁쓸했다. 의국의 평화와 독립을 위해 일어설 용기 있는 자는 아무도 없었다.

"니들도 자신이 없겠지만, 나도 자신이 없다."

이사장의 손자 용운이 씁쓸한 목소리로 말했다. 반대해서 들을 양반이 아니었다. 정정하고 고집 센 노인네는 천하무적이다. 용운을 보는 레지던트들의 눈빛이 짠해졌다.

성골 중의 성골이라는 이사장의 손자라지만 용운을 부러워하는 사람은 아무도 없었다. 병원 후계자라는 점은 굉장히 매력적이지만, 봉달의 손자라는 점은 병원 후계자가 가지는 다른 모든 장점을 다 깎아 먹는다.

실제로 인턴으로 들어온 용운이 이사장의 손자라는 사실이 밝혀지고 난 후에도 교수며 펠로우, 그리고 레지던트 선배들은 그에게 아부를 하지 않고 오히려 그를 동정했다.

연민과 동정이 몰아치고, 용운은 착잡한 표정으로 천장을 바라보았다. 기운차고 활기차게 시작해야 할 월요일 아침인데 뭔가 우중충한 분위기가 사람을 처지게 만든다. 연거푸 한숨을 쉰 용운이 복잡한 표정을 지으며 머리를 벅벅 긁었다.

"아무튼 작가가 의국에 투입되니까 그 부분 참고하고, 월례조회 때문에 병동 못 돈 사람들은 마저 돌고 와. 조회가 길어져서 아침 컨퍼런스는 10시로 미뤄졌다."

용운은 애써 마음을 수습하며 아직 꺼내지 못한 전달사항들을 마저 전달했다. 고요한 가운데 용운의 목소리만 낭랑하게 울려 퍼졌다.

    같은 시간, 문 너머에서는 그들이 그토록 거부했던 드라마 작가가 좌불안석으로 문에 귀를 기울이고 있었다. 살짝 열린 문틈으로 그들의 이야기가 여과 없이 들려왔다.

    정형외과 레지던트들의 이야기를 들은 여자는 마치 비 맞은 강아지처럼 시무룩한 모습이었다. 그녀는 그들의 불만이 터져 나올 때마다 연신 몸을 움찔거렸다. 그리 크지 않은 키와 마른 몸, 아래로 처진 눈이 그녀를 더욱 처량해 보이게 했다.

    병원에 파견되기 싫은 마음에 국장에게 병원 사람들이 외부인을 싫어할 수도 있다고 말했지만 그것이 이 정도일 것이라고는 그녀도 미처 생각을 못 했다.

    씩씩하게 의국에 찾아온 것까지는 좋았는데 문고리에 손을 대자마자 그녀를 거부하는 소리만 잔뜩 들어 버렸다. 하지만 그렇다고 그냥 이대로 돌아가자니 서슬이 퍼런 국장의 눈초리가 마음에 걸렸다. 어떻게 해야 하나, 한숨을 내쉬던 그녀가 결정을 내렸다.

    일단은 이 자리를 피하는 것이 좋을 것 같았다. 그리고 그녀더러 의국에 가 보라고 했던 오김구 교수님께 다시 찾아가 정식으로 레지던트들을 소개시켜 달라고 하는 것이 좋을 것 같았다. 설마 사람을 정면에 두고 욕을 할까? 끙, 소리를 낸 그녀가 조심스레 문에서 떨어지려는 찰나였다. 발이 꼬여 버렸다!

    쾅!

갑자기 문소리가 났다.

"하, 하, 이게 왜 이러지."

문이 열리면서 그대로 벌러덩 바닥에 넘어진 여자가 어색한 표정 지으면서 말했다. 낯선 외부인의 등장에 용운이 날카롭게 목소리를 높였다.

"누구시죠? 문 앞에 외부인 출입금지 팻말 못 봤어요?"

"이쪽으로 가 보라고 해서……."

그녀가 움찔하며 말했다. 용운이 따지듯 물었다.

"누가 이리로 가라고 했습니까?"

"오김구 교수님이요."

그녀가 잔뜩 주눅 들어 대답했다. 순간 의국에는 적막이 감돌았다.

"오김구…… 교수님?"

"예."

처량하게 대꾸한 그녀는 무엇인가를 결심한 듯 숨을 크게 들이마시며 배꼽인사를 건넸다.

"잘 부탁드립니다. 이번에 박봉달 의료원에서 촬영할 메디컬 드라마를 담당하게 된 박경은입니다. 앞으로 6개월 동안 자료 조사를 위해서……."

경은의 자기소개가 이어짐에 따라 용운의 얼굴이 점점 차갑고 딱딱하게 굳어 갔다.

박봉달 의료원의 정형외과 의국은 다 좋은데 딱 하나 단점이 있었으니 바로 방음 시설의 부재다. 방금 전까지 의국 안에서 조회를 하던 자신의 목소리가 쩌렁쩌렁하니 밖에서 다 들렸을 것이라는 것은 보지 않아도 뻔하고, 부실하기는 하지만 멀쩡하게 잘 달려 있던 의국의 문이 자기 혼자서 열렸을 리도 만무하다.

게다가 드라마 작가라고 한 여자는 들어온 이래 단 한 번도 고개를 들지 못하고 있었다. 그들이 그녀를 잡아먹기라도 하는지 몹시 주눅 든 표정으로 그들의 눈치를 보고 있었다.

용운이 들고 있던 브리핑 서류로 책상을 매섭게 내려쳤다. 짜증 섞인 움직임에 경은은 순간적으로 입을 다물고 슬금슬금 용운의 눈치를 봤다.

"박경은 씨는 최소한 남이 그쪽을 소개시켜 줄 때까지 기다리는 예의도 없습니까? 아니면 다른 사람들의 이야기를 엿듣는 것이 취미입니까?"

"죄송합니다!"

뼈가 시릴 정도로 차갑고 매서운 말투에 경은은 놀라 기겁하며 사과를 건넸다. 안 그래도 들어오는 내내 시선을 피하고 있더니 이제는 숫제 고개를 땅에 박고 있는 모습이었다. 용운은 그런 경은의 모습에 살짝 마음이 불편해지는 것을 느꼈다.

용운의 머릿속에는 병원이 그녀를 적극 환영하는 모습을 보여서 호감을 사야 한다고 신신당부하던 오김구 교수님의 말씀이 떠돌았지만 불행히도 경은은 이미 정형외과 의국이 그녀를 환영하지 않는다는 사실을 알아 버렸고, 오김구 교수님의 당부는 첫 만

남부터 와장창 깨져 버렸다.

위에서 쪼아 댈 잔소리를 떠올리니 절로 머리가 지끈거렸다. 가볍게 한숨을 내쉰 용운이 머리를 쓸어 올리며 경은을 훑어봤다. 들은 이야기를 여기저기 소문내면서 골치를 썩일 타입은 아닌 것 같은데……. 경은을 바라보는 용운의 눈동자가 깊게 가라앉았다.

아니, 어쩌면 잘됐는지도 모른다. 그들의 속내도 모르고 여기 저기 들쑤시고 다니면서 사건과 사고를 일으키는 것보다는 제가 불청객이라는 사실을 알고 몸을 사리는 것이 그들 입장에서는 더 편리할 수도 있다. 용운이 다소 가라앉은 목소리로 말을 이었다.

"이왕 일이 이렇게 된 것 솔직하게 말씀드리지요. 의국에서는 박경은 씨 별로 환영하지 않습니다. 성가셔요. 이곳은 병원입니 다. 그쪽이 저지른 실수가 치명적인 결과를 초래할 수 있음을 생 각하고 행동하세요. 부디 신경 쓸 일이 없도록 주의하고 조심해 주십시오."

"네."

날이 선 용운의 목소리에 경은은 기어들어 갈 듯 작은 목소리 로 대답했다.

한참 동안 경은을 노려보던 용운의 시선이 레지던트들을 향했 다. 좋을 때는 좋지만, 무서울 때는 끔찍할 정도로 무서운 치프를 바라보는 레지던트들의 시선이 가볍게 흔들렸다.

"다들 저 사람이 누군지는 들었지?"

용운이 경은을 향해 고갯짓하며 물었다.

"예. 치프 샘."

여기저기에서 긍정의 대답들이 터져 나왔다. 예상했던 대답에 용운이 가볍게 고개를 끄덕였다. 용운은 들고 온 브리핑 자료를 훑었다. 경은으로 인해 방해를 받기는 했지만 대충 할 이야기는 다 한 것 같았다. 새로 추가할 이야기는 없었다.

"그럼 의국조회는 이쯤에서 마무리하자. 10시에 컨퍼런스 있으니까 아직 병동 안 돈 사람들은 마저 돌고 와. 이상!"

할 말을 가볍게 끝낸 용운의 시선이 다시 경은을 향했다.

"그리고 그쪽은 날 따라와요."

"예?"

놀란 경은이 번쩍 고개를 들어 용운을 바라봤다. 경은과 용운이 처음으로 눈을 마주쳤다.

그를 본 경은은 무엇인가 크게 놀란 듯 눈을 휘둥그렇게 뜨며 한 발 뒤로 물러났다. 그녀는 마치 저승사자라도 본 듯 새파랗게 질린 얼굴로 용운을 바라보고 있었다. 그는 갑자기 경은이 왜 저러는지 영문을 알 수 없다는 표정으로 그녀를 바라보았다.

"왜요? 따라오기 싫어요?"

"아니, 아······. 아니, 아니에요."

말을 더듬는 경은의 모습에 용운이 뚱한 목소리로 말했다.

"정형외과 의국에서만 있을 것 아니잖습니까. 자료 조사하러 돌아다니려면 간호사 선생님들과 병원 식구들에게도 인사를 해야죠. 정체를 알 수 없는 사람이 함부로 돌아다니면 그분들도 신경 쓰여요. 따라와요. 소개시켜 줄 테니까."

말을 내뱉은 용운은 아랑곳하지 않고 몸을 팩 돌려 사라졌다. 따라오라는 말 하나만 남긴 그는 성큼성큼 문을 열고 밖으로 나갔다. 경은은 그런 그의 뒷모습을 바라보며 연신 한숨을 내쉬더니 결국 도살장에 끌려가는 소 같은 모습으로 그의 뒤를 따랐다.

무섭고 살벌한 표정과는 별개로 용운은 꽤 성실한 안내자였다. 응급센터며 정형외과 내 간호사들에게 경은의 존재를 소개하고, 윗선의 지시이니 최대한 그녀의 편의를 봐주라며 부탁도 했다. 그리고 그 과정에서 오김구 교수님도 만났다.

오김구 교수님은 사람 좋은 미소를 흘리면서 '우리 용운이'가 참 성실하다며 칭찬을 늘어놓았다. 불편한 점이 있으면 '우리 용운이'에게 말하라고도 했다. 그리고 마지막으로 박봉달 의료원의 무궁한 발전과 좋은 드라마를 위해 노력해 달라며 경은의 어깨를 토닥였다.

안 성실해도 되니까 좀 덜 무서운 사람 좀 붙여 주면 안 되겠냐는 말이 경은의 혀 위에서 맴돌았다. 하지만 경은은 끝내 아무 말도 하지 못했고, 무서운 용운은 소개를 끝마치자 병실에서 콜이 왔다며 그녀를 의국 앞에 버리고 갔다. 이제부터 자체 해결하라면서.

의국 문 앞에 쪼그리고 앉은 경은이 연거푸 한숨을 내쉬었다. 용운이 조금만 덜 무서웠어도 그럼 병원 내부는 언제 소개시켜 줄 것이냐며 그에게 말이라도 걸었을 텐데 그러기에는 경은이 박용운이라는 인간에 대해 조금 알고 있다는 것이 문제다.

경은이 의대를 그만뒀을 때 용운은 그녀의 한 학년 선배였다. 그는 타고난 천재성과 끊임없는 노력으로 교수님들과 선후배, 동기들의 전폭적인 지지를 받았던 사람이었다. 하지만 동시에 까칠하고 빡빡한 성격으로도 제법 유명했다.

골학 MT 때, 뼈나 근육의 이름을 다 못 외웠다고 해도 다른 선배들은 그래도 서너 시간은 자게 해 주는데 용운은 정말로 잠을 안 재웠다. PELVIS 파트, UPPER LIMB 파트, SKULL 파트 구분해서 정말 토할 때까지 외우게 했다.

못하겠다고 펑펑 우는 경은의 동기에게는 이렇게 해서 환자를 돌볼 수 있겠냐면서 아예 1:1 과외에 들어갔다. 그리고 그 모습을 보며 그들은 무슨 일이 있어도 1:1 과외만큼은 피해야겠다며 이를 악물고 공부했다.

물론 지금이랑 그때는 그들의 입장이 다르고 사정이 다르고 배워야 하는 부분도 다르니 설마 그렇게까지야 하겠냐마는 경은은 그때의 기억이 아직도 생생해 차마 그에게 무엇인가를 가르쳐 달라고 할 엄두가 나지 않았다.

게다가 악몽의 영향인지 지금 경은은 지금 몸이 피곤해서 견딜 수가 없었다. 머리도 복잡하고, 몸도 물먹은 솜처럼 무겁고 나른해서 어딘가에서 쉬고 싶은 마음이 굴뚝같았다. 하지만 그녀가 병원 내에서 쉴 수 있는 곳은 없었고, 그렇다고 의국 안에 들어가면 또 방금 전과 같은 일들이 발생할까 봐 안으로 들어가지도 못했다.

의사들과 간호사들, 병원 직원들이 오가는 모습을 바라보는 경은의 눈빛이 처량했다. 그런데 그때였다.

"윽!"

경은이 등을 대고 있던 의국의 문이 예고 없이 열리고, 경은은 그 자리에서 발라당 뒤로 넘어갔다. 졸지에 엉덩방아를 찧게 된 경은이 울상을 지으며 뒤를 돌아봤다.

방금 전에 봤던 정형외과 레지던트가 문고리를 잡고 안타까운 표정으로 그녀를 바라보고 있었다.

"어머, 미안해요. 몸은 괜찮아요?"

"예. 괜찮아요."

부딪힌 엉덩이가 욱신거리기는 하지만 경은이 애써 미소를 지으며 고개를 끄덕였다.

"문을 가로막고 있던 제 탓이죠. 나가세요?"

"예. 컨퍼런스가 있어서요. 그건 그런데……."

레지던트가 말을 끌며 경은의 얼굴을 뚫어져라 응시했다. 노골적인 관찰에 경은이 멋쩍은 미소를 지으며 제 볼을 긁었다.

"혹시 제 얼굴에 뭐가 묻었나요?"

"아니요. 그건 아닌데 좀 묻고 싶은 것이 있어서요."

무엇인가를 결심한 듯한 레지던트가 경은을 향해 입을 열었다.

"죄송한데, 혹시 학교 어디 나오셨어요?"

"예?"

당황한 듯한 경은의 모습에 레지던트가 당황해 손을 저으며 말을 이었다.

"아니요. 다른 뜻이 아니라 얼굴이 굉장히 낯익어서요. 혹시나 제가 아는 분인가 하고 여쭙는 거예요."

"K대 국문학과 나왔어요."

"아닌데……."

작게 중얼거린 레지던트가 다시 경은을 향해 질문했다.

"혹시 S대 의대는요?"

단도직입적으로 묻는 레지던트의 말에 경은은 순간 당황했다.

"S대 의대에 박경은 씨와 이름도 같고, 얼굴도 비슷한 사람이 있어서요."

"아."

경은이 마른 입술을 적셨다. 그녀가 S대 의대를 다닐 때 인연이 있었던 사람인가 보다. 얼굴이 뭔가 익숙한 느낌이기는 한데……. 어떻게 대답을 해야 하나 망설이던 경은이 어렵게 입을 열었다.

"그거 저 맞는 것 같은데요?"

"맞아요?"

"예. 잠깐 다니다가 그만뒀어요. 그런데 누구신지?"

경은의 조심스러운 대답에 레지던트의 얼굴이 순식간에 환해졌다.

"야! 박경은!"

그녀는 눈에 띄게 반가운 표정으로 경은의 이름을 불렀다.

"나 몰라? 민혜정! 너랑 같은 반이었잖아. S대 의대 3반!"

서둘러 경은의 손을 잡은 혜정이 밝고 경쾌한 목소리로 소리쳤다.

"망할 것! 소리 소문 없이 학교를 그만두더니 나랑도 연락을 끊어? 이게 도대체 얼마 만이래? 진짜 딱 7년 만이다. 7년!"

혜정의 발랄한 외침에 경은의 얼굴에도 놀라움이 담겼다.

"너 혜정이야?"

"응! 응!"

"야, 정말 몰라보겠다. 왜 이렇게 예뻐졌어? 다른 사람인 줄 알았어."

"용 됐지? 나 20kg 뺐다."

혜정은 검지와 중지를 들어 숫자 2를 나타냈다. 본인의 성공적인 다이어트에 스스로도 자랑스러운 듯 신체 사이즈와 옷 사이즈를 주르륵 늘어놓으며 환골탈태한 그녀의 모습을 뽐냈다.

오랜만에 만난 친구는 반가웠다. 유난히도 여성의 비율이 낮았던 S대 의대 3반에서 혜정과 경은은 단짝이었다. 경은과 혜정은 서로 손을 붙잡고 뱅글뱅글 돌며 재회를 기뻐했다.

"너 대학교 때도 드라마 작가가 되고 싶다고 하더니 꿈을 이뤘구나. 축하해."

"고마워. 근데 꿈을 이뤘다고 하기에는 좀 그래. 공모전만 당선되었을 뿐인데 뭐."

"에이, 그게 놀라운 거지. 공모전에는 아무나 당선된다니? 아, 맞다! 근데 그러면 너 6개월 동안 내내 병원에 있는 거야?"

"그렇게 됐어."

"진짜? 그러면 애들한테 인사 좀 하러 가자. 다들 널 보면 반가워할 거야. 웬수야, 그렇게 사라지면 어떻게 해?"

카데바 실습 중 실신하고 응급실로 실려 간 것이 혜정이 기억하는 경은의 마지막이었다. 지독한 포르말린 냄새 때문에 구토를 하고 괴로워하는 학생들은 여럿 있었지만 새파랗게 질려 호흡곤란까지 온 것은 경은이 처음이라며 모두가 걱정했었다. 그런데 경은은 그들의 걱정이 무색하도록 잘 지낸 모양이다.

혜정이 경은을 향해 곱게 눈을 흘겼다.

"계집애. 정말 무정하다니까. 연락이라도 좀 하지."

"그게 좀……. 그때는 사정이 어려웠어."

경은이 뒷머리를 긁적이며 난감한 표정을 지었다. 의대를 그만두겠다고 폭탄선언을 한 탓에 삭발을 당하고 내내 집에만 감금되어 있었다는 이야기까지 꺼내기에는 7년이라는 세월이 충분하지 않았다.

"그런데 여기에 애들 많아? 정말 다들 너무 보고 싶다."

경은이 그리움이 가득한 목소리로 중얼거렸다.

피가 두렵고, 의사라는 무게가 힘들어서 도망을 친 것이지 의대 친구들은 좋아했다. 부모님의 의사와 성적에 따라 의대를 진학했던 경은과는 달리, 의사에 대한 사명감과 소명의식으로 자신이

갈 길을 분명하게 인식하고 그 꿈을 위해 달려 나가던 친구들은 경은에게는 빛이고 이상형이었다.

"그럼! 재우도 여기에 있고, 경준이도 여기에 있어. 상필이도 있다? 우리도 깜짝 놀랐어. 박봉달 의료원에 지원한 사람이 정말 많더라고. S대 대학병원에서 전공의를 수련하는 사람이 반, 박봉달 의료원에서 수련하는 사람이 반이야. 그리고 네 첫사랑 도민 선배도 이곳에 있고."

혜정이 유쾌하고 경쾌한 목소리로 대답하다 맨 마지막 말은 목소리를 낮춰서 은근하게 말했다. 하지만 경은에게는 무엇보다도 크게 들렸다.

화들짝 놀라서 그녀를 바라보는 경은을 본 혜정이 까르르 톤 높은 웃음을 흘렸다.

"뭐야, 아직도 도민 선배 이름 들으면 가슴이 설레?"

"아니야, 설레기는 무슨. 시간이 얼마나 지났는데……."

경은은 서둘러 손사래를 쳤지만 그녀의 얼굴에서는 지나간 감정의 흔적이 엿보였다. 혜정이 피식 웃음을 흘리며 화제를 돌렸다.

"암튼 여기에 우리 동기들 생각보다 많아. 좋은 교수님들도 많고. 지원을 잘 해 줘서 본인 능력만 되면 많이 배울 수 있으니까. 조금 특이해서 그렇지 레지던트들 생활 여건이나 그런 것은 확실히 좋아."

혜정은 박봉달 의료원에는 백일당직도 없고, 도제식으로 강압적인 분위기도 없다면서 박봉달 의료원의 장점을 늘어놓았다.

"안 그래도 이야기는 많이 들었어."

경은은 혜정의 말에 동의를 표했다.

비단 레지던트들의 처우 문제가 아니더라도 박봉달 의료원은 여러모로 평가가 좋다. 의료인들의 손길이 닿기 어려운 외진 곳으로 정기 의료봉사를 다니고, 돈 때문에 치료가 힘든 소년소녀가장이나 무의탁 노인들, 저소득계층에게 무료 진단 및 무료 치료를 시행한다.

병원 이사장의 굳건한 애국심으로 인하여 병원 곳곳에서 역사 교육도 이뤄지고 있다.

"그렇지? 우리 병원 참 좋아."

혜정은 경은의 긍정에 배시시 웃으며 대꾸했다. 7년 만에 만난 단짝친구 혜정이 좋다니 경은도 좋았다. 빙긋 웃으며 미소를 교환한 그녀는 천천히 주변을 둘러봤다.

오가는 사람들의 얼굴에는 자부심과 긍지가 넘실댔다. 그때 도망치지만 않았다면, 어쩌면 경은도 저 사람들 중의 한 사람이 되었을지도 모른다는 생각이 들었다. 지금 다시 그때로 돌아간다고 하더라도 경은의 선택은 달라지지 않겠지만, 조금 아쉬운 것은 사실이다.

씁쓸한 미소를 지은 경은이 혜정을 보며 입을 열었다.

"아, 그런데 너희 치프 샘, 용운 선배더라."

"기억나?"

"당연하지. 선배와 함께하는 골학MT가 안 되려고 얼마나 골머리를 썩였는데!"

경은이 옛 기억의 한 자락을 풀어놓자 혜정이 까르르 웃음을
터트리며 말했다.

"그때는 진짜 피가 말랐는데……. 나 진짜 평생을 통틀어서 그
때처럼 열심히 공부해 본 적이 없었던 것 같아."

"난들 다르겠어? 선배랑 1:1 과외 안 받으려고 얼마나 노력했
는데! 1:1 과외 걸리면 그 즉시 죽는 거다 생각하면서 진짜 공부
만 했어."

골학 MT 때의 용운을 떠올린 경은이 부르르 몸을 떨며 고개를
흔들었다.

"암튼 오늘 얼굴을 보고 얼마나 놀랐는지 몰라. 어쩌면 그렇게
변함이 없니?"

"……그런가? 그렇게 똑같아?"

큰 변화가 없는 것 같기는 하지만 매일 보는 얼굴이라 잘 모르
겠다는 혜정의 물음에 경은이 고개를 끄덕였다.

"어. 정말 그대로더라."

경은이 묘한 감상을 느끼며 대답했다. 7년이라는 시간이 지났
음에도 불구하고 용운의 모습을 보고 있자니 마치 의대생 시절로
돌아간 것 같았다.

다시 돌아가라고 하면 절대로 싫다고 할 그때지만 그럼에도 추
억이라는 것이 떠오르는 것을 보면 그때가 조금 그립기는 한 모양
이었다. 혜정과 경은은 20대의 끝자락에서 20대 초반, 골학 MT

등 용운과 관계된 추억을 함께 되살렸다. 그러다 대뜸 생각이 현실로 돌아왔다.

"그런데 너 지금 어디 간다고 하지 않았어?"

"맞다! 나 지금 컨퍼런스 가는 길이었지?"

생각하지도 않은 경은과의 만남에 몰입하는 바람에 가장 중요한 것을 잊고 있었다. 놀란 혜정이 힐끗 시계를 보며 입술을 잘근거렸다.

늦은 것은 아니지만 이른 것도 아니었다. 서둘러야 겨우 시간안에 들어갈 것 같은 아슬아슬함이었다. 그리고 그 말을 달리 표현하면 경은을 이곳에 혼자 두고 회의실로 달려가야 한다는 이야기이기도 했다.

경은을 보며 잠시 끙, 신음성을 흘린 혜정이 이내 좋은 생각을 떠올렸다.

"너 지금 할 일 있어?"

"무슨 일?"

"누구를 만나야 한다거나 어디를 가야 한다거나 하는 그런 계획 있냐고."

혜정이 경은을 보며 눈을 빛냈다. 경은은 살래살래 고개를 흔들었다. 시키니까 오기는 했지만 사실 경은은 어디에서부터 어떻게 해야 할지 아직 감을 못 잡고 있었다.

예상했던 것 이상으로 자신을 꺼려하던 레지던트들을 떠올리는 경은의 얼굴에 얼핏 그림자가 스쳤다. 리얼리티도 좋지만 비협조적으로 나오면 과연 6개월 동안 얻는 것이 있기는 할까 하는 우려도 스쳤다. 그때였다.

"예, 교수님. 저 3년 차 민혜정입니다. 방송국에서 오신 작가님께서 컨퍼런스를 경험해 보고 싶다고 하시는데 어떻게 할까요?"

갑자기 휴대전화를 꺼낸 혜정이 어디론가 전화를 걸었다. 당황한 경은이 혜정을 말리려고 했지만 혜정이 더 빨랐다.

"그러면 회의실로 모시고 갈게요. 네! 회의실에서 뵙겠습니다."

어느새 전화를 종료한 혜정이 경은을 향해 씩씩하게 말했다.

"가자!"

"어딜?"

"회의실에 컨퍼런스 구경하러. 어차피 종합병원이 어떤 곳인지 체험하러 온 거잖아. 그런데 레지던트들의 일상에서 컨퍼런스를 뺄 수는 없지!"

혜정이 방긋 웃으며 말을 이었다.

"원래 이래. 저번에 다른 방송국에서 촬영을 왔을 때도 그랬고. 교수님들이 그러셨거든, 최대한 촬영에 협조하라고. 첫 만남이 그래서 그렇지, 너도 정상적으로 우리와 인사를 했다면 아마 네 일에 적극적으로 협조하라고 치프 샘이 말을 했을 거야."

어떻게 해야 할지 갈피를 잡지 못하고 있던 경은의 눈동자에 감동이 넘실거렸다. 쌀쌀맞은 레지던트들의 반응에 어떻게 해야 할지 걱정이 태산 같던 경은으로서는 도움의 손길을 내미는 혜정이 정말 천사처럼 느껴졌다. 사람이 죽으라는 법은 없는 것 같았다.

"정말 고마워."

"고맙기는. 나 좋자고 하는 건데. 난 너랑 헤어지기 싫단 말이야."

혜정이 경은을 향해 손을 내밀며 말했다.

"가자. 그리고 정말 고마우면 이번에는 제발 부탁이니까 연락도 없이 사라지지 마. 그때 얼마나 걱정했는지 알아? 실신해서 응급센터에 실려 간 애가 갑자기 자퇴를 하니까 혹시 잘못된 것은 아닌가 정말 걱정 많이 했다고."

혜정이 입을 삐죽거렸다. 경은의 휴대전화는 없는 번호라고 나왔고, 그녀의 집으로 연락을 하면 그런 사람은 없다고 했다. 하늘로 솟은 것도 아니고 땅으로 꺼진 것도 아닌데 경은의 흔적을 찾을 수가 없었다.

쌜쭉한 눈으로 경은을 흘긴 혜정이 말을 이었다.

"용운 선배 성격이 옛날보다 더 나빠져서 컨퍼런스에 늦으면 엄청 무서워져. 그러니까 빨리 가자."

꿈 많은 스무 살, 스스로의 생각보다는 어른들의 의견에 좌지우지된 어린 청춘이었지만 그래도 경은은 그곳에서 꽤 좋은 친구들을 사귀었다. 경은은 감동이 가득한 표정으로 7년 만에 다시 만난 친구의 손을 잡았다.

"이 환자는 Facet joint pain syndrome(척추후관절증후군) 환자로 DM(당뇨)과 HTN(고혈압)을 가지고 있어 이에 따라 당뇨 식이를 지시하고 b.i.d(하루 2번 처방전)으로……."

"잠깐!"

오김구 교수가 사례를 발표하는 레지던트의 말을 중지시켰다. 그리고 그 자리에서 질문을 시작했다.

질문폭탄은 맨 앞에 앉은 1년 차 레지던트부터 시작되었다.

"Facet joint pain syndrome에 대해서 설명해 보게."

"일반적인 치료 방법은?"

"MBB(Medial Branch Block, 내측지 차단술)에 대해서 설명해 보게."

교수님 한 분의 질문에만 답을 한다고 되는 것이 아니었다. 한 교수님의 질문에 대답을 하고 있노라면 그 답이 끝나기 무섭게 다른 교수님이 질문을 한다. 그 질문에 답을 하면 또 다른 교수님이 질문을 하는 무한 질문의 연속이 이어졌다.

컨퍼런스를 지켜보던 경은은 이내 질린 표정이 되었다. 컨퍼런스가 시작되고 아직 30분도 지나지 않았는데도 한 30시간 정도 함께한 느낌이 들었다.

레지던트들은 초 단위로 계속되는 질문에 기계적으로 답했다. 질문이 떨어지고 바로 답을 내놓지 않으면 그 즉시 지옥으로 향하는 헬 게이트가 소환됐다.

지킬박사와 하이드도 아니고 잠깐 사이에 천사와 악마, 극과 극을 오가는 교수진들의 변화를 보는 경은의 눈동자가 황망해졌다. 의국 컨퍼런스의 악명은 익히 들어 왔지만 직접 보는 것은 그 이상이었다.

폭탄은 경은의 옆에 앉은 혜정에게도 떨어졌다.

"3년 차 민혜정 선생, Facet joint pain syndrome에서 고주파 열응고술 후 증상이 재발되는 사례를 설명해 보게."

"예?"

혜정의 입에서 반문이 튀어나왔다. 헬 게이트가 다시 한 번 소환됐다. 인자한 옆집 아저씨 같던 윤철 교수님의 얼굴에서 야차가 보였다. 하게체는 순식간에 반말이 되었다.

"대한재활의학회지 안 읽었어?"

무서운 얼굴로 호통을 치는 교수님의 입에서 거센 불꽃이 화르르 쏟아지는 것 같은 환상이 보였다. 경은은 자신도 모르게 두 눈을 질끈 감았다.

불똥은 치프에게 튀었다.

"박용운, 넌 뭐하는 놈이야? 치프라고 명찰만 달고 있으면 다야? 대한재활의학회지 제33권 제1호 애들한테 안 돌렸어? 94페이지부터 97페이지까지! 내가 아랫년차들 반드시 읽히라고 하지 않았나?"

"죄송합니다."

어금니를 꽉 깨문 용운이 교수님 앞에 고개를 조아렸다.

뭐라도 하나 날아갈 것 같은 살벌함이 그들 주위에서 자욱하게 풍겼다. 경은은 살벌함 속에서 몸을 부들부들 떨었다.

그들 사이의 긴장감이 극도에 달했을 때였다.

"딸꾹!"

경은의 입에서 딸꾹질이 튀어나왔다. 서둘러 자신의 입을 막았지만 들을 사람은 이미 다 들은 후였다.

"죄송합니다."

경은이 서둘러 고개를 조아렸다.

의도한 것은 아니었는데 대형 사고를 쳤다. 살벌한 표정으로 누구 하나 죽일 듯 날뛰던 윤철 교수님의 얼굴을 떠올리며 경은은 머리를 숙인 채 죽을상이 되었다.

의국 입성 첫날에 병원에서 쫓겨날 수도 있겠다는 생각이 들어 두 눈을 꼭 감은 경은의 얼굴에 근심과 걱정이 넘실거렸다. 경은은 머리 위로 날벼락이 떨어지기만을 기다렸다. 그런데 묘하게도 방금까지 흐르던 살벌한 기운이 갑자기 사라지는 느낌이 들었다. 경은이 슬쩍 눈을 들어 올렸다.

"허허, 우리 작가 선생께서 놀라셨나 보네."

지킬박사와 하이드, 윤철 교수님이 다시 한 번 변신했다. 호랑이 저리 가라고 할 정도로 무섭게 호통을 치던 분이 인자함의 가면을 뒤집어썼다.

잔뜩 주눅이 든 경은이 눈동자를 데굴데굴 굴리며 윤철 교수님의 눈치를 살폈다.

"허허, 나 그리 무서운 사람 아니에요."

교수님은 너털웃음을 지으며 이미지를 쇄신시키고자 노력했다. 하지만 그를 바라보는 경은의 눈동자에는 경계심 가득한 공포만이 넘실거렸다.

경은이 소스라치게 놀란 이후 윤철 교수님을 포함한 정형외과 교수님들은 노성을 자제하는 모습을 보였다. 레지던트들이 대답을 하지 못할 때면 음성이 고조되고 목에 핏대가 서는 것이 훤히 보였지만 교수님들은 애써 화를 억누르며 노력했다.

드라마 작가를 불러들인 이유는 병원의 좋은 모습을 보이기 위한 것이지 나쁜 모습을 보이기 위해서가 아니었다. 그리고 모두에게 악몽 같은 1시간의 컨퍼런스가 끝이 났다.

교수님들은 줄을 지어 주르륵 회의실 밖으로 퇴장하셨다. 교수들은 퇴실하면서도 경은에게 병원 생활을 잘 보고 좋은 드라마를 써 달라고 저마다 한마디씩 부탁의 말을 건넸다. 방금 전에 그들이 보여 준, 살벌하다 못해 피바람이 불 것 같던 모습들이 교수님들 얼굴 위에 겹쳐졌다.

경은은 컨퍼런스가 계속되던 1시간 동안 마치 의사 전용 납량 특집을 본 기분이었다. 그리고 그것은 혜정이라고 예외는 아니었다.

"역시 경은이 네가 최고다. 어떻게 그 상황에서 딸꾹질을 하냐? 진짜 땡큐. 너무 고마워!"

목소리를 낮춘 혜정이 경은에게 감사함을 전했다. 대한재활의학회지를 읽기는 했는데 순간적으로 당황해서 대답을 하지 못했다고 한숨 섞인 변명을 하고는 오늘 크게 경을 치는 줄 알았는데 네 덕분에 살았다며 혜정이 속닥거렸다.

"넌 괜찮아?"

"응. 이 정도쯤이야 뭐. 그래도 오늘은 네가 있어서 교수님들이 다들 많이 자제하셨어. 몇 년 전인가는 대답을 못 하는 레지던트에게 재떨이를 날려서 머리가 깨지는 바람에 컨퍼런스 도중에 응급실에 달려간 선배도 있었는걸."

"진짜?"

기가 질린 듯 사색이 된 경은의 얼굴을 보며 혜정이 키득거렸다.

"뭘 이거 가지고 그래? 이보다 더한 일도 많은 데가 병원인데. 하기는 넌 옛날부터 새가슴이었지. 이거 알아? 네가 카데바 실습 때 실신한 후로 우리 다음 학년부터는 카데바 실습 전에 학생들한테 꼭 청심환 먹이는 전통이 생겼어."

혜정이 장난기 어린 목소리로 과거 이야기를 늘어놓았다.

경은은 키득거리는 혜정을 보고서야 겨우 몸에서 긴장이 풀리는 것을 느꼈다. 하지만 위기는 아직 끝나지 않은 듯했다.

"민혜정 선생."

교수님과 펠로우 선생님들이 마지막 한 분까지 나가는 모습을 지켜보던 용운은 그분들이 모두 나가시자 우렁찬 목소리로 혜정을 불렀다.

숨 막히는 질의응답 시간이 끝나고 겨우 한숨 돌리려는 찰나 시작된 용운의 부름에 혜정이 나직이 한숨을 내쉬었다. 그녀가 미처 생각하지 못했던 2차 폭탄이다.

경은에게 한 번 안타까워 보이는 눈빛을 보낸 혜정이 몸을 일으켜 용운에게 다가갔다. 1년 차와 2년 차가 바글거렸지만 잘못한 것이 있으면 먼저 고개를 숙이는 것이 맞았다.

심호흡을 한 혜정이 용운에게 다가가서 꾸벅 고개를 숙였다.

"죄송합니다. 제 불찰입니다."

"넌 3년 차가 질문에 답변을 못하면 어쩌자는 거야? 공부 안 했어?"

용운이 날카로운 목소리로 혜정을 질책했다. 윤철 교수님은 유난히 대한재활의학회지를 좋아하니까 만약 관련된 사항이 있다면 반드시 읽고 넘어가야 한다는 것은 정형외과 내에서는 누구나 다 알고 있는 만고불변의 진리였다.

"죄송합니다."

혜정이 다시 한 번 고개를 숙였다. 타박도 할 수 없을 정도로 자신의 잘못을 확실하게 인지하고 있는 혜정을 보는 용운의 입에서 짜증 섞인 한숨이 터져 나왔다. 선임급인 3년 차를 모든 레지던트들이 보는 곳에서 더 혼을 낼 수는 없지만 그렇다고 그냥 넘어갈 수도 없었다.

"오늘 네가 답변하지 못한 부분, 척추 후관절 증후군에서 고주파 열응고술 후 증상의 재발 양상에 대해서 A4 30장으로 정리해서 제출하고, 2000년부터 올해 가장 최근에 나온 대한재활의학회지 전부 다 뒤져서 척추 후관절 증후군 관련 자료 다 정리해서 와."

"옛? 치프 샘!"

10년이 훌쩍 넘는 자료를 전부 다 뒤져야 한다는 생각에 혜정의 얼굴이 사색이 되었다. 하지만 용운은 아랑곳하지 않고 말을 이었다.

"기한은 둘 다 이번 달 말까지!"

혜정의 얼굴이 황망해졌다. 레포트 제출은 그렇다 치더라도 한 달 동안 10여 년 치의 대한재활의학회지를 전부 다 뒤져서 정리해 오라는 것은 정말 해도 너무했다. 교수님의 질문에 한 번 대답하지 못한 대가는 처참했다.

회기 불능으로 허우적대는 혜정을 무심히 넘긴 용운의 눈에 경은이 들어왔다. 교수님들은 작가라는 이유 하나만으로 경은에게 꽤 너그러운 듯했지만 용운은 마냥 그녀에게 맞춰 줄 생각이 없었다. 홍보도 좋지만 홍보 때문에 병원 본연의 목적과 의사 본연의 의무를 저버릴 수는 없었다.

용운의 두 번째 제물로는 경은이 선택되었다.

"그쪽에 계신 작가님도 이리 와 보세요."

차고 냉정한 용운의 목소리에 경은이 찔끔하며 몸을 떨었다.

"저, 저요?"

"네. 이리 와 보세요."

분명히 말은 존대인데 어투는 하대였다. 분노의 여운이 아직 채 가시지 않은 고압적이고 날카로운 목소리가 경은을 불렀다.

경은이 바들바들 떨며 용운 앞에 섰다.

"한 가지만 당부하죠. 6개월 동안 박경은 씨도 레지던트들과 똑같이 행동하세요."

"예? 그게 무슨……."

놀란 경은이 눈을 크게 뜨며 용운을 올려다봤다.

"외부인 티를 내지 말라는 소립니다. 박경은 씨가 컨퍼런스에서 맥을 끊어 듣지 못한 지식 하나가 한 생명을 죽일 수도 있습니다. 내부인처럼 지내세요. 아니, 아예 투명 인간처럼 숨소리도 내지 말고 지내세요. 그럴 자신이 없으면 병원을 떠나든가."

용운의 목소리는 냉기가 뚝뚝 떨어지다 못해 온 회의실을 설국으로 만들 기세였다.

입술을 질끈 깨문 경은의 고개가 점점 아래로 내려갔다. 그녀 자신의 잘못을 알고 있기 때문에 경은은 용운의 모진 말에도 한마디 대꾸를 할 수 없었다. 그때였다.

"하기는 후자도 나쁘지 않겠군요. 자세히 볼 필요는 없지 않습니까? 어차피 병원은 배경일 뿐이고 시답잖은 사랑 이야기나 쓸 게 뻔한데."

용운의 비아냥거리며 말했다. 죄인처럼 고개를 숙이고 있던 경은이 발끈하며 외쳤다. 잘못한 것은 알고 있지만 그렇다고 해서 이런 막말까지 가만히 듣고 있을 생각은 없었다.

"말씀이 심하세요!"

"심해요? 내 말이 틀렸습니까? 메디컬 드라마는 병원에서 연애하고, 법정 드라마는 법원에서 연애하고, 수사물은 경찰서에서 연애하지 않습니까?"

단호하다 못해 매정하기까지 한 평가였다. 사실 어떤 측면에서 보면 용운의 말이 맞을지도 모른다. 당장 스토리가 심심해지는 경우를 막기 위해 연애코드를 조미료로 첨가하니까.

경은의 공모전 당선작도 그 법칙에서 벗어나지는 못했다. 하지만 그렇다고 해도 드라마 하나에 들어가는 건 사랑 이야기가 전부는 아니다.

한국 드라마에는 장르를 불문하고 남녀 간의 사랑 이야기가 들어간다. 그보다 더 먼저 들어가고, 더 많이 들어가는 것은 인간에 대한 근본적인 애정과 따스함이다.

용운이 지적하는 남녀 간의 사랑 이야기는 그 근본적 애정과 따스함에 포함이 된다. 한국 드라마가 현재 세계 각국에서 사랑을 받고 있는 원인에는 분명 그 인간애(人間愛)적 감정이 포함되어 있다고 경은은 생각한다.

경은이 발끈해서 대꾸했다.

"선배님은 드라마에서 연애하는 것밖에 못 봤나 봐요. 저는 바쁜 일정 속에서도 틈을 내서 사람으로서의 삶을 살아가는 사람들을 봤는데요. 사랑도 삶이고, 이별도 삶이에요. 눈물도 삶이고, 웃음도 삶이라고요. 물론 한국 드라마가 선배님이 말씀하시는 그런 부분이 없는 것은 아니지만……."

"잠시만요. 제가 왜 그쪽 선뱁니까?"

경은의 말을 끊어 낸 용운이 의아한 목소리로 물었다.

아차 싶은 경은이 혀를 질끈 깨물었다. 혜정과 오랜만에 나눈 대화 때문에 7년 전으로 돌아간 것 같은 느낌이 들었던 모양이다.

실수였다고 부정을 해야 하나, 아니면 그녀의 전적을 이야기해야 하나 갈등하고 있는데 옆에서 경은과 용운을 보고 있던 혜정이 입을 열었다.

"선배님!"

"뭐?"

"아니. 치프 샘! 죄송해요."

서둘러 말을 바꾼 경은이 혀를 삐죽 내밀며 어색한 웃음을 지었다.

인턴 1년에 레지던트 3년까지 총 4년의 시간이 흘렀는데도 자꾸만 의대생 시절에 부르던 '선배님'이라는 단어가 튀어나온다. 박봉달 의료원에는 S대 출신만 모인 것이 아니기 때문에 사적인 호칭은 자제해야 한다는 것을 아는데 불현듯 그녀도 모르게 튀어나오는 것은 어쩔 수가 없다.

실수를 수습한 혜정이 말을 이었다.

"그런데 치프 샘, 혹시 경은이 모르세요?"

"민혜정 선생이랑 작가님이 아는 사이야?"

"예. 그런데 치프 샘도 아실 텐데요."

혜정의 말에 용운의 미간이 찌푸려졌다.

"내가 드라마 작가와 알 일이 뭐가 있어서."

"아니요. 드라마 작가가 되기 전에요."

"혜정아!"

경은이 서둘러 혜정을 말렸지만 혜정은 아랑곳하지 않고 말을 이었다.

"모르세요? 이쪽에 계신 작가님 우리 학교 출신이에요. 제 동기 박경은! 카데바 실습 때 쓰러졌던 애예요. 한동안 소문이 꽤 왕성했는데……."

"……아."

혜정의 말에 용운은 정체가 모호한 탄성을 터트렸다.

카데바 실습 때 쓰러진 학생이 있다는 이야기는 들었다. 어지간히도 심약하구나 싶어서 혀를 찼던 기억이 났다.

용운이 시선을 내려서 경은을 훑었다. 모교 출신이라는 이야기를 들었음에도 영 낯설다.

"민혜정 선생의 말이 맞습니까?"

경은이 긍정했다. 용운이 미묘한 표정을 지었다.

"그럼 나도 압니까?"

경은이 내키지 않는 표정으로 고개를 주억거렸다.

그가 눈을 가늘게 뜨고 경은을 응시했다. 경은은 용운의 시선이 꽤 부담스러운 듯 눈동자를 이리저리 굴리며 시선을 회피했다.

"대학 후배라……."

나지막하게 중얼거리는 용운의 눈동자가 가늘어졌다.

의뭉스러운 용운의 표정을 보며 경은이 움찔대며 시선을 피했다. 고양이가 궁지에 몰아넣은 쥐를 보는 것 같은 눈길이 한참 동안 이어지고 이윽고 용운의 입이 열렸다.

"좋습니다. 대학 후배 좋지요. 그럼 나도 말을 편하게 해도 되겠군요?"

목소리도 부드럽고, 말투도 청유형인데 경은은 어째 용운의 말이 명령처럼 들렸다. 경은은 억지로 고개를 끄덕였다. 용운이 말을 이었다.

"의대생이었고, 민혜정 선생과 친구고, 때문에 레지던트의 생활에 대해서 잘 안다면 더 잘되었네요. 날 선배라고 불렀으니 나도 후배처럼 대하겠습니다. 박경은 씨, 사람으로서의 삶을 사는 의사……라고 했습니까? 그럼 의사라는 사람이 어떻게 생활하는지 아셔야겠군요. 내일 새벽 5시 반부터 나오세요. 실제 레지던트들의 생활이 어떤지 똑바로 보고 똑똑히 느껴 보세요."

머리에서 꽝 하고 큰 종소리가 울리는 느낌이었다. 그 종소리는 마치 이미 경은의 인생이 종 쳤으니 각오하라는 경고음처럼도 들렸다.

그런 것 안 알아도 된다고 고개를 절레절레 흔들고 싶은데 용운은 자기 할 말만 하고 사라졌다. 경은이 서둘러 용운을 잡으려고 했지만 유난히 기분이 안 좋아 보이는 치프의 분위기에 압도된 혜정이 서둘러 경은의 입을 막았다.

용운의 뒤에 남은 경은은 한참 동안 물에 빠진 사람처럼 손을 허우적댔다.

2장

호기심이 가득한 눈길들이 경은에게 집중되었다.

의대생이었다는 사실에 친근감을 느낀 것인지 아니면 용운에게 당했다는 사실에 동질감을 느낀 것인지는 모르겠지만 거리낌 가득하던 레지던트들은 한결 누그러진 표정으로 경은을 응시했다.

평소라면 부끄러워하며 몸 둘 바를 몰라 하겠지만 용운의 냉정함에 영혼을 다 빨린 경은은 기력이 쇠한 눈으로 그들을 응시했다. 속된 말로 멘탈이 붕괴되었다.

맥이 풀린 표정으로 넋을 놓고 있는 경은을 보며 혜정이 고개를 숙이고 석고대죄 했다.

"미안해. 내가 입을 잘못 놀려서……."

대학 후배였다는 사실을 알면 용운의 가시가 조금 누그러들 것이라고 생각하고 말한 것이었는데, 그 행동이 도리어 용운의 가시에 날을 세웠다. 혜정은 눈물마저 글썽거리며 사죄했다.

"정말 미안해."

"아냐. 내가 용운 선배를 모르냐."

경은이 지친 목소리로 대꾸했다.

원리원칙주의자에 완벽주의자, 칼 같은 용운의 성격은 옛날부터 유명했다. 아마 경은에게 그렇게 친절하지 않았던 것도 병원 본연의 업무에만 충실하지 못하고 홍보니 어쩌니 하면서 병원에 외부인을 들였기 때문에 그런 것이 분명하다.

반쯤 넋이 나가서 허탈한 얼굴로 허공을 바라보고 있는데 정형외과 레지던트들이 슬금슬금 경은에게 접근했다.

"힘내요."

"힘내세요."

"우리가 도울게요."

만신창이가 된 경은에게 레지던트들은 용기와 격려를 건넸다.

"그런데 S대 의대 출신이에요?"

"그럼 제 선배도 되네요? 혹시 나 몰라요?"

친근감도 표시했다.

"앞으로 친하게 지내요."

"잘 부탁합니다."

배시시 웃으며 인사를 건네는 이들의 모습은 정겨웠지만 경은은 하나도 안 고마웠다.

그녀 앞에서 순박하게 웃는 레지던트들의 얼굴 위로 잘 지내보자고 하얀 이를 드러내며 섬뜩하게 웃던 용운의 얼굴이 오버랩되었다.

한숨을 내쉰 경은이 손으로 얼굴을 쓸어내렸다. 마른세수를 하며 잠시 외출했던 정신을 다시 일깨우려 했다. 하지만 떠오르는 것은 살벌한 용운의 얼굴뿐이었다.

아무리 바쁘다고 해도 가볍게 차 한 잔 마실 시간은 있지 않을까 막연하게 생각을 했는데 레지던트들에게 휴식시간은 없었다.

연차에 따라 조금씩 다른 부분은 있지만 대다수의 레지던트들은 수술조가 아닌 이상은 아침에 출근해 회진 준비와 환자 확인, 드레싱과 차팅을 마치면 7시부터는 교수님 이하 레지던트 회진에 나선다.

회진을 다 돌고 나면 8시 40분경부터 아침 외래를 시작하는데 외래 환자를 보는 틈틈이 수술 환자의 상태를 확인하고, 병동 콜을 받고 입원 환자의 처치나 드레싱을 지시한다.

뿐만 아니라 중간중간에 응급실에서 콜이 오면 콜 받으러 내려가야 하고, 수술이 있다고 하면 수술 어시스트도 해야 한다. 그리고 하루 일정을 마감하는 오후 6시가 되면 또다시 회진을 도는데 이것이 바로 교수님과 치프가 함께하는 전혀 단란하지 않은 저녁 회진이다.

저녁 회진을 다 돌고 나면 병동 환자에 대한 오더를 내리고 수술이 예정된 환자 보호자들로부터 수술 동의서를 받는다. 하루에 20명 정도를 받고 나면 녹진녹진해진다. 그 상황에서 '신환이요!'라는 가슴 무너지는 소리가 들리면 재빠르게 움직여 신입 환자를 받는다.

겨우 9시가 되어서야 자유 비슷한 것을 얻어서 기타 잡무를 확인하는데 말이 기타 잡무지 차트 정리하고, 논문 작성하고, 컨퍼런스를 준비하고, 이런저런 케이스를 조사하며 공부를 하다 보면 자정을 넘기는 일은 부지기수다. 물론 그 중간중간에도 응급실 콜은 수시로 터진다.

식사는 하면 좋고 안 해도 어쩔 수 없는 것이었다. 아침은 무조건 못 먹고 점심시간은 5분에서 10분 내에 끝내야 하며, 저녁은 9시가 넘어서야 먹을 수 있다. 빈말이라도 시간이 넉넉해 보인다는 말은 죽어도 안 나오는 일정이다.

"……너 이러고 살았던 거니?"

경은의 눈동자에 동정과 연민이 넘실거렸다. 작가의 일정이 빡빡하다며 투덜거렸지만 레지던트 일정은 그런 경은을 뛰어넘는 수준이었다.

"그래도 난 3년 차라서 좀 괜찮아. 쟤들에 비하면 개인 시간도 있잖아."

혜정이 1년 차를 턱짓하는데 다크서클이 턱까지 내려온 1년 차는 책상에 앉아서 꾸벅꾸벅 졸고 있었다.

그럭저럭 상태가 괜찮은 것 같았던 오전의 컨퍼런스 때와는 달리 저녁의 레지던트들은 마치 좀비 같았다. 반쯤 시체 꼴이 되어 음침한 웃음소리를 흘리는 이도 있었다. 경은이 보고 기겁했던 카데바를 떠오르게 할 만큼 섬뜩했다.

아침 컨퍼런스는 10시였고 지금은 밤 10시 42분. 만 12시간 만에 한자리에 모인 레지던트들은 환자들에게 기력이 쏙 빨린 듯 쇠진한 모습이었다.

"쯧쯧."

아침까지만 해도 그들의 유능함에 감탄하고 의대를 포기한 사실이 후회스러웠지만 레지던트들의 실체를 보고 나니 헬 게이트 앞에서 탈출했다는 안도감밖에 들지 않았다.

"그래도 오늘은 평소보다 일찍 끝났어. 월례조회에 컨퍼런스까지 겹치면 보통은 자정이 되어야 업무가 종료되는데 오늘은 너를 만나서 그런지 좋은 일만 계속되는 것 같아."

배시시 웃는 혜정의 얼굴은 꽤 만족스러워 보였지만 경은은 뭔가 기분이 복잡했다. 병원에서 생기는 에피소드와 로맨스 같은 것을 주워 오라고 당당하게 말하던 국장님의 말도 생각났다. 하지만……

경은이 천장을 보며 한숨을 내쉬었다. 혜정은 밤 10시가 넘어서 업무가 종료되었음에도 일찍 끝났다고 즐거워하고, 의국 안에는 꾸벅꾸벅 조는 좀비들이 넘쳐 난다. 경은은 문득 이곳에서 건져 낼 에피소드가 있기는 할지 의문이 들었다.

"혜정아!"

"응?"

저널을 넘기던 혜정이 여상스럽게 대꾸했다.

"너는 애인 있니?"

정 건질 에피소드가 없으면 정말 병원에서 연애하는 이야기라
도 쓸 작정으로 경은이 물었다. 아무렇지도 않게 얼굴을 들었던
혜정의 얼굴이 순간 붉어졌다.

벌겋게 상기된 얼굴로 말을 채 잇지 못하는 혜정을 보며 경은
이 입맛을 다셨다. 좋아하는 사람이 있기는 한가 보다. 이런 살인
적인 일정에도 연애를 하는 그녀가 대단해 보였다.

"아니…… 저기…… 애인이라기보다는……."

경은이 피식 웃음을 터트렸다. 난처하게 할 생각은 없었는데
혜정은 어지간히도 당황한 모양이었다. 경은이 괜찮다며 말하지
않아도 된다고 말하려는 찰나였다.

"우리 혜정이가 썸 타는 그분이 계시기는 하지! 한참 연하!"

누군가가 고개를 불쑥 들이밀며 말했다. 깜짝 놀란 경은과 혜
정이 고개를 들었다. 뜬금없이 나타난 목소리의 주인공이 서글서
글하니 웃으며 인사를 건넸다.

"안녕."

손가락을 물결처럼 흔드는 남자는 경쾌하게 인사했다. 상큼한
인사에서는 발랄함마저 느껴졌다.

"아!"

"최상필!"

혜정과 경은의 입에서 동시에 단발마가 터져 나왔다. 상필은

같은 S대 의대 3반 출신인 동기였다. 아무리 경은이 존재감 없고 친구라고는 혜정밖에 없었다고 해도 10명 남짓의 인원으로 구분된 반의 구성원들은 모두 알고 있었다.

"너도 정형외과였어?"

경은이 놀란 목소리로 물었다.

"응. 반갑다, 박경은!"

상필이 양팔을 벌려 경은을 꽉 껴안았다. 그리고 이내 팔을 풀고 경은의 이모저모를 살폈다.

"난 정말 네가 죽은 줄 알았다."

"미안."

"미안하다고 다가 아니야. 이 화상아."

상필이 경은의 양 볼을 잡아 당겼다. 둘리처럼 툭 튀어나온 경은의 볼은 여전히 찹쌀떡처럼 말랑말랑했다.

"널 업고 응급센터까지 뛰어간 날 위해서라도 연락은 해 줬어야지."

상필이 불퉁한 목소리로 말했다.

"혜정이 너도 그래. 인마, 경은이가 왔으면 연락을 좀 해 주지. 아무리 오프라고 해도 내가 설마 경은이 왔다는데 모른 척하겠냐?"

"아, 그러게. 깜박했다."

상필의 타박에 혜정이 멋쩍은 표정을 지으며 혀를 내밀었다. 그는 잠깐 돌렸던 시선을 다시 경은에게로 돌렸다.

"그래. 박경은! 작가님이 되셨다지?"

"작가님까지는 아니고 그냥 그 언저리를 맴도는 거지 뭐."

경은이 겸연쩍은 표정으로 대꾸했다. 알면 알수록 어렵고 힘든 것이 이쪽 일인데 아직 초보 딱지도 떼지 못한 그녀에게 그녀의 옛 친구들은 자꾸만 작가님이라며 치켜세웠다.

땅을 향해 숙인 고개를 들 줄 모르고 수줍어하는 경은을 보며 상필이 씩 웃음을 지었다.

"언저리는 무슨. 공모전에서 상도 받았다면서. 그런데 경은이 너, 드라마 작가라면 방송 쪽에 대해서도 잘 알겠네?"

"잘은 모르지만……. 왜?"

"아니, 저쪽에 우리 의국의 순진한 꼬꼬마들이 그 분야에 대해서 관심이 제법 많거든."

상필이 와글와글 몰려 있는 레지던트들을 턱짓하며 말했다. 바로 어제까지만 해도 드라마 작가 영입 결사 반대를 외치던 레지던트들은 배시시 웃으며 경은에게 손을 흔들었다. 그들의 표정에서는 기대와 환영이 배어 나왔다.

"이쪽으로 와. 내가 친히 소개시켜 주마."

상필이 경은의 팔을 잡아끌어 의국의 정중앙으로 데리고 갔다.

"찐빵같이 생긴 녀석이 1년 차 오진우. 바쁜 와중에도 아침드라마와 일일연속극은 꼭 챙겨보는 우리 의국 막둥이다. 찌그러진 오이같이 생긴 녀석은 1년 차 윤권이라고 관심 있는 것은 예쁜 여자 연예인, 그리고 이 녀석은 사과처럼 생겼지? 동글동글한 녀석이 볼도 빨갛고. 2년 차 이은민이라고 하는데 속은 상했어. 아야!

그만 때려. 암튼 그렇고 또 이쪽은⋯⋯."

상필의 소개에 레지던트들이 연달아 고개를 꾸벅였다. 그의 소개가 어쩌나 적절한지 귀에 쏙쏙 잘 들어왔다. 지치고 힘든 표정으로 있던 경은의 입가에 살짝 미소가 깃들었다.

호빵과 찌그러진 오이, 상한 사과 등 개성적이고 독창적인 표현이 난무했다. 생김새부터도 범상치 않은데 묘사와 소개까지 그러하니 인식이 되지 않으려야 않을 수가 없었다.

하지만 명색이 첫 소개인데 깔깔대고 웃을 수는 없어 경은은 웃음을 꾹 참으며 입을 열었다.

"반가워요."

초롱초롱한 눈망울의 레지던트들은 호의를 담아 눈을 반짝였다.

경은의 인사를 시작으로 꼬꼬마 레지던트들은 속사포처럼 말을 쏟아 냈다. 수다쟁이가 된 레지던트들은 궁금한 것도 많고, 할 말도 많아 보였다.

찐빵 같은 진우는 드라마의 최고봉은 막장이라며 바쁜 와중에도 아침드라마와 일일연속극은 꼭 챙겨본다며 막장 예찬을 늘어놓았다. 욕하면서 보는 즐거움이라던가, 뻔한 내용임에도 눈을 뗄 수 없는 스릴과 긴박감에 대해서 감탄했다.

찌그러진 오이 같은 윤권은 여자 연예인 중 실물로 봤을 때 누가 가장 예쁘냐며 캐물었다. 그리고 상한 사과 은민은 경은이 쓰는 드라마의 남자 주인공은 누가 되냐며 눈을 반짝였다.

그녀는 한술 더 떠서 이왕이면 잘생긴 꽃미남이 좋을 것 같다며 꽃미남 예찬을 늘어놓았다. BL(Boys love, 남성의 동성애)을 사랑한다는 이 레지던트 아가씨는 왜 공중파에서는 BL이 나오지 않느냐며 연신 투덜거렸다.

손에 잡힐 듯 확연한 캐릭터에 경은이 웃음을 터트렸다. 잔뜩 얼어붙어서 긴장하고 있었는데 지나치게 독특한 캐릭터들을 바라보고 있자니 웃음밖에 나오지 않았다.

"왜 그러지?"

"그러게."

안 그래도 큰 눈을 더 크게, 혹은 작은 눈을 크게 뜨고 자기들끼리 속닥거리는 모습을 보고 있자니 자꾸만 웃음이 나온다.

한결 긴장이 풀린 경은을 보며 상필도 지그시 미소를 지었다.

"우리 애들 괜찮지?"

"응. 좋은 사람들 같아."

경은이 고개를 끄덕였다. 어느새 다가온 혜정이 다정한 미소를 지으며 경은의 손을 꼭 잡았다. 그 손에서 전해지는 온기에 고개를 돌려 혜정을 향해 웃음을 지어 보였다.

잔뜩 긴장해 있던 것이 우스울 정도로 박봉달 의료원의 모든 구성원들은 참 착하고 다정하고 유쾌했다. 현재 이 자리에 없는 누구누구가 조금 걸리기는 하지만 경은은 이 유쾌한 사람들과 함께 만들어 갈 그녀의 드라마가, 그리고 함께 생활할 그녀의 6개월이 진심으로 기대가 됐다.

✦   ✦   ✦

　유쾌한 사람들이라는 것은 그들의 일부에 불과했다. 경은은 불과 이틀 만에 그녀가 생각했던 표현 위에 '열정'이라는 단어를 덧칠했다.

　막장드라마에 열광하고, 여자 연예인에 열광하고, BL에 열광하던 레지던트들은 환자 앞에서는 그보다 더 열정적이 되었다. 사생활은 고사하고 쉬는 시간도 없이 수련을 계속하면서도 환자 앞에만 서면 씩씩해지고 활기차졌다.

　사실 경은은 정말 병원이 싫었다. 그리고 그래서 병원으로 파견 나오는 것도 싫었다. 경은은 병원 특유의 소독약 냄새도 싫고, 사방에 환자뿐인 환경도 싫었다. 그냥 병원이라는 공간 자체가 싫었다.

　감기 몸살로 끙끙 앓으면서도 약국에서 종합감기약 하나 사 먹고, 발목을 삐끗해 놓고도 파스 하나로 버텼었다. 그렇게 미련하게 굴었던 것도 모두 병원이라는 공간 자체를 싫어했기 때문이다. 하지만 박봉달 의료원에 와서 직접 레지던트들을 본 경은은 그녀가 병원을 싫어하던 진짜 이유를 깨달았다.

　경은은 어쩌면 두려웠는지도 모르겠다. 의사라는 직업이 가진 사회적 지위나 금전적 보상을 혹시라도 부러워하게 될까 봐, 그래서 의대를 자퇴하고 드라마 작가의 길을 택한 그녀의 선택을 후회하게 될까 봐. 하지만 지금 경은은 그녀의 선택이 매우 옳은 것이었다는 것을 깨닫고 있었다.

— 선생님, 아파요.

용운의 지시에 따라 레지던트들의 일과를 좇던 그 첫날, 10살짜리 정준이의 울먹임에 은민은 제 몸의 피곤함도 잊고 주저 없이 몸을 일으켰다.

당직인 그녀의 곁에서 '인간은 몇 시간 동안이나 잠을 자지 않고 버틸 수 있는가', 혹은 '레지던트와 좀비의 상관관계'에 대하여 새로이 논문을 쓰고 있던 경은은 한 치의 망설임도 없이 몸을 일으키는 은민의 모습에 놀란 눈으로 그녀의 뒤를 좇았다. 그리고 1시간 동안이나 말없이 정준이의 손을 잡아 주는 은민의 모습에 속으로 꽤 놀라고 있었다.

솔직히 그냥 돌아가거나, 아니면 손을 잡아 주더라도 10분 정도라고 예상을 했었는데……. 은민은 반쯤 감겨 있던 눈을 억지로 부릅떠 가며 아이가 잠들 때까지 그 손을 꼭 잡아 주었다. 다시 의국으로 돌아오는 길, 은민의 행동을 떠올린 경은은 자신도 모르게 입을 열었다.

"아까 걔요, 개인적으로 아는 아이예요?"

"아니요. 그런 건 아니에요. 단지 걔 수술할 때 제가 손을 잡아 줬거든요. 그래서 그런지 가끔 절 찾아요."

은민이 대수롭지 않은 목소리로 답했다. 경은은 새벽 3시에 보호자도 없는 아이가 그녀를 찾고, 은민이 그것을 아무렇지 않게 받아들이며 1시간이나 그 아이의 곁에 있어 주는 그녀의 행동을 머릿속으로 곱씹으며 물끄러미 그녀를 바라보았다. 은민이 손가락으로 이마를 긁적이며 말을 덧붙였다.

"골육종 환자예요. 쉽게 말해 뼈에 생기는 암. 근데 정준이는 아홉 살 때 그게 발병했거든요. 보통은 사지구제술(limbsalvage surgery)로 암이 발생한 뼈만 제거하는데 정준이는 암세포 전이가 너무 빨라서 다리를 절단할 수밖에 없었어요. 근데 그 수술에 제가 들어갔거든요. 어린애가 아프다는 말도 못하고 끅끅 눈물만 흘리는데……."

평이하게 꺼낸 이야기인데 말을 하다 보니 목이 메어 왔다. 은민은 잠시 숨을 고르고 다시 입을 열었다.

"……할 수 있는 게 손을 잡아 주는 것밖에 없더라고요. 10살이면 손이 얼마나 작은 줄 아세요? 제 손이 좀 작은 편인데 그래도 요 정도밖에 안 돼요."

은민이 자신의 오른손에 그녀의 왼손 엄지와 중지로 크기를 대중하며 말했다.

"편모가정이라 엄마가 일을 해야 해서 병원에 와 줄 수 있는 사람은 아무도 없고, 그걸 아니까 10살짜리가 혼자서 울지도 못하고 있는데 그게 너무 안쓰러워 보여서 제가 손을 잡으니까 그 손을 꽉 잡고 애가 그제야 펑펑 우는 거예요. 그리고 그제야 잠이 들고……. 아니, 그러니까 특별한 것은 아닌데 그러니까……."

은민은 일단 이야기를 꺼내기는 했는데 무엇인가 멋쩍은 것인지 연신 말을 돌리며 딴청을 부렸다. 경은은 무슨 이야기인지 알 것 같아 가만히 은민의 손을 잡아 주었다.

"은민 선생님은 착하구나."

경은은 마음 깊이 감동을 받았다.

"아니, 안 착해요. 그냥 환자니까, 내 환자니까……."

은민은 얼굴이 벌겋게 되어 착한 게 아니라 그건 그녀가 의사니까 그런 것이라고 했다. 낫게 해 줘야 하는데 그러지 못한 그녀가 해 줄 수 있는 유일한 일이니까. 하지만 그것이 의무가 아니라는 사실을 알기에 경은은 은민에게 잔잔한 미소만 보였다.

어제 은민을 따라다닌 경은은 오늘은 윤권을 따라다녔다. 여자 연예인에, 정확하게 말하자면 예쁜 여자에 아주 관심이 많은 그는 환자들을 볼 때도 그의 흑심을 백분 발휘했다.

"할머니, 제가 그때 이틀 후에 오라고 말씀드렸잖아요. 안 그래도 분쇄골절이라 걱정이 태산 같은데 이렇게 드문드문 오시면 예쁜 손이 정말 미운 손 됩니다."

윤권이 투덜거리며 말했다. 일흔이 넘은 노인에게 예쁜 손 운운하는 윤권이 우스운 듯 할머니는 알았다며 손사래를 쳤지만 윤권은 진심인 듯 연신 투덜댔다.

"또 이렇게 오시면 저 정말 화낼 거예요. 진심이에요."

하지만 입으로는 투덜대면서 드레싱을 하는 그의 손길을 꼼꼼하고 세심하기 짝이 없었다. 할머니도 그 마음을 아시는지 알았다 웃음을 지어 보이셨다.

팔목이 부러진 강복순 할머니를 마지막으로 외래는 마감이 되었고, 경은은 레지던트 개개인의 성격이 확연히 드러나는 진료 스타일에 혼자서 웃음을 터트렸다. 들고 다니는 노트에 '윤권, 여자 환자는 다 예쁨.' 이라는 글을 적은 경은이 이 캐릭터 참 재밌다 입꼬리를 슬쩍 위로 올릴 때였다.

"······아니거든요?"

귓가에서 불퉁한 목소리가 들렸다. 고개를 든 경은은 그녀의 노트를 함께 들여다보고 있는 윤권의 모습에 화들짝 놀랐다. 하지만 윤권은 그녀가 놀란 것보다 노트의 내용이 더 중요해 보였다.

"여자 환자는 다 예쁘다는 건 절 모욕하는 거예요."

윤권이 쌜쭉하게 말했다. 경은이 조심스레 물었다.

"오늘 온 여자 환자들보고 다 예쁘다고 하지 않았어요?"

"그냥 모든 여자들에게는 예쁜 곳이 적어도 한 곳은 있다는 것으로 받아들여 주면 되는 거예요."

"······일흔 넘으신 할머니도요?"

경은의 질문에 윤권이 고개를 갸웃하면서 말했다.

"그 할머니는 정말 팔이랑 손이 예뻤어요. 연세답지 않게 손에 주름살도 별로 없고, 손가락도 가늘고 길쭉길쭉, 팔목도 단단하면서 예쁘게 잘빠졌고요."

윤권의 말은 진심인 것처럼 보였다. 경은이 눈을 가늘게 뜨고 물었다.

"진심이에요?"

"그럼요."

윤권이 고개를 끄덕이면서 말했다.

"아, 물론 제 진료 스타일 때문에 조금 오해의 소지가 있다는 것은 알아요. 그래서 교수님들한테도 가끔 혼나는데 그래도 전 다른 선생님들처럼 근엄하게 앉아서 진료 보는 건 못 하겠거든요. 제 스타일은 양아치 스타일이에요. 건들건들, 친손자 같고 친아들처럼! 어르신들은 무뚝뚝한 의사보다는 사고뭉치 아들이나 손자같이 편안한 사람에게 아프신 곳을 더 잘 말씀해 주세요."

그의 말을 대수롭지 않게 듣고 있던 경은은 윤권의 마지막 말에 놀란 눈으로 그를 바라보았다.

"윤권 선생님이 사고뭉치 아들이나 손자 같아서 아프신 곳을 더 잘 말씀해 주신다고요?"

"네. 그래서 펠로우 선생님이나 교수님들도 할머니나 할아버지 환자분들이 계시면 절 서브로 붙여요. 그래서 주로 연세 드신 분들 담당이 돼요. 제가 좀 예쁨을 받죠!"

윤권이 히죽거리며 말했다. 경은은 새롭다는 얼굴로 윤권을 바라보았다. 마냥 예쁜 연예인을 좋아하는 사람으로만 봤었는데…….

윤권은 저를 좋아하는 어르신들이 얼마나 많은 줄 아냐며 자신의 인기에 대해서 늘어놓았다. 며칠 전에는 할머니 한 분이 사탕도 하나 주셨고, 또 어떤 할머니는 손주 사위로 삼고 싶다고 그를 그렇게 탐을 냈다고 한다.

복순이 할머니, 옥자 할머니, 정길이 할아버지, 윤자 할머니, 희자 할머니, 옥경이 할머니…….

윤권은 어르신들에게 특화된 그의 인기에 대해서 떠벌렸다. 어르신들 중에서도 유난히 할머니들의 이름이 많이 들어가는 것 같기는 하지만 윤권은 그저 착각일 뿐이라고 했다.

✦   ✦   ✦

하루는 은민을 따라, 또 하루는 윤권을 따라, 그리고 또 하루는 혜정, 상필 등을 따라 레지던트의 일과를 체험했다. 덕분에 경은의 수첩에는 조금씩 자료가 늘어만 갔다. 간만에 환자가 얼마 없는 오후, 경은은 레지던트들의 도움을 받아 그 자료를 정리하기 위해 의국에 앉았다.

"짜짱면 시키실 분?"

이왕 환자도 없겠다, 다소 늦기는 했지만 아침 겸 점심을 위해 진우가 나섰다. 아침을 굶은 것은 그뿐만이 아닌지 배달을 시키겠다는 사람들이 우후죽순으로 늘어났다.

"난 짬뽕!"

"난 볶음밥!"

"난 잡채밥!"

사람들이 시키는 메뉴는 통일이 되지 않고 중구난방이었다. 경은과 마주 앉아 골형성부전증에 대해 설명을 해 주고 있던 혜정의 눈꼬리가 삐죽 올라간 것은 그때였다.

"통일해! 메뉴 제각각이면 배달 늦게 온단 말이야."

혜정이 버럭 소리를 질렀다. 일리가 있다는 말이 여기저기에서 튀어 나오고 메뉴는 짜장면과 짬뽕으로 이원화가 되었다.

"넌 뭐 먹을래?"

혜정이 경은에게 물었다. 경은이 반문했다.

"넌 뭐 먹을 건데?"

"나? 난 짬뽕이나……."

"선배는 짜장 먹어요. 속도 안 좋다면서 무슨."

혜정의 말을 진우가 자르고 나섰다. 그리고 제 마음대로 짜장 하나를 추가하고, 경은을 바라보았다.

"작가님은 뭐 드실래요?"

"……저도 짜장이요."

"넵! 작가님도 짜장!"

진우가 수첩에 짜장을 하나 더 추가했다.

진우는 의국을 돌아다니며 주문을 받았다. 하지만 방금 전처럼 특정 메뉴를 시키겠다는 사람의 말에 반대되는 말을 건네지는 않았다. 혜정을 바라보는 경은의 눈이 묘해졌다.

"능력자네?"

"쿨럭!"

커피를 마시던 혜정이 휘둥그런 눈으로 경은을 바라보았다.

"뭐, 뭐라고?"

"아니. 그냥 그렇다고."

놀라서 말까지 더듬는 혜정의 행동에 경은이 피식거리며 답했다.

연애 비스무리한 것을 한다던 혜정의 말, 썸 타는 연하의 그분이 있다던 상필의 말을 조합하니 결론은 하나였다. 자꾸만 그녀와 진우를 번갈아 보며 웃음 짓는 경은의 표정에 혜정의 얼굴이 빨갛게 달아올랐다.

혜정은 진우가 시켜 준 짜장을 먹었고, 경은은 그녀가 주문한 짜장을 먹었다. 멀찍이 떨어져서 뚫어져라 혜정을 바라보는 진우나, 조심스레 경은의 눈치를 보는 혜정이나……. 경은은 혜정을 보며 키득 웃음을 지었다.

"비밀 맞지?"

"……어."

소곤거리듯 내뱉는 질문에 혜정이 소곤거리며 답했다.

"아, 진짜 어떻게 알았냐."

혜정이 볼을 두드리면서 말했다. 순전히 눈치로 그들 사이를 알아챈 것은 경은이 최초라고 했다.

"상필이는?"

"걔는 쟤가 고민 상담해서 안 거고."

혜정이 진우를 고갯짓하면서 말했다.

"그럼 상필이랑 나랑 딱 둘만 아는 거야?"

경은의 물음에 혜정이 고개를 끄덕였다.

"일단은 사내 연애니까……."

"그래. 고생이 많네."

말끝을 흐리는 혜정의 행동에 경은이 그녀의 등을 가볍게 다독였다.

"근데 너희는 정말 데이트도 쉽지 않겠다."

경은이 안쓰러운 듯한 목소리로 말했다. 그런데 이상하게 혜정이 아니라는 듯 고개를 좌우로 흔들었다.

"너 몰라?"

"어? 뭘?"

"애원 말이야."

"애원이라니? 그게 뭐야?"

생전 처음 듣는다는 듯한 경은의 물음에 혜정은 그녀가 더 놀란 표정을 지었다.

"설마 진짜 몰라?"

"어. 진짜 몰라."

"헐! 대박!"

혜정이 그녀를 보며 고개를 설레설레 흔들었다.

"너 벌써 병원에 온 지 일주일 다 되어 가잖아. 그런데 애원을 모른다고?"

"……거기가 어딘데?"

애원을 모른다는 말에 혜정은 경은이 마치 큰 잘못이라도 한 듯한 눈으로 그녀를 바라보았다. 한참 동안 그녀를 바라보던 혜정은 입을 꽉 다물고 고개를 위아래로 끄덕였다.

"그래. 모를 수도 있겠다. 모르니까 네가 이러고 있는 거지."

혼자 수긍까지 하는 그녀의 행동에 경은이 눈썹을 치켜 올렸다. 혜정이 말했다.

"너 우리 병원에 정원 딸려 있는 것은 알지?"

"어."

경은이 고개를 끄덕였다.

정문으로 들어오면 가운데에 분수대가 있고, 그 주변으로는 공룡이나 미끄럼틀 모양으로 모양을 낸 나무들이 몇 개 늘어서 있었다. 그리고 거기에서 조금 더 안으로 들어가면 후문 밖으로 가로수들이 즐비한 것을 볼 수 있었다.

"병원 건물 후문으로 나가서 정원이 있는 쪽으로 걷다 보면 큰 편백나무가 네 그루 있잖아? 그 나무를 기점으로 가로수와 정원으로 갈리고. 근데 그 편백나무 사이에 보면 길이 하나 더 있어. 산책로. 그 안으로 들어가면 애원이 나와."

"……거기에서 데이트하는 거야?"

비밀의 정원 같은 것인가 하여 경은이 물었다. 데이트 운운하는 경은의 직구에 혜정의 얼굴이 다시 붉어졌다.

"아니, 그런 건 아니고. 다 공개된 곳이야."

발그레한 양 볼을 감싼 혜정이 열을 식히려는 듯 볼을 가볍게 두드리며 말했다. 경은이 물었다.

"그럼 공개된 곳에서 데이트를……."

"아니, 그니까 데이트 아니고!"

혜정이 버럭 소리를 질렀다. 그리고 제 소리에 제가 놀란 표정을 지었다. 못살겠다는 듯 테이블에 얼굴을 묻은 혜정이 웅얼거리면서 말했다.

"암튼 거기 가 봐. 너한테 좋은 게 있어. 고마우면 커피나 한 잔 사 와 주고."

도무지 영문을 몰라 고개를 갸웃거리는 경은에게 혜정은 꼭 '커피'를 잊지 말라고 강조했다.

"하암."

경은은 자신도 모르게 하품을 했다.

내리 여덟 시간째 서류 작업만 하고 있으려니 하품이 나오지 않으려야 않을 수가 없었다. 배도 부르고, 나른하니 잠도 왔다. 그리고 보면 사람은 참 간사한 동물이었다. 그렇게 불편하던 의국인데 고작 일주일 만에 이렇게 친숙해지다니…….

기지개를 켠 경은이 주변을 둘러보았다. 용운을 위시한 수술조 레지던트들은 수술을 하러 들어갔는지 드문드문 빈자리가 보이고, 은민이나 진우 같은 회진조 레지던트들은 반쯤 감긴 눈으로 꾸벅꾸벅 졸고 있었다.

앞으로 1시간 후에 또다시 저녁 회진을 돌러 가야 한다는 것을 생각하면 지금이 달콤한 오후를 즐길 수 있는 유일한 시간이라고 볼 수 있었다. 그들을 바라보는 경은의 입가에 잔잔한 미소가 번졌다.

환자 앞에서는 없는 기운도 뽑아내서 쌩쌩한 모습을 보이면서 환자가 없는 곳에서는 이렇듯 기운 없는 모습을 보이는 이들이 경은은 안쓰러우면서도 제법 마음에 들었다. 그렇게 병원에 오기 싫어했던 것이 마치 거짓말인 것처럼 느껴질 정도였다.

의사를 보게 되면 자신의 선택에 조금이라도 회의를 느낄까 봐 경은은 의식적으로 병원을 피했었다. 하지만 저들을 보니 보면 볼수록 그녀의 선택이 탁월했다는 것을 깨닫는다. 피를 무서워하고 의사로서의 무게를 견디지 못하는 것이 중요한 것이 아니었다. 경은은 저들처럼 희생정신이 넘치지도 않았고, 소명의식과 책임감이 넘치는 타입도 아니었다.

의사는 저런 사람들이 되어야 하는 것이다. 경은은 곤히 잠든 레지던트들을 보며 조용히 몸을 일으켰다. 봄날, 복잡한 머리도 식히고 저들의 수면도 방해하지 않을 겸 경은은 밖으로 나갔다.

일단 밖으로 나오기는 했는데 특별하게 갈 곳이 없었다. 복도로 나와 엘리베이터 앞에 선 경은은 어디로 가야 하나, 한참 동안 고민을 했다.

1층 응급센터로 갈까, 아니면 8층 정형외과 병동을 돌아볼까, 그도 아니면 지하 1층 매점에나 가 볼까? 여러 가지 선택지가 경은의 머릿속을 맴돌았다. 차라리 아예 밖으로 나가서 의국 사람들과 함께 먹을 군것질거리라도 사 올까 하는 생각도 들었다.

"날씨도 좋으니까 밖에 산책 한번 하자."

"엄마, 분수대 있는 곳에 가는 거지? 나 그 정원 좋더라."

경은의 옆에서 휠체어를 탄 모녀가 엘리베이터를 기다리며 이야기를 나눴다. 경은은 갑자기 귀가 뻥, 하고 뚫리는 느낌이었다.

'너 우리 병원에 정원 딸려 있는 것은 알지? 병원 건물 후문으로 나가서 정원이 있는 쪽으로 걷다 보면 큰 편백나무가 네 그루 있잖아? 그 나무를 기점으로 가로수와 정원으로 갈리고. 근데 그 편백나무 사이에 보면 길이 하나 더 있어. 산책로. 그 안으로 들어가면 애원이 나와.'

점심 먹을 때 들었던 혜정의 말이 경은의 머릿속을 감돌았다.

'암튼 거기 가 봐. 너한테 좋은 게 있어. 고마우면 커피나 한 잔 사와 주고.'

자꾸만 '커피'를 강조하던 그녀의 의뭉스런 목소리도 생각났다.

"그곳에 뭔가가 있기는 있는 것 같은데……."

경은이 눈동자를 굴렸다. 비밀의 정원이라는 부분에서는 끌리기는 했지만 혼자서 외진 곳을 간다는 것이 조금 걸렸다. 혜정이 공개된 곳이라고 할 정도면 물론 사람들이 다 아는 곳이기는 하겠지만 낯선 곳이라 선뜻 걸음하기가 꺼려졌다.

"가야 하나, 말아야 하나."

경은은 옆의 모녀가 엘리베이터에 다 탔을 때까지도 고민했다.

"……안 타요?"

"아뇨. 타요. 탑니다! 죄송해요."

그리고 그들이 경은에게 질문을 던졌을 때 결정을 내렸다.

가 봐야지. 경은이 엘리베이터에 잽싸게 올라탔다.

혜정이 언급한 대로 따라 걷는 경은의 발걸음은 점점 더 쾌활해졌다. 편백나무 사이에 있는 샛길에서 시작되는 고즈넉한 산책로는 더할 나위 없이 아름다웠고, 그곳을 걷고 있노라니 경은은 고민하고 고심했던 스스로가 참 바보처럼 느껴질 정도였다.

사람이 조금 없는 것이 마음에 걸리기는 했지만, 동시에 이 아름다운 곳을 경은 혼자 차지할 수 있다는 것이 제법 마음에 들었다.

산책로를 걷는 동안 경은은 예쁜 꽃도 보고, 아름드리나무도 보고, 나무를 통째로 조각한 예술성 넘치는 의자도 보았다. 독립운동가의 후예가 설립한 유명한 박봉달 의료원답게 유관순 열사나 안중근 의사, 윤봉길 의사 등 독립운동가의 흉상도 여기저기에 보였다. 그 바로 아래에는 독립운동가의 업적에 대해서도 적어 놓았다.

"대단하네!"

이곳을 이런 식으로 만든 박봉달 이사장의 의지에 대해서도 감탄했다.

"이래서 경은이가 여길 와보라고 했었나?"

고개를 든 경은이 다시 한 번 주변을 둘러보았다. 혜정이 비밀의 정원이라고 말할 정도로 이곳은 적당히 숨겨진 위치에서, 그 독립운동가와 관련된 비밀을 뽐내며 자리하고 있었다.

슬렁슬렁 산책로를 걸으며 심심풀이로 흉상과 그 아래에 적힌 글에 눈길을 주던 경은은 어느새 진지하게 글을 정독하고 있었다. 그리고 파락호로 유명했다던 학봉 김성일 종가의 13대 종손인 김용환의 흉상 앞에서 경은은 어느새 걸음을 멈추었다.

안동의 유명한 난봉꾼인 그는 수백 년 동안 종가 재산으로 내려오던 전답 18만 평을 팔고, 종갓집마저 팔아넘겼다. 무남독녀 외동딸의 혼수 자금도 노름으로 다 남의 손에 넘어갔다. 외동딸의 시집에서 신행 때 장롱을 사 오라며 자금을 보냈는데 김용환은 이 또한 노름으로 날렸다며 지탄을 받았다. 하지만 그 모든 불명예는 진실이 아니었다.

그가 노름으로 날렸다고 했던 그의 재산은 모두 만주 독립군에게 군자금으로 전달되었고, 그의 노름꾼 흉내는 일제의 눈길을 피하기 위한 궁여지책이었다. 이 모든 사실은 김용환의 사후에 밝혀졌으며, 김용환은 임종할 때까지도 당연한 일을 했을 뿐이라며 자신의 업적을 밝히지 않았다.

짤막한 글이었지만 경은은 어쩐지 가슴이 찡해졌다. 1887～1946, 그의 탄생부터 죽음까지를 적은 숫자 8개가 가슴에 박혔다.

다행히도 해방 다음 해에 죽음을 맞이하여 평생의 소원이라고 할 수 있는 조선의 독립은 보았을지 모르나 그렇게 바라고 바랐던 해방인데 자유를 마음껏 누리지도 못하고 쓸쓸히 세상을 떠나야 했던 그의 삶이 신산했다.

누군지는 모르지만, 그의 평생이 얼마나 평생이 얼마나 치열하고 메말랐는지는 짐작하기도 어렵지만 경은은 그들로 인해 광복을 맞이한 대한민국의 국민이기에 조금은 숙연한 감정을 가졌다. 그런데 그때였다.

"그분은 안동의 전기 의병을 이끌었던 서산 김흥락의 손자이자 안동의 독립운동가문 3대를 지켜 낸 김락 여사의 맏사위이기도 합니다."

낯설지만 누군지 알 것 같은 목소리가 들려왔다. 깜짝 놀란 경은이 고개를 들었다. 잊으려야 잊을 수가 없는 남자, 경은이 조금씩 피해 다녔던 그 남자, 용운이 경은을 향해 다가오고 있었다. 용운이 계속 말을 이었다.

"김락 여사의 시아버지는 1910년 국권 피탈 후 순국한 향산 이만도 선생, 남편은 파리장서사건 때 파리평화회의에 보낼 독립탄원서를 작성한 이중업 선생입니다. 그녀 자신도 57세에 독립만세운동에 참여하였다가 체포되어 모진 고문을 받아 실명했으며 이후 남편과 두 아들의 항일투쟁을 귀로 들으며 고통 속에서 여생을 떠나셨습니다."

용운은 담담한 목소리로 그녀가 서 있는 흉상의 주인공인 독립운동가의 가족과 그 생애에 대해 설명을 늘어놓았다. 경은은 마치 외우기라도 한 것처럼 청산유수로 말을 늘어놓는 용운의 모습에 눈을 끔벅였다.

도대체 나한테 그걸 왜 알려 주시나요, 경은은 내뱉지 못한 말을 혀 위에 놓고 용운을 바라보았다. 용운은 예의 서늘한 눈으로 경은을 바라보며 말했다.

"궁금한 것 아니었습니까?"

"네?"

"그 흉상이요. 이분에 대해서 궁금한 것이 아니었냐는 말이었습니다."

용운의 말에 경은은 자신도 모르게 김용환 선생의 흉상에서 한 발 뒤로 물러났다. 심하게 움츠리는 경은의 행동에 용운의 미간이 눈에 띄게 찌푸려졌다.

"……관심이 없는 걸 너무 노골적으로 표현하는군요."

"아니, 그게 아니라……."

싸늘한 그의 목소리에 놀란 경은이 변명을 내뱉었지만 그럴수록 좁아지는 용운의 미간에 경은은 말끝을 흐렸다. 용운이 경은을 바라보며 물었다.

"여긴 어떻게 알고 왔습니까?"

"들었어요."

"누구한테요?"

"혜정⋯⋯이에게요."

용운은 마치 취조를 하듯 경은에게 질문했다. 경은은 마치 그녀가 대역죄라도 지은 것처럼 그녀를 대하는 용운의 행동에 절로 입술이 튀어나왔다.

"여기가 자기 개인 소유지도 아니고⋯⋯."

경은은 남몰래 중얼거렸다.

물론 용운이 병원 이사장의 손자인 것은 맞지만 그렇다고 해서 이 모든 것이 그의 것은 아니지 않는가! 경은이 조금은 불만스러운 눈으로 용운을 바라보았다. 용운은 어딘가 불순한 빛이 넘실대는 경은을 보며 눈을 낮게 내리깔았다.

"조금은 관심을 좀 가지는 게 어떻겠습니까?"

주어를 빼놓은 질문이라 무슨 말인지 이해는 못 하겠지만 그의 어투가 그녀를 한심스러워하는 것이라는 것은 알겠다.

"⋯⋯무슨 뜻이세요?"

"이왕지사 이곳에 왔다면 관심을 좀 가지라는 말입니다."

용운은 마치 어린아이에게 이야기를 하듯 한 마디 한 마디 또박또박 내뱉었다. 경은은 그런 용운의 모습에 불만을 담아 반문했다.

"도대체 무엇에 관심을 가지라는 건지 모르겠어요."

용운이 무서운 것은 사실이지만 이렇게 일방적으로 바보 취급, 한심한 사람 취급을 당하는 것은 그리 유쾌한 기분이 아니었다.

경은이 애써 용기를 내서 말했다.

"저한테 하실 말씀이 있으면 이리저리 빙빙 돌리지 마시고⋯⋯."

"여기 어떤 곳인지 몰라요?"

용운이 경은의 말을 자르면서 물었다. 마치 이곳이 어떤 특별한 곳이라도 되는 듯한 용운의 질문에 경은은 말문이 막혔다.

아무것도 모른다는 얼굴을 한 경은을 보며 용운이 씁쓸하게 입맛을 다셨다.

"혜정이 녀석, 설명은 안 했나 보군."

용운은 경은에게 이곳을 가르쳐 줬다는 혜정에 대해서도 못마땅해하는 티를 냈다. 그리고 아직까지도 아무것도 모르는 경은을 향해 말했다.

"이곳의 이름은 애원(愛園)입니다. 사랑 애(愛)와 동산 원(園), 사랑을 담은 정원이라는 뜻이지만 조부께서는 슬플 애(哀)와 동산 원(園), 슬픔을 담은 정원이라고도 부르십니다. 국가와 민족을 위하여 개인의 모든 영달과 기쁨, 행복을 뒤로하고 독립을 위해 싸우신 분들을 기리는 곳이라는 뜻입니다."

용운의 엄숙한 목소리에 경은은 조용히 입을 다물었다. 용운은 경은이 서 있던 김용환 선생의 흉상에 가만히 손을 가져다 댔다. 차가운 황동 재질의 흉상인데 뜨거운 생명력과 숨이 느껴지는 듯했다. 가만히 눈을 감고 흉상이 내뿜는 감정에 젖어 들던 용운이 다시 눈을 떴다. 그리고 한결 깊은 눈으로 경은을 바라봤다.

"정원을 만들어 공개를 하면서도 그 위치를 조금은 조심스럽게 만들어 놓은 것은 이분들의 안식을 방해하고 싶지 않은 마음과, 이 정원을 찾아오는 사람들은 최소한 이 정원의 의의에 대해 알았으면 좋겠다는 마음이 더해졌기 때문입니다."

용운의 말속에서 경은은 가시를 느꼈다. 그녀는 그런 용운의 말에 자존심이 상하는 것을 느꼈다. 내내 유순하던 경은의 목소리에 앙칼짐이 담겼다.

"······그럼 저는 그 자격이 되지 않는 사람이라는 것인가요?"

"내가 언제 그렇다고 했습니까?"

경은의 물음에 용운이 질문을 되돌렸다.

"정원에서 쉬는데 굳이 자격은 필요 없죠. 다만 최소한의 관심 정도는 가져 줬으면 하는 마음에서 하는 이야기였습니다."

용운은 방금 전 흉상 앞에 서 있는 경은에게 조금이라도 점수를 주려 했던 스스로에 대한 실망까지 담아 경은에게 쏘아붙였다.

"그 관심이라는 게······."

"관심이라는 것은 그것에 대해 설명하는데 난 이것 들을 생각 없다는 투로 한 걸음 물러나는 것과는 조금 다른 행동이지요."

첫 만남이 문제여서 그렇지 일찍 출근해서 레지던트들의 하루 일과를 모두 체험해 보라는 그의 말에 이견을 달지 않고 지금까지도 열심히 따르고 있고, 그녀가 은민이나 윤권의 뒤를 쫓을 때에는 꽤 열성적이라는 보고를 받았으니까.

눈치가 없고 맹해서 그렇지 본인의 일에는 열성적이라 생각했다. 그리고 오늘 애원에서 흉상 앞에 서 있는 경은을 보고는 그녀가 단순히 에피소드를 구하는 것으로 끝나는 것이 아니라 이 병원 자체를 이해하려고 하나 싶어 호감마저 생기려고 했었다. 본인이 그것을 다 까먹어서 그렇지.

용운이 지그시 경은을 바라보며 말을 이었다.

"혹시 내 정의가 틀린 것이 있습니까?"

경은은 말없이 입술만 깨물었다. 그녀는 무안하기도 하고 민망하기도 했다. 그런 의도가 아니었다 말을 해야 하는데 단단하게 서 있는 용운을 보고 있노라니 차마 입이 떨어지지가 않았다. 하지만 그렇다고 입을 다물고 있으면 정말 그의 오해가 진실이 되는 것이었다. 경은이 어렵게 입을 열었다.

"네. 틀려요."

경은이 말했다.

"제가 한 걸음 뒤로 물러난 것은 관심이 없어서, 그리고 선배님의 질문에 거부감이 있어서 그런 것이 아니었어요."

"그럼?"

"……놀라서요."

경은이 말했다.

"놀라요?"

"선배님을 보고 놀랐어요."

용운의 생각이 오해였다는 건 알았다. 하지만 그 대답에 용운은 왜 기분이 나빠지는지 모르겠다.

"절 보고 놀라다뇨?"

"놀랐어요. 갑자기 나타나서서……."

경은의 목소리에서는 조금 겁을 먹은 듯한 느낌이 들기도 했다. 용운의 미간에 새겨진 고랑이 조금 더 깊어졌다.

내가 무슨 저승사자라도 되나? 그를 보고 유난히 무서워하는 경은을 보고 있노라면 용운은 괜스레 기분이 나빠진다. 용운이 뚫어져라 경은을 바라보았다. 용운의 눈초리에서는 못마땅한 기색이 풀풀 넘쳤다.

"그걸 어떻게 증명합니까?"

"네?"

"그건 그냥 그쪽의 말뿐이지 않습니까. 그 말이 사실이라는 것을 어떻게 증명할 것이냐고요."

경은은 경멸하듯 입매를 비트는 용운의 모습에 아무 말도 못하고 입만 벙긋거렸다.

"……거짓말 아닌데요?"

"그건 그쪽 말일 뿐이고요."

용운의 기분이 조금 더 나빠졌다.

용운은 경은을 보며 눈동자를 굴렸다. 조금은 각진 자신의 턱에 손을 올리고 쓸어내리는 손길에 생각이 담겼다. 용운이 말했다.

"그래. 그게 있었네요."

"그거라면……."

"그 증명, 드라마로 하죠."

입꼬리를 슬쩍 위로 올린 용운이 말했다. 경은이 휘둥그런 눈으로 그를 바라보며 말했다.

"드라마로 한다는 건 무슨 뜻이죠?"

"드라마로 써 보라고요. 독립운동가와 관련된 내용을."

용운이 재미있어하는 말투로 말했다. 하지만 경은은 이 내용이 하나도 재미있지 않았다.

"독립운동가와 관련된 내용을 어떻게 드라마로 만들어요? 잊으신 모양인데 제가 이 병원에 온 것은 메디컬 드라마를 만들기 위해 온 거예요."

경은은 조금은 강단 있는 목소리로 말했다. 하지만 용운의 삐딱한 자세는 여전했다.

"내가 언제 메디컬 드라마를 만들지 말라고 했습니까?"

"선배님께서 방금 독립운동가와 관련된 내용을 만들라고 하셨잖아요."

"독립운동가 나오는 내용의 드라마가 일제강점기 배경으로 해야 하는 건 아니지 않습니까? 여기 박봉달 의료원이라는 아주 좋은 예시가 있군요. 보셨다시피 우리 병원에는 독립운동가에 대한 것이 병원 사람들의 생활에 녹아 있습니다. 배경이 우리 병원이면 어렵지도 않겠네요."

용운이 도발하듯 말했다. 경은은 입술을 질끈 깨물었다.

"그게 말이나 돼요?"

"왜 말이 안 됩니까? 박 작가님 그 정도 역량도 안 되는 사람입니까? 드라마에서 연애만 하는 건 아니라고 하지 않으셨습니까? 그래 놓고 병원에서 연애하는 내용만 쓰실 겁니까?"

마치 그녀의 속을 후벼 파기라도 하는 것 같은 질문에 경은이 입술을 질끈 깨물었다. 그래! 그놈의 것, 용운의 저런 말투를 다 듣고 있느니 그냥 OK, 라고 말을 하기만 하면 쉽다. 쓰라면 쓸 수도 있다. 하지만 그다음이 문제였다.

"전 할 수 있죠. 그런데 이 드라마의 메인 작가는 제가 아니라서요. 저는 권한이 없거든요."

드라마국장도 쩔쩔매는 장금복 작가와 함께이기에 경은은 서브에 불과하다. 아니, 서브도 단지 이름뿐이게 될 것 같다. 약간은 도전적인 눈을 하고 용운을 쳐다보았다.

용운이 덤덤한 목소리로 물었다.

"메인 작가가 아니라면 글 못 씁니까?"

"그건……."

"난 드라마를 만들라고 한 것이 아니라 쓰라고 한 것입니다. 제작에 직접 들어가지는 않아도 대본이라도 써 보라는 이야기였어요. 그러다 대본이 좋으면 메인 작가 대신 서브 작가인 박 작가님이 쓴 대본으로 촬영할 수도 있고, 방송이 원래 그런 것 아닙니까?"

배우입네 하며 돌아다니는 동생을 보니 찍기로 하는 드라마며 영화가 엎어지는 것도 쉽고, 그것의 작가가 바뀌는 것도 쉬웠다.

용운은 좌절하며 무릎이라도 꿇을 듯한 경은의 반응에 그가 너무 무리한 걸 요구했나 잠깐 멈칫하기도 했지만, 그 직후 내뱉어진 경은의 말에 말을 취소할 기회를 놓쳤다.

"네! 그러면 쓸게요. 하지만 그 말 잊지 마세요. 드라마로 만들라고 한 것이 아니라 드라마로 쓰기로 한 것이요!"

경은은 용운이 뭐라 말을 할 시간도 주지 않고 그대로 몸을 돌려 애원을 빠져나갔다. 용운은 인적 없는 정원에 홀로 서서 김용환 선생의 얼굴만 바라보았다. 그리고 그 앞에 서 있었던 경은을 잠깐, 아주 잠깐 그렸다.

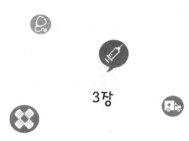

3장

병원 파견이 확정된 이후 거의 지박령처럼 병원에 붙어 살던 경은이 오랜만에 집에 돌아왔다. 하지만 그토록 그렸던 그리운 나의 집은 용운이 던져 준 고민 덩어리로 인해 그냥 혼자서 조용히 생각에 빠질 수 있는 고요한 공간으로 사용되었다.

"내가 왜 그랬을까!"

침대 위에 웅크리고 앉은 경은이 머리카락을 쥐어뜯었다. 그리고 조금만 더 참을걸, 이라는 말을 수도 없이 중얼거렸다.

병원 에피소드 긁어모으는 것만으로도 힘에 겨운데 독립운동가까지 섞으라니……. 게다가 메인 작가인 장금복 작가가 떡하니 있는 상황에서 어떻게 경은의 글이 드라마화가 될 수 있겠는가!

물론 용운은 그 대본으로 드라마 제작까지를 요구한 것은 아니었지만 그렇게 되면 온전히 한 작품을 준비하기에도 벅찬 시간을 두 작품을 쓰라는 이야기나 다름이 없었다.

그녀가 어떤 드라마를 쓰는지와 무관하게, 그리고 그 기획안과 대본을 위에 올리는 것과 무관하게 경은은 의무적으로 병원의 에피소드를 정리해서 국장과 장 작가에게 보내야만 했다. 침대에서 내려온 경은이 책상으로 걸어가 종이에 날짜와 시간을 계산하기 시작했다.

경은이 그들에게 보내야 하는 자료는 한 주에 두 건, 경은의 미발송 에피소드는 스물두 개였다. 병의 치료, 경과 과정에 대해서는 의학적 감수들을 추가로 거쳐야겠지만 경은이 직접 중환자실이며 응급센터, 병동, 외래를 발품 팔아 돌아다니며 수집한 것들이었다.

"잘하면 될 것도 같은데……."

경은이 펜으로 아이디어 수첩을 툭툭 두드리면서 말했다. 그녀는 새치름한 표정으로 수첩을 바라보았다. 그리고 그 정도 능력도 안 되냐며 이죽거리던 용운의 얼굴도 떠올렸다.

용운이 무서운 것은 여전했지만 지금 그는 경은의 작가로서의 자존심을 건드렸다. 역량 운운하는 용운의 말은 경은의 심장에 마치 가시처럼 박혀 빠져나오지를 않았다.

빠듯하지만 어쩌면 될 것도 같은 시간 배분, 용운의 말로 인해 상처받은 자존심, 어차피 병원에 투입이 되었다면 이 좋은 기회를 그녀만의 메디컬 드라마 대본을 쓰는 데 조금은 투자하고 싶다는 경은 내면의 욕심이 조금씩 저울에 쌓였다. 경은이 입술을 잘근거리며 적지 않은 시간을 고민했다.

그리고 그녀의 입술이 어쩌면 다짐육이 될지도 모르겠다고 생각되던 그 순간 결심을 내렸다.

"하지, 뭐!"

경은이 주먹을 꽉 쥐고 소리쳤다. 분명히 어려운 일이겠지만, 그리고 그녀의 대본이 좋은 평가를 받을 수 있을지도 미지수이고 어쩌면 쓸데없는 일이 될 수도 있겠지만 지금 경은은 자신감에 꽉 차 있었다.

이 이면에는 용운이 꺼낸 제안이 제법 괜찮은 것이라는 계산도 들어 있었다. 흔한 병원 이야기에서 벗어나 독립운동가라는 양념이 가미된 대본은 제법 독특한 작품이 될 것도 같았다. 그리고 그 독특함이 경은에게 이점이 될 수도 있다는 생각이 들었다.

마음을 정한 경은은 그 즉시 책상에 앉았다. 그리고 그다음부터 경은의 손가락은 노트북의 자판 위에서 느리지만 꾸준하게 움직이기 시작했다.

단어 하나, 문장 하나에 고민과 고심을 거듭했다. 억지 춘향으로 끌려온 서브 작가의 의무가 아니라 그녀 스스로가 메인 작가라 생각하고 드라마에 생명을 불어넣기 위해 경은의 손가락이 진중하게 움직였다.

기획의도와 배경설명, 등장인물.

그녀의 시놉시스가 윗선에 받아들여질지는 모르겠다. 드라마국

내부에서 자체적으로 폐기될 수도 있다. 써 보라고 말한 용운 조차도 고작해야 네 실력이 이것이냐며 그녀를 비웃을 수도 있다. 아니 그 못된 성질머리로 봐서는 그것도 제법 가능성이 있었다. 하지만 만약 그렇게 되더라도 경은은 할 수 있는 한도 내에서 최선을 다하고 싶었다.

처음에 썼던 설정 위에 용운이 제안했던 것에 맞추어 보고 느낀 것을 덧입혔다.

국가와 민족을 위해 전 재산을 교육과 보건에 쏟아부은 독립군의 아들, 그리고 그가 세운 병원에서 현재를 살아가는 의사들의 이야기가 경은의 손끝에서 살아났다.

개성적이고 독창적인 정형외과 의사들, 애국심 투철한 열혈 이사장님과 그의 꿈과 이상을 물려받은 정형외과 치프가 주요 등장인물이 됐다.

해와 달이 교차하는 시간, 밤의 기운이 다 가시지 않은 새벽에 경은은 쉴 새 없이 손가락을 놀렸다. 줄어들지 않는 커피와 탁탁, 타자 소리가 경은과 함께했다.

경은이 시놉시스를 쓰느라 밤을 샜든 말든 해는 떴고 변함없이 하루가 시작됐다. 용운의 말 때문에 대본을 2개나 쓰게 된 형편이기는 하지만 그럼에도 에피소드 수집이라는 본업을 소홀히 할 수는 없었기에 경은은 좀비 같은 몰골로 병원으로 출근했다.

부스스한 얼굴과 질끈 묶은 머리를 하고 졸린 눈을 비비며 의국에 들어갔더니 상필이 손을 흔들며 경은을 맞이했다.

"안 좋은 아침."

손을 번쩍 들며 외치는 말에 경은이 피식 웃음을 터트렸다.

"좋은 아침이면 좋은 아침이지 왜 안 좋은 아침이래?"

"내 상태나 니 상태나 어느 모로 봐도 썩 좋은 상태가 아닌 것 같아서."

상필이 어깨를 으쓱하며 답했다.

"나야 시놉 쓰느라 밤을 새웠다지만, 너는 왜?"

"서류 작업에 파묻혀서 당직실에서 밤새웠거든."

상필이 힘이 빠진 목소리로 대답했다.

"서류 작업?"

"입원노트, 프로그래스 노트, 랩지, 오더지, 결과지, 외래노트, 기타 등등."

상필이 고저 없는 목소리로 지난밤 레지던트들을 괴롭혔던 서류 작업을 입 밖으로 내뱉었다.

"뭐가 그리 많아?"

"그러게. 난 의사는 환자를 돌보기만 하면 되는 줄 알았다."

상필이 투덜거리며 대답했다.

쓴웃음을 지은 경은이 의국을 둘러보며 말했다.

"그런데 혜정이랑 다른 레지던트분들은?"

"환자들 드레싱 하러."

"아!"

상필의 간결한 대답에 경은이 신음을 내뱉으며 입맛을 다셨다.

"왜?"

"아니, 음……. 너희 5시 30분에 하루를 시작하는 것 아니었어?"

"5시에 시작할 때도 있고, 5시 30분에 시작할 때도 있고. 그때그때 달라. 보통은 5시 30분이지만 오전에 컨퍼런스가 있으면 5시부터 회진을 돌지."

해맑게 답하는 상필을 보며 경은이 표정을 일그러뜨렸다.

"왜?"

"아니, 그냥. 자료 조사 겸해서 레지던트들을 따라다닐 생각이었거든. 저번처럼 아침부터 저녁까지."

경은이 어깨를 으쓱하며 답했다.

오묘한 표정의 경은을 보며 상필이 피식 웃음을 흘렸다.

"그 상태로?"

상필이 놀리듯이 말했다.

"그래. 이 상태로."

경은이 어깨를 으쓱하며 답했다.

"내 상태가 어떻든 간에 일은 해야 하잖아."

"그거야 그렇지."

상필이 씁쓸한 눈으로 경은을 바라보며 말했다. 드라마 작가라는 직업에 대해서 잘은 모르겠지만 못 자고, 못 먹고, 전천후 노예처럼 부림당하는 것은 비슷하구나 싶어 경은을 바라보는 상필의 눈이 짠해졌다.

똑같은 처지에 무슨…… 동정이 가득한 상필을 보며 쓴웃음을 지은 경은이 고개를 절레절레 흔들며 물었다.

"그런데 너는? 회진 안 돌아? 오프야?"

"아니. 나도 돌아야지. 차트 정리할 것이 조금 남아서. 이것만 정리하고 가야 해."

"정말? 그럼 나 좀 데려가 주면 안 돼?"

상필의 말에 경은이 눈을 반짝이며 물었다. 상필은 자신을 열성적인 눈으로 바라보는 경은을 묘한 눈빛으로 바라보았다. 별일도 아니니 데리고 가 줄 수 있기는 하다. 위에서 경은에 대한 전폭적인 지지를 약속한지라 문제가 생길 리도 만무하다. 하지만 핏발 선 경은의 눈동자를 보면 상필은 거절을 할 수밖에 없었다.

"다음에."

"왜?"

경은의 얼굴이 대번에 울상이 되었다.

"소크라테스 할아버지가 말씀하셨다. 니 꼬라지를 보라고."

"응?"

"환자보다 더 환자 같은 애가 일은 무슨 일이야. 다음에 데려가 줄게."

상필은 경은의 부탁을 딱 잘라 거절하며 말했다.

"나야 층층시하인 몸이니까 잠도 못 자고 이러고 산다지만 넌 어차피 병원 사람이 아니잖아. 누구 눈치 볼 일도 없겠다, 피곤할 때는 좀 쉬어."

우직하게 공부만 하던 지난 시절은 의대 6년, 인턴 1년, 레지던트 3년을 지내면서 쓰레기통에 갖다 버렸다. 잠도 못 자는 노예 생활에 우직한 성실함 따위는 사치였다. 인생에 요령은 반드시 필요했다. 쉴 새 없이 몰아치는 도제식 교육에서 '인간적인' 이라든가 '쉬어 가며', 혹은 '쉬엄쉬엄' 이라는 단어는 사어(死語)에 불과했다.

상필은 '내 휴식은 내가 챙겨야 한다' 는 만고불변의 진리를 아직 깨우치지 못한 가여운 어린 양에게 휴식을 조언했다.

"하지만……."

"하지만 같은 소리 한다. 내 몸 축내면서 일해 봤자 아무도 안 알아줘. 너 어차피 6개월 동안 병원에 있을 거라며. 몰아서 일할 생각하지 말고 쉬엄쉬엄해. 너 방송국으로 돌아갈 때 되면 싫다고 해도 끌고 다녀 줄 테니까 지금은 그냥 자."

상필은 우물쭈물하는 경은을 잡아서 침대로 데려갔다.

"지금 잘 수 있는 레지던트 없으니까 침대 써도 돼."

"여기에서 어떻게 자?"

경은이 질색하며 말했다. 아무리 의국의 출입을 허락받았다고는 해도 레지던트들처럼 의국 침대에서 아무런 거리낌 없이 잘 수는 없었다. 그녀가 그 침대를 차지한다면 다른 레지던트들의 잘 공간을 빼앗는 것이고, 그것은 그녀가 피해를 주는 것이나 다름이 없는 행동이었다.

질색하는 경은을 보며 상필이 고개를 갸웃거렸다.

"왜? 이래 봬도 편해. 나름대로 쾌적……은 아니구나."

당당하게 침대의 유용함과 편리성에 대해서 어필하려던 상필은 베개 옆에 굴러다니는 양말 두 짝과 누가 먹다 남겼는지 곰팡이가 피어 있는 빵 반쪽을 보며 조용히 입을 다물었다. 그러고 보니 이불에서 퀴퀴한 냄새가 나는 것도 같다.

물끄러미 침대를 바라보던 상필이 옆 침대를 바라봤다. 그쪽도 별로 상태가 썩 나아 보이지는 않았다. 이럴 줄 알았으면 혜정이 잔소리할 때 조금이라도 치워 놓을 것을 그랬다는 생각이 들었다.

뒷목을 벅벅 긁은 상필이 경은을 바라보며 입맛을 다셨다.

"그래. 침대가 좀 더럽긴 하다. 어떻게 여기에서 잘 수 있느냐는 말이 나올 법하구나."

포인트가 조금 다른 것 같기는 하지만 어쨌든 상필이 그녀가 침대에서 잘 수 없는 이유에 대해 일부 수긍했다는 사실을 깨달은 경은은 적극적으로 고개를 끄덕이며 침대에 대한 거부감을 표시했다.

"나는 그냥 내가 알아서 쉴게. 넌 어서 드레싱 하러 가 봐. 환자들이 기다리겠다."

"난 괜찮은데? 그리고 너무 일찍 가도 환자들의 수면을 방해……."

"내가 안 괜찮아. 자! 어서 가자, 의사 선생님아. 환자들이 기다리신다."

경은은 호들갑스럽게 말하며 상필을 떠밀었다. 이대로 그와 있다가는 정말로 유혹에 져 버려서 의국 침대에 누울지도 모른다는 위기감이 경은을 엄습했기 때문이다.

경은은 상필을 밖으로 쫓아내는 데 최선을 다했고, 잠시 후 텅 빈 의국에 혼자 남았다. 의자에 털썩 주저앉은 경은이 긴 숨을 뱉어 냈다. 상필과 함께 있을 때는 몰랐는데 그가 가고 나자 부쩍 피곤해졌다.

"6개월이라."

경은이 작게 중얼거렸다.

상필이 깨우쳐 준 대로 6개월은 꽤 긴 시간이다. 하지만 그의 생각처럼 경은에게 주어진 시간이 그리 많지 않다는 것이 경은을 조급하게 만들었다. 방송국에서 경은에게 바라는 것만 수행하기에 6개월은 짧은 시간이 아니다. 하지만……

경은이 준비하는 것이 장금복 작가와 국장이 요구한 에피소드들, 그리고 용운이 말하던 드라마 대본까지, 2개라는 것을 감안하면 경은에게 주어진 시간은 각각 3개월 그 이하다.

"하아."

낮게 한숨을 내쉰 경은이 거칠게 머리를 긁적였다. 그녀가 택한 길이기는 하지만 그래도 조금은 피곤하다.

텅 빈 의국에서 경은은 물끄러미 침대를 바라보았다. 침대를 보고 있자니 한층 더 피곤했다. 양말짝이며 곰팡이 핀 빵 부스러기가 굴러다니기는 하지만 그래도 '누워서 잘 수 있는 공간'이라는 것은 꽤 매혹적이다.

멍하니 침대를 바라보던 경은은 이내 고개를 절레절레 흔들며 두 손으로 머리를 팡팡 두드렸다. 여기에서 자면 피해를 끼치는 것도 그렇지만 용운이 불시에 들이닥치기라도 하면 어떤 날벼락을 맞을지 모른다.

"정신 차리자. 정신!"

경은은 으샤으샤, 구호도 내뱉었다. 하지만 여전히 피곤함은 가시지 않았고, 결국 침대를 피해 앉은 의자에서 그대로 꾸벅꾸벅 졸다 까무룩 잠이 들었다.

✛   ✛   ✛

지친 표정의 용운이 의국을 향했다. 간밤에 벌어진 차량 전복 사고로 교통사고 환자가 몰려든 덕분에 용운은 오전 7시가 되어서야 겨우 수술실에서 빠져나올 수 있었다. 뻐근한 목을 꾹꾹 누르는 그의 얼굴에는 피곤이 가득했다.

병원에 있는 매일매일은 마치 인간에게 체력의 한계란 어디까지인가를 실험하는 듯한 기분을 느끼게 한다. 용운의 입가에서는 감출 수 없는 피곤의 증거인 하품이 연거푸 이어졌다.

하품은 해도 해도 자꾸만 이어졌다. 그만두려고 해도 멈춰지지 않는 불수의적 동작에 용운이 최근 며칠의 수면 시간을 헤아렸다.

3시간, 4시간, 2시간, 3시간, 0시간······.

평균 수면 시간 2시간이라는 결론에 용운의 이맛살이 자신도 모르게 찌푸려졌다. 스태프들도 정신없이 일하는 병원 일정에서 고작 레지던트인 주제에 수면 시간을 다 챙길 생각은 아니었지만 나날이 줄어 가는 그의 수면 시간을 생각하자니 어째 피곤함이 한층 더해졌다.

현재 시각은 7시 12분……. 8시까지만이라도 잠시 눈을 붙여야 오늘 하루 일정에 대한 정상적인 소화가 가능할 것 같다.

가볍게 한숨을 내쉰 용운이 성큼성큼 의국을 향해 걸어가는 속도를 높였다. 의국 침대에서 잠깐이라도 눈을 붙일 생각이었다. 1분이라도 더 빨리 도착하면, 1분이라도 더 잘 수 있다.

의국에 다다른 용운은 벌컥 문고리를 돌렸다. 어차피 오늘 당직을 서는 이들을 제외한 대다수의 레지던트들은 모두 회진을 돌고 있을 시간이었기에 문을 여는 용운의 손길에서 조심성은 없었다.

용운이 문을 열어 의국 안으로 들어가려는 찰나였다.

"어?"

용운이 낮은 단발마를 내뱉었다.

테이블에 반쯤 엎드려서 병든 병아리처럼 고개를 꾸벅이는 누군가가 그의 눈에 보였다.

질끈 묶은 부스스한 머리는 의국에 있는 누군가가 여자라는 점을 용운에게 알려 줬다. 정형외과 의국에 여자는 은민과 혜정, 딱 둘밖에 없었는데, 그녀들은 그의 앞에 있는 여자와 헤어스타일이 달랐다.

고개를 갸웃거린 용운이 침대가 아닌 테이블을 향해 걸어갔다. 그리고 용운은 그리 가까이 가지 않았음에도 여자의 정체를 알아차렸다. 경은이었다.

용운이 딱딱하게 굳은 얼굴을 했다.

지금의 경은은 마치 수업 시간에 조는 여학생 같은 느낌이다. 두 손을 얌전히 책상 위에 올린 경은은 맘 편히 테이블에 몸을 기대지도 못하고, 의자에 앉은 채로 졸고 있었다.

아무도 없는 의국에 의국의 구성원이 아닌 사람이 혼자 있다는 것에 대한 불쾌감도 잠시, 용운은 연민이 올라왔다. 그 연민에는 어제 경은에게 너무 말을 막 한 것이 아닌가 싶었던 자기반성에 대한 부분도 일부 포함되어 있었다

자신만큼이나 피곤해 보이고 정돈되지 않은 모습으로 꾸벅꾸벅 조는 경은을 보던 용운이 손을 자신의 턱 위로 올렸다.

"이를 어쩌나."

용운은 턱을 긁적이며 생각에 잠겼다.

깨우기는 해야 할 것 같은데, 청승맞게 졸고 있는 경은을 보고 있자니 깨우는 것도 마뜩지 않았다. 하지만 이대로 둘 수는 없었다. 앞뒤는 물론이고, 좌우로도 움직이며 꾸벅거리고 있는 경은을 보고 있자니 금방이라도 의자에서 떨어질 것처럼 불안해 보였기 때문이다.

깨워서 일을 하라고 하든, 아니면 의자에서 자지 말고 침대에서 자라고 하든, 어쨌든 깨우기는 해야 할 듯하다. 가볍게 한숨을

내쉰 용운이 경은의 어깨를 가볍게 두드렸다.

"작가님? 박 작가님! 왜 여기에서 자요?"

용운은 경은의 어깨를 두드리며 가볍게 경은의 몸을 흔들었다. 그리고…….

"어어?"

경은의 몸이 그대로 기울어졌다.

짧은 소리를 낸 용운이 서둘러 경은의 몸을 잡아당겨 다행히 바닥으로 쓰러지지는 않았지만 경은은 아슬아슬하니 균형을 잡고 있던 의자에서 중심을 잃었다.

자신에게 안기듯 기댄 경은의 모습에 용운이 난처한 표정을 지었다. 차라리 손을 대지 말 것을 그랬나 보다.

쓰게 웃은 용운이 경은의 어깨를 좀 더 힘주어 흔들었다.

"작가님, 일어나요. 박 작가님?"

용운의 목소리는 점점 커지고, 용운의 손짓에도 좀 더 힘이 들어갔지만 경은은 요지부동이었다. 경은은 낮게 코까지 골며 고롱고롱 단잠을 잤다.

"하아."

낮게 한숨을 내쉰 용운은 난감한 듯 경은을 바라보았다. 이 일을 어찌해야 하나 싶어 암담하기까지 했다.

노도와 같이 밀려오는 피곤은 둘째 치더라도 누군가에게 이런 모습을 보이게 되면 쓸데없는 오해를 불러올 수 있었다.

자신의 몸에 기대다시피 한 경은을 보며 용운이 머리를 긁적였다. 꽤 난감한 상황이다.

"우웅."

경은이 잠꼬대를 하듯 입을 우물거리며 용운을 향해 몸을 파고들었다.

용운의 얼굴은 조금 더 난감해졌다. 경은이 파고든 위치가 조금 난처한 곳이었다. 그는 서 있고 경은은 앉아 있었기 때문에 그녀가 현재 자리 잡고 있는 곳은 용운의 하체 쪽이었다.

당황한 용운은 자신도 모르게 몸을 뒤로 뺐지만, 움직인 것은 용운만이 아니었다. 잠에 취한 경은의 몸이 함께 딸려 와 눈에 띄게 기울어졌다.

용운은 본능적으로 팔을 뻗어 경은의 몸을 받아 들었다. 그녀는 용운의 난처한 처지도 모르고 고롱고롱 숙면을 취하고 있었다. 낮게 울리는 코 고는 소리에 용운은 헛웃음이 흘러나왔다.

어지간하면 일어날 때도 되었는데…… 참 잘 잔다.

용운이 경은을 내려다보았다. 세상모르고 자는 얼굴을 보고 있자니 어쩐지 실소가 흘러나왔다.

잠시 천장을 보며 한숨을 내쉰 용운이 무엇인가를 결심한 듯 다시 경은을 향해 손을 뻗었다.

아무리 깨워도 경은은 일어나지 않았고, 그렇다고 경은이 일어날 때까지 이대로 있을 수도 없었다. 아니, 설사 그렇게 한다고 해도 이 난감한 상황을 경은에게 설명할 일이 요원하다.

경은을 향해 손을 뻗은 용운은 그녀의 몸을 가볍게 안아 올렸다. 누군가에게 이런 모습을 보여 주느니 그냥 그녀를 안아서 침대에 눕히는 것이 나았다.

그것이 경은도 편하게 잘 수 있고, 용운도 이 난처한 상황을 벗어날 수 있는 유일한 길이었다.

"우웅."

경은이 인상을 잔뜩 찌푸렸다. 어디에서 자꾸 구리하고 야릇한 냄새가 난다. 음식물 쓰레기 냄새 같기도 하고 발 꼬랑내 같기도 하고 비린내 같기도 한 오묘한 냄새였다.

경은이 냄새를 떨구기 위해 고개를 절레절레 흔들었지만 냄새는 사라지지 않았다. 아니, 도리어 냄새가 그녀를 따라오는 것 같기도 했다.

"으으."

경은의 입에서 신음 같은 소리가 새어 나왔다.

아, 냄새! 냄새! 냄새!

냄새를 피하기 위해서 경은은 쉴 새 없이 고개를 흔들었다. 그리고 그녀가 베개에 코를 박은 찰나였다.

"윽!"

경은은 찬물을 한 바가지 뒤집어쓴 느낌을 받았다. 마치 쓰레기통에 파묻힌 것 같은 강렬한 자극이었다. 경은의 귀에 누군가의 웃음소리가 들린 것도 그때였다.

"홋."

그리 큰 소리는 아니었지만 잠들어 있던 경은의 눈이 번쩍 뜨였다.

비몽사몽인 탓에 경은의 눈꺼풀이 수차례 깜박였다. 그녀의 집이 그다지 넓지 않은 원룸이기는 하지만 누워 있는 눈에 천장이 너무 가깝게 보인다. ……천장이라도 무너졌나?

경은이 고개를 갸웃거렸다. 천장이 너무 가까웠다. 더불어 원룸의 천장은 누런 벽지를 바른 콘크리트인데 회색빛 금속재로 바뀌었다.

경은은 눈을 끔벅이며 낯선 공간에 대한 상황 판단을 하기 위해 애썼다. 그리고 그런 경은의 상황을 정리해 준 것은 방금 전 그녀가 들었던 웃음소리와 유사한, 그것도 아주 흡사한 목소리였다.

"눈 떴으면 일어나요."

고저 없는 목소리가 무뚝뚝하게 말했다.

아직 정신을 덜 차린 경은이 눈을 깜박이고만 있자, 목소리는 다시 한 번 울려 퍼졌다.

"박경은 씨, 사람들 올 시간 됐습니다. 자료 조사하러 온 사람이 대낮부터 의국에서 자고 있으면 보기에 안 좋습니다."

목소리의 주인은 방금 전과 변화 없는 목소리로 경은에게 말했다. 멍하니 있던 경은은 그 목소리의 주인이 누구인가를 떠올리는 동시에 벌떡 몸을 일으켰다.

"아얏!"

침대의 천장에 머리를 박은 경은이 엄습하는 고통에 비명을 터트렸다. 울상이 된 경은이 부딪친 이마를 잡고 끙끙대고 있자 낮은 한숨 소리와 함께 저벅저벅 발걸음 소리가 들려왔다. 그리고 그 소리의 주인공이 경은에게 도착하는 것은 그리 오래 걸리지 않았다.

"괜찮아요?"

어느새 경은에게 다가온 용운이 물었다.

"왜 이렇게 조심성이 없습니까? 한번 봅시다."

용운은 경은이 정신을 차릴 새도 없이 그녀의 이마를 향해 손을 뻗었다.

"히끅!"

용운의 돌발 행동에 경은은 놀라 거칠게 숨을 들이마셨지만 그는 아랑곳하지 않았다. 경은의 이마를 꼼꼼하게 살핀 용운이 낮게 혀를 차며 말했다.

"붉어지기는 했지만 괜찮은 것 같습니다. 평소에 조심 좀 하세요."

위압적인 분위기의 박용운 치프는 걱정해 주는 말조차 명령조처럼 기분 나쁘게 들리는 묘한 재능의 소유자였다. 경은은 용운 몰래 입을 삐죽였다. 대놓고 하는 반항은 무리라서 이렇게라도 반항 아닌 반항을 하고 싶었다. 작가로서의 자존심을 있는 대로 밟아 놓고는 무슨…….

며칠이 지난 것도 아니고 바로 어제 그런 말들을 경은은 겉으로는 고마움을 표시했지만 속으로는 여전히 꼬인 상태였다.

"네. 감사합니다."

쭈뼛대며 그의 눈치를 살피면서도 싸늘하게 말하려 노력하는 경은을 보며 용운이 피식 웃음을 흘렸다. 사고뭉치 신인 작가에게서 의외의 귀여움을 발견했다.

"그럼 이제 일어나요."

"예?"

"일어나라고요. 아니면 계속 잘 거예요?"

물론 더 자면 좋지만……. 잠? 문득 떠오른 깨달음에 경은의 눈이 휘둥그레졌다.

경은은 그때까지 자신이 어디에 있는지, 그리고 무엇을 하고 있었는지에 대해서 생각하지 못하고 있었다.

"엑?"

경은이 기괴한 소리를 내는 사이 다시 딱딱한 얼굴로 돌아온 용운은 경은에게 그녀의 현실을 일깨웠다.

"앞으로 5분 정도 후에 레지던트들이 돌아옵니다. 뭐, 더 자도 좋은데……."

"아니요. 일어날 거예요!"

경은이 용운의 말을 자르며 몸을 일으켰다. 알았다는 듯 말없이 가볍게 고개를 끄덕인 용운은 미련 없이 몸을 돌렸다.

다시 책상으로 돌아가 책을 펼치는 용운을 보며 경은이 조용히 중얼거렸다.

"근데 내가 왜 여기에서 자고 있었지. 난 분명히 테이블에 앉아 있었는데……."

침대 위에 앉아 주변을 둘러보는 경은의 목소리가 공허하게 울렸다.

혹시 그녀가 잠결에 몽유병이라도 걸려서 침대로 기어간 것은 아닌가 하는 의문 속에서 경은은 연신 고개를 갸웃거렸고, 용운은 그녀 몰래 멋쩍은 웃음을 삼켰다.

✦   ✦   ✦

새벽 5시 출근, 그리고 새벽 2시 퇴근!

일찍 끝나면 새벽 1시에 끝날 때도 있기는 하지만 그래 봤자 별다를 것은 없었고, 경은의 다크서클은 점점 늘어났다.

의국 침대에 대자로 누워서 뻗었던 날을 제외하고 그녀는 내내 5시에 출근해서 레지던트들의 일정을 좇았다.

용운의 조언 아닌 조언, 강압 아닌 강압을 받아들여 독립군의 후예가 지은 병원을 배경으로 스토리를 그려 나간다고 해도 일단은 배경이 '종합병원'이니만큼 병원에서만 일어나는 특별한 에피소드는 필요했다.

메인이 되는 스토리는 소스를 받아서 쓴다고 해도 디테일한 세부 사항까지 하나하나 받을 수는 없는 노릇이었다. 하지만 애석하게도 드라마의 완성도는 그런 디테일한 부분에서 차이가 난다. 의사와 간호사들의 어떤 동선으로 움직이고, 그들의 생활이 어떠한지 알아야 대본을 쓰기가 조금이라도 수월하다.

새벽 5시에 출근하고, 하루 일정을 레지던트들과 동일하게 했다. 그것은 용운이 당부했던 일이기도 했지만 그녀에게 필요한 일이기도 했다. 그리고 그들과 똑같이 움직이는 보름 동안, 경은은 레지던트와 비슷하게 폐인이 되어 갔다.

흰 가운만 안 입었을 뿐, 레지던트들과 별다른 차이 없이 좀비처럼 보이는 자신을 보며 경은은 문득 우울해졌다.

드라마국 국장님은 '잘되어 가지? 우리 박경은 작가만 믿습니다.' 라며 염장을 질렀고, 담당 PD는 매일 아침저녁으로 전화를 해서 업무를 보고받았다. 재충전을 위해 하와이에 갔다던 장금복 작가는 메인 작가다운 불성실함으로 경은의 속을 뒤집었다.

에피소드를 주워 담는 것도 좋지만 작가와 연락이 되어야 세부적으로 가닥을 잡을 것 아니냐며 경은이 목청을 높였지만, 하와이에 가신 장금복 작가는 연락 두절된 함흥차사였고 무책임하신 드라마국 국장은 그냥 이것저것 되는대로 자료를 수집하라고 했다.

그나마 담당 PD는 이런저런 방향을 제시하며 경은을 도와주려 애썼지만, 기획 자체가 장금복 작가의 손에 휘둘리는 형편이니 없는 것만도 못했다. 지금 PD가 할 수 있는 일이라 봐야 기획안을 그냥 한 번 읽어 주는 수준이었다.

한숨을 내쉰 경은은 머리를 움켜쥐었다. 별반 도움이 안 되는 사람들 사이에서 장금복 작가가 쓴 기획안만 들고 가닥을 잡아가려니 머리가 깨지는 듯 아파 왔다.

"아이고, 내 팔자야."

땅이 꺼져라 한숨을 쉬던 경은이 천장을 바라보았다.

어째 천장이 노랗게 보이는 듯했다. 차라리 장금복 작가가 쓴 기획을 다 엎고 그녀가 쓴 기획으로 촬영을 하면 좋겠다는 생각까지 들었다. 육체적인 피로도 힘들지만, 정신적인 피로까지 더해지니 이건 정말 죽을 맛이었다.

그런데 그때였다. 경은이 천장을 보며 연거푸 한숨을 쉬고 있는데 갑자기 푸훗, 하는 웃음소리가 들려왔다. 의아한 눈으로 돌아보니 혜정이었다.

"왜?"

"아냐."

웃음기 섞인 표정으로 손사래 치는 혜정을 보니 어쩐지 기분이 나빠졌다.

"뭔데 그래?"

경은이 불퉁한 목소리로 물었다.

"그게 말이야……."

쭈뼛하며 말을 늘리는 혜정을 보며 경은이 왼쪽 눈썹을 위로 올렸다.

의아함과 불쾌함, 피곤함을 동시에 뿜어내는 경은을 보며 혜정이 두 손을 모아 비는 흉내를 내며 장난스럽게 말했다.

"미안. 지금 네 모습이 꼭 나 같아서."

"너 같다니?"

"내가 처음 인턴 생활을 시작했을 때 딱 너처럼 그랬거든."

여전히 얼굴에서 웃음기를 지우지 않은 혜정이 잔웃음을 흘리며 말했다.

"폴리클(PK, 실습생) 때는 병원 안에서 흰 가운을 입고 있다는 것만으로도 행복했거든. 본과 3학년, 정말 꿈 많을 때였는데 말이야."

씁쓸하게 말을 늘린 혜정이 의자 위에서 팔다리를 쭉 뻗어 기지개를 켜며 말을 이었다.

"근데 인턴 시작하면서는 지옥이었지 뭐. 못 먹고, 못 자고, 여기저기에서 무시당하고. 그래서 쉴 때마다 하는 일이 천장 보면서 한숨 쉬는 거였거든. 아이고, 내 팔자야. 내가 무슨 영화를 보겠다고 여기에서 이러고 있나. 차라리 다 포기하고 때려치울까? 그러면서 하루에도 열두 번은 더 고민했지. 1년이 100년 같았어."

혜정이 경은을 바라보며 눈을 찡긋했다. 지금 네 마음 다 알고 있다는 듯 넉넉한 표정을 보이는 혜정을 보며 경은이 씁쓸한 표정을 지었다.

"고생이 많았겠다, 너도."

다시 한 번 한숨을 내쉬는 경은의 눈가가 경련하듯 가늘게 떨렸다.

1년이 100년이라…….

혜정의 말에 경은의 어깨가 조금 더 아래로 떨어졌다. 기운이 나는 것이 아니라 기운이 빠졌다. 100년 같았던 1년을 보낸 혜정은 어찌 됐든 400년의 시간을 보내고도 건재하고 있지만, 혜정은 이제부터 시작이었다.

병원에서 보내야 할 6개월 중 3주째를 맞이했고, 이제 21주가 남았다.

나 죽었소, 하고 보내야 하는 21주가 경은은 유독 무겁게만 느껴졌다. 아고고, 절로 곡소리가 나는 느낌이라 지친 경은의 눈가에는 눈물마저 글썽였다.

멍하니 넋을 놓고 천장만 바라보는 경은을 보며 혜정이 머쓱한 듯 입맛을 다셨다. 농담으로 던진 이야기인데 어째 경은을 더 우울하게 만든 것 같다.

혜정은 멋쩍게 뒷목을 긁적였다. 삶의 의지를 놓은 모습으로 한숨만 내쉬는 경은이 우습기는 하지만 사실 불쌍하기도 했다. 테이블 위에 산더미처럼 늘어놓은 경은의 일거리는 혜정과도 비등해 보였다.

의료 서적이며 독립운동 자료, 그리고 경은이 하나하나 정리해 놓은 메모 수첩과 각종 프린트물들을 보고 있자면 동정이 일지 않을 수가 없었다.

혜정은 미안한 표정으로 볼을 긁적였다. 무엇이라도 좋으니 경은에게 뭔가 도움이 되고 싶었다.

문과 쪽으로는 전혀 재능이 없는 그녀이다 보니 직접 대본을 쓰는 것을 도와줄 수는 없겠지만 기분 전환이라도 시켜 주고 싶은데……. 혜정은 넋 놓고 고민하는 경은의 옆에서 함께 넋을 놓고 고민했다.

"맞다!"

골똘하게 고민하던 혜정이 번쩍 고개를 들었다.

갑작스런 외침에 경은은 물론이고 의국의 다른 레지던트들이 그녀를 바라보는 것이 느껴졌지만 혜정은 아랑곳하지 않았다.

진한 미소를 지은 혜정은 경은의 손을 꽉 잡고 그녀와 눈을 마주쳤다.

"경은아! 너 근데 혹시 거기 갔다 왔어?"

"으, 응? 어디?"

경은의 물음에 혜정이 미간을 찌푸리며 말했다.

"안 가 봤어?"

"어디……아, 혹시 거기?"

"응!"

부정하던 경은이 무엇인가를 깨달은 듯하자 혜정은 열성적으로 고개를 끄덕였다. 하지만 그녀의 반응은 혜정이 예상했던 그것이 아니었다.

"가 보긴 했는데……."

말끝을 흐리는 경은의 반응에 혜정이 마른 입술을 적시며 물었다.

"혹시 못 만났어?"

"……누굴? 용운 선배?"

"아니. 거기에서 용운 선배가 왜 나와?"

계속해서 동문서답을 하는 경은의 반응에 혜정이 입술을 동그랗게 모았다. 혜정은 혹시 얘가 알면서 모르는 척하는 것인가 싶어 가만히 경은의 얼굴을 바라보았다. 하지만 그녀는 정말로 모르는 눈치였다.

"에그, 거기 가서 용운 선배만 봤구나!"

혜정이 피식 웃었다. 원수는 외나무다리에서 만난다더니 그렇게 무서워하는 선배를 애원에서 봤으니 이런 경은의 반응이 이해가 갈 법도 하다. 혜정이 산뜻한 표정을 지으며 물었다.

"내가 기분 전환 시켜 줄까?"

"……기분 전환?"

미심쩍은 듯 경은의 눈썹이 기묘한 모양으로 휘어졌다.

"응! 기분 전환!"

혜정이 환한 미소를 지으며 대꾸했다. 그리고 경은이 미처 대꾸를 할 시간도 없이 그녀의 팔을 잡아당기며 일으켰다.

"가자."

"어딜?"

"가 보면 알아."

경은을 향해 말하는 혜정의 얼굴에는 악동 같은 미소가 번졌다.

"어딜 가게?"

"좋은 곳."

"좋은 곳이라니?"

"그냥 좋은 곳!"

어린아이를 사탕으로 꾀는 것도 아니고 혜정은 똑같은 이야기만 반복했다.

혜정에게 도대체 어디를 가느냐 여러 차례 캐물었지만, 해맑은 표정으로 똑같은 말만 반복하고 있는 그녀를 보자 경은은 어쩐지 힘이 빠져 조용히 뒤를 따랐다.

엘리베이터 앞에 멈춘 혜정은 1층을 눌렀고, 1층에 도착하자 뒷문으로 빠져나갔다. 정원을 지나 후원으로, 그리고 편백나무 사잇길로 향했다. 적지 않은 수의 사람들을 스쳤고, 동상과 조각상, 오브제들이 경은을 스쳤다. 낯익은 광경이었다.

경은은 어느 순간 그녀가 걷고 있는 이 길이 어디를 향하고 있는지 깨달았다. 혜정을 바라보는 경은의 얼굴에 피식 웃음이 흘러나왔다.

"어딜 가나 했더니……."

혜정을 바라보는 경은의 입가에 연한 미소가 떠올랐다. 경은의 기분 전환을 위해 씩씩하게 앞으로 나아가는 혜정을 보고 있자니 자꾸만 웃음이 나왔다. 이 한탄스럽기 그지없는 상황에서 운 좋게도 참 좋은 친구를 만났구나 싶어 경은은 자꾸만 헤실헤실 웃음이 나왔다.

"혜정아."

"미안. 좀 멀지? 근데 조금만 더 걷자. 그러면 좋은 곳이 나와."

"음, 좋은 곳……. 그래. 아름답기는 하더라."

경은이 용운을 만나 그 난리를 겪지만 않았어도 확실히 애원은 경은에게도 인상 깊고 의미 있는 곳이 되었을 것이다. 아름다운 광경으로도, 그곳이 가진 의미로도.

쓸쓸함 가득한 경은의 말에 혜정은 미안한 표정을 지었다. 에고, 어쩌다가 거기에서 용운 선배를 만나서……. 쓴웃음을 지은 혜정이 경은의 팔을 잡아당기면서 말했다.

"아무튼 따라와 봐. 어서! 내가 설마 너한테 안 좋은 일 하겠나?"

혜정의 채근에 경은은 앞으로 나섰다. 혜정이 신경 쓰여 가끔씩 고개를 뒤로 돌리기는 했지만, 혜정은 마치 빨간 모자에게 심부름을 보내는 엄마처럼 손짓만 계속했다. 다시 한 번 미소를 지은 경은이 천천히 걸음을 옮겼다.

이전에 한 번 봤던 곳임에도 혜정과 함께 온 정원은 다시 낯설어졌다. 독립운동가들의 동상이 이곳저곳에 있는 아름다운 정원이라는 사실은 여전하지만, 혜정의 설명을 따라 동선을 옮기니 이전의 경은이 미처 보지 못했던 것들도 눈에 들어왔다. 일본군에게 강제성노예로 끌려갔던 위안부 할머니들의 소녀상도 보이고, 그 소녀상 아래 마련된 작은 책장도 보였다.

경은은 자신도 모르게 멈춰 서서 그것을 들여다보았다. 책장 안에는 위인전이나 수기, 동화책이 있었다. 독립운동과 관련된 것들도 있었고, 아이들을 위한 전래동화도 있었다. 그 모습에 경은은 이곳의 의미를 아는 사람이 애원에 왔으면 했다던 용운의 말을 어렴풋이나마 깨달았다.

우리의 후손들이 역사를 잊지 않고, 우리의 문화를 잊지 않기를 바란다는 뜻을, 신경을 굉장히 많이 쓴 듯한 책장 속 책들에게서 느낄 수 있었다. 어쩐지 묘한 감정이 일어 가슴이 울컥해졌다. 그렇게 길지도 짧지도 않은 시간이 흐른 후였다.

"선물 찾으라고 했더니 책 보고 있으면 어떻게 해!"

울상이 된 혜정이 경은의 옆에 섰다.

"어? 아, 미안."

상념에 빠져 있던 경은은 순식간에 현실로 돌아왔다.

"으! 너무한다, 진짜로. 어쩌면 이렇게 눈치가 바닥이니. 바보야."

선배라고 말했고, 선물이라고 말했음에도 여전히 자신이 하려는 것에 대해서는 전혀 생각도 못 하고 딴짓만 하는 경은을 보며 혜정이 좌절했다. 바로 100m 앞에 그분이 계신데, 눈치도 없고 연애 DNA는 모조리 상실되어 버린 듯한 그녀의 친구는 쓸데없는 곳에만 신경을 둔다.

"흠! 어쩔 수 없지! 내가 나서는 수밖에."

혜정이 무엇인가를 결심한 듯 에헤헴, 헛기침을 했다. 입이 단단하게 다물린 혜정은 마치 국가의 주요 임무를 명받은 것처럼 굳세고 위엄 있는 표정을 지었다.

"굳이 안 나서 줘도 될 것 같은데……."

경은이 중얼거렸지만 이미 한 차례 딴청을 피운 죄가 있어서 경은에게 선택권이란 없었다. 혜정은 경은의 손목을 단단하게 틀어쥐었고, 그녀는 아무도 몰래 한숨을 내쉬며 혜정을 따랐다. 그리고 잠시 후 경은은 숲 속의 작은 카페를 발견했다.

"여긴……."

"가까이 가 봐."

말을 흐리는 경은에게 혜정이 등을 떠밀었다. 이번에도 딴 길로 샐까 봐 지키고 있겠다는 투가 역력한 말투였다.

경은은 카페를 향해 한 발 앞으로 걸어갔다. 통나무를 통째로 잘라 놓은 테이블과 벤치가 여기저기에 놓여 있어 카페의 분위기를 자아내기는 하지만 사실 카페라기보다는 테이크아웃 전문 커피점 같은 느낌이었다. 커피 정도만 내릴 수 있는 작은 공간을 두고 예쁜 집의 형상으로 꾸며 놓았다.

경은은 카페를 향해 한 걸음 내딛기 전에 다시 한 번 혜정을 돌아보았다. 하지만 혜정은 그 어떤 힌트도 줄 생각이 없는 듯했다.

선물이라…….

한참 동안 카페를 보던 경은은 어차피 여기까지 왔는데 아무려면 어떠냐는 생각이 들었다. 카페까지 몇 발자국만 더 걸으면 경은은 그 즉시 진실과 마주칠 것이고, 고작 몇 분 늦게 안다고 해서 달라질 것은 없었다. 혜정에 대한 믿음으로 한 발을 내디뎠다.

한결 편안해진 표정의 경은이 천천히 앞으로 나아갔다. 그윽한 커피 향이 경은의 후각을 자극했다. 이왕 커피숍에 왔으니 커피 한 잔을 마시고 싶었다.

계산대로 걸어간 경은이 주문을 하기 위해 직원을 부르려던 찰나였다.

"주문하시게요?"

뒤에서 성량이 풍부한 저음의 목소리가 들려왔다. 어디에선가 들은 듯 낯익은 목소리에 경은은 어쩐지 마음이 편안해지는 느낌이었다.

"예. 카페라떼 두 잔을 테이크아웃으로……. 어?"

경은이 뒤를 돌아보며 답을 했다. 그리고 말을 채 끝맺기도 전에 짧은 탄성을 내질렀다. 싱그럽게 웃는 준수한 얼굴은 경은이 아주 잘 아는 얼굴이었다. 그가 누군지 첫눈에 알아본 경은은 10년 전 짝사랑 상대를 보며 얼굴을 붉혔다.

경은은 순식간에 불타는 고구마가 되었지만, 눈치 없기로 유명했던 남자는 7년이 지난 지금도 그 부분은 여전한 것인지 여상스러운 표정으로 싱글거리며 물었다.

"카페라떼 두 잔 드릴까요?"

"예? 예!"

경은은 홀린 듯 멍하니 고개를 끄덕였다.

이게 꿈인지 생신지 알 수 없었다. 도민이 박봉달 의료원에 근무한다는 이야기는 들었지만 커피숍이라니…….

가끔 정형외과를 제외한 다른 전공의 4년 차 레지던트로 당당하게 근무하고 있을 도민을 상상했기에 앞치마를 입고 커피숍에 자리하고 있는 그는 정말 의외였다.

7년 만에 만난 첫사랑, 그리고 전혀 생각해 본 적이 없었던 그의 모습은 경은에게 연거푸 충격을 안겨 주었다.

경은은 주문을 받은 남자가 커피를 내리는 사이 자신도 모르게 뒤를 돌아보았고, 그 뒤에서 키득키득 웃으며 양손의 엄지를 치켜 올리는 혜정을 발견했다.

온화한 인상의 잘생긴 남자가 내려 주는 커피는 그 자체로 명품이겠지만 지금 경은은 염불보다는 잿밥에 더 관심이 갔다.

혜정이 말한 '좋은 곳'은 그녀의 첫사랑이 운영하는 카페였다. 그리고 그는 여전히 잘생겼고, 여전히 멋있었고, 여전히 다정하니 부드러운 모습이었다.

오래전의 풋사랑을 두고 지금에 와서 설레발을 떨 생각은 없다고 생각했다. 처음 혜정을 만나 도민을 언급하는 이야기를 들었음에도 그에 대해 꼬치꼬치 캐묻지 않은 것은 그 때문이었다. 그녀는 이제 곧 30대를 앞둔 나이가 되었고, 이제는 더 이상 대학 선후배도 무엇도 아니었다.

우연히 만나게 된다면 그녀의 수줍었던 20대 초반에 대한 예우로 가볍게 인사를 나누고 싶다고 생각을 하기는 했지만, 그럼에도 그녀가 상상했던 광경은 지금과 같은 모습이 아니었다.

한 손에는 커피 트레이, 또 다른 한 손에는 혜정의 손목을 야무지게 쥔 경은이 혜정을 끌고 휴게실로 향했다. 환자와 환자 보호자들이 많은 곳이기는 하지만 그렇다고 의국에서 이야기할 수는 없었다.

혜정을 보며 크게 심호흡을 한 경은이 그녀를 향해 눈을 돌렸다.

"어떻게 된 거야?"

"뭐?"

"도민 선배!"

경은은 다그치듯 물었고, 혜정은 애매한 표정을 지으며 볼을 긁적였다.

"뭐, 굳이 설명할 필요도 없이 보이는 대로랄까."

"보이는 대로라니?"

"의대가 적성에 안 맞았던 것은 너뿐만이 아니었던 모양이야."

혜정이 쓴웃음을 지으며 대답했다. 경은은 순간 자신도 모르게 망연한 표정을 지었다.

뜨겁게 달아올랐던 뺨이 차갑게 식는 느낌이었다. 경은이야 처음부터 의사의 길이 그녀 몫이 아니었던 사람이지만 도민은 달랐다.

좋은 소아과 의사가 되어 보다 많은 아이들을 살리고 싶다고 하던 젊은 날의 그는 꿈이 있었기에 반짝였다.

"선배는 좋은 사람이니까……. 흔히들 그러잖아. 의사가 되려면 수없이 많은 사람을 죽여야 한다고. 그런데 그걸 견딜 수가 없었나 봐."

혜정이 쓴웃음을 지으면서 말했다. 의사는 자신이 죽이는 사람들의 수만큼을 생명을 살려 낼 수 있다고 한다. 때문에 그 무게를 견디지 못해 도망치는 사람들도 부지기수이다.

도민도 그중 하나였다. 정을 주던 환자들이 하나둘 죽어 가는 모습을 보며 환자에게 주는 마음을 접는 것이 혜정이나 다른 레지던트들의 선택이었다면, 도민은 아예 메스를 놓는 길을 택했다.

혜정의 말을 들은 경은은 아무런 말도 못 하고 숨만 가늘게 토해 냈다. 그가 느꼈을 참담함과 좌절감이 손에 잡힐 듯 확연하게 다가왔다. 그나마 경은은 의사라는 직업에 미련이 없었기 때문에 선택이 쉬웠지만 도민은…….

낮게 가라앉은 경은을 보며 혜정은 난감한 표정을 지었다.

저런 반응을 원한 것이 아니었는데 일이 묘하게 됐다. 혜정은 단지 경은에게 첫사랑과의 재회라는 선물을 주고 싶었을 뿐이었다.

7년 만에 보는 감정이 예전 같지 않을 것이기에 그냥 기분 좋은 추억을 되살리고 그것을 통해 기분 전환을 하기를 원했다. 도민의 커피숍은 레지던트들이 지치고 피곤할 때면 찾는 힐링 장소이니 경은에게도 그런 의미가 되기를 바랐다.

한참 동안 안절부절못하며 어찌할 바를 몰라 하던 혜정이 무엇인가를 결심한 듯 고개 숙인 경은에게 불쑥 얼굴을 들이밀며 말했다.

"그래도 좋은 곳이었지?"

"응?"

"조금 쇼킹해서 그렇지 기분 전환은 확실하게 된 것 같지 않아? 도민 선배 카페 말이야. 나름 유명한 힐링 장소야. 환자한테나, 의료진한테나."

혜정이 배시시 웃으며 말을 이었다.

"도민 선배는 몸을 치료하는 의사는 포기했지만, 대신 마음을 치유하는 의사가 됐어. 선배는 지금이 좋대. 그러니까 너도 우울해하지 마. 네가 너무 지치고 피곤해 보여서 도민 선배를 만나면 좀 나아질까 싶어 이리로 데려온 건데 이렇게 우울해하면 내가 너무 슬프잖아."

혜정은 손을 뻗어 경은의 이마를 살살 문질렀다.

경은은 그제야 자신의 미간이 일그러져 있다는 사실을 깨달았다. 그리고 자신이 다른 사람들과 똑같은 생각을 하고 있다는 것 또한 깨달았다.

의대를 그만둘 때 외적인 부분만 보고 경은을 타박하던 사람들과 똑같은 사람이 되어 있었다.

"……그러게. 내가 바보 같았네."

애써 미소를 지은 경은은 자신의 손에 들린 커피 트레이와 혜정을 번갈아 보았다. 그리고 크게 숨을 들이마셨다.

"혜정아, 고마워."

"응? 뭘?"

"아니. 그냥 이것저것. 두루두루. 전부 다."

경은은 혜정을 보며 잔잔한 웃음을 지었다. 생각지도 못하게 여러 방면으로 도움을 주는 10년 지기 친구가 경은은 정말 진심으로 너무 고마웠다.

4장

청암종합병원 C rosette(로제트) 4번 수술방.

태양처럼 강렬한 빛을 발하던 무영등(surgical light, 수술 시 환자의 환부를 잘 볼 수 있도록 만들어진 조명기구로 광원(光源)을 집중시켜서 그림자가 생기지 않도록 한다)이 꺼지는 것과 동시에 한껏 긴장해 있던 의료진들의 어깨에서도 힘이 빠졌다.

골육종 골절 환자의 사지구제술은 이미 여러 차례 있었던 일이지만 부위가 대퇴부인 데다가 환자가 6개월의 임산부라는 점에서 이번 수술은 특별했다. 정형외과를 중심으로 해서 산부인과와 마취과, 감염내과, 신경외과 등 5개 전공의 협진은 근래에 드물었던 대형 수술이었다.

5시간의 수술이 마치 50시간짜리 수술처럼 느껴졌다. 최대한 태아에게 피해를 주지 않기 위해 노력해야 했기 때문에 유난히 힘든 케이스였다.

두 생명의 생사가 그들의 손에 달려 있었다. 엄마를 위해 태아를 희생시킬 수도 없고, 태아를 위해 엄마를 희생시킬 수도 없었기에 의료진들은 최선의 결과를 위해 노력했고, 수술은 성공적으로 끝났다.

봉합이 끝난 후에도 수술방에 남아 환자를 살펴보던 어시스턴트와 서큘레이팅(수술실 순회간호사)들은 산부인과와 마취과에서 모두 OK 사인이 떨어지고 나서야 비로소 안도의 숨을 내쉬었다.

"수고하셨습니다."

안도와 기쁨이 깃든 인사가 오갔다.

용운도 긴장을 풀고 오랜만에 진심이 섞인 표정으로 인사를 건넸다. 수술 자체가 보기 드문 대형 수술이었던 만큼 당장 다가오는 월요일 컨퍼런스 시간에 뷰 박스(view box) 앞에서 발표를 해야 하는 것이 떠올랐지만 지금 당장은 그 모든 것을 잊고 그냥 또 한 사람의 환자를 구해 냈다는 것에 기쁨을 표하고 싶었다.

몸은 지치고 힘들었지만 마음만은 가벼웠다. 용운의 무뚝뚝한 얼굴에 오랜만에 화색이 감돌았다.

경은은 통나무를 통째로 잘라 놓은 것 같은 테이블에 앉아 커피숍의 훈남 총각을 멍하니 바라보았다. 할 일은 많고 시간은 없는데 이곳에만 오면 에너지가 퐁퐁 솟는 기분이라 오지 않을 수가 없었다.

혜정이 도민의 거처를 알려 준 이후, 도민의 카페는 경은의 은밀한 힐링 아지트가 되었다. 혜정의 말로는 후배 레지던트들이 곧잘 와서 상담도 하고는 한다지만 한창 바쁠 오후 시간에 한가하게 커피숍을 찾는 팔자 늘어진 레지던트는 없었다. 덕분에 경은은 고즈넉하고 분위기 있는 카페에서 마음껏 도민을 관찰했다.

모 드라마에 나왔던, 꽃미남이 가득한 커피점에 오던 손님들이 바로 이런 기분이었을까? 턱을 받치고 그윽한 커피 향을 즐기는 경은의 입가에 은근한 미소가 떠올랐다.

눈으로는 도민을 감상하고, 코는 그윽한 커피 향을 감상하고, 입은 씁쓸하지만 달콤한 커피 맛을 즐겼다. 감미롭게 울려 퍼지는 스마트폰의 음악 소리도 경은의 귀를 자극했다.

기분 좋은 충족감에 흠뻑 빠진 경은이 음악에 맞춰 손가락으로 테이블을 가볍게 두드리고 있노라면 숲 속 작은 카페에서의 커피 한 잔은 그야말로 시각, 후각, 미각, 청각, 촉각을 모두 자극하는 오감 만족이었다. 삭막하고 각박했던 병원에서 몸 두고 마음 붙일 곳을 찾아낸 경은의 얼굴에 헤실헤실 웃음이 피어올랐다.

정형외과 레지던트들은 모두 좋은 사람이지만, 아무리 그래도 의국에 있노라면 자꾸만 그녀가 외부인이라는 생각이 들었다. 의사와 의사이기를 거부한 사람. 드라마국에서 인턴 작가로 근무할 때와는 또 다른 외로움이 괜스레 경은을 쓸쓸하게 만들었다.

"하아."

경은이 천장을 보며 나직하게 한숨을 내쉬었다. 의대를 뛰쳐나왔던 자신의 선택을 후회하지는 않지만 그들 사이에 있다 보면 그래도 조금 외롭다. 아예 아무도 모르는 곳에 갔다면 좀 덜했을까? 경은이 생각에 잠겼다.

아는 사람이 있어 병원 생활이 수월하지만 동시에 진로가 갈린 그들과 자신의 틈이 더욱 도드라지게 느껴진다. 모두들 경은을 신경 써 주지만 그럼에도 불편한 것은 그 때문이다.

스스로가 생각해도 배가 불렀구나 싶어 상념에 빠졌던 경은은 이내 머리를 절레절레 흔들었다. 손을 들어 자신의 머리도 콩콩, 두어 대 때려 줬다. 헛생각이다.

크게 심호흡을 해서 잡생각을 날린 경은은 커피에 집중했다. 커피 마시고 다시 힘내서 일하러 가야지! 굳건하게 다짐한 경은이 눈을 도민에게 집중한 채로 꼴깍꼴깍 커피를 마셨다. 그리고 도민을 가리는 흰 가운의 남자가 등장한 것은 바로 그때였다.

성큼성큼 걸어 계산대로 곧장 다가간 남자는 난감하게도 그의 몸으로 도민을 가려 버렸다. 키가 꽤 큰 사람이었다. 커피를 마시는 척하면서 슬금슬금 도민을 훔쳐보며 눈 보신을 하던 경은의 얼굴이 순간 울상이 되었다.

지나간 첫사랑이고, 그날의 감정이 아직까지 경은을 사로잡고 있는 것은 아니다. 하지만 잘생기고 예쁜 사람은 보는 것만으로 행복해지기에 안구 정화용 꽃미남을 잃어버린 경은은 서글펐다. 커피숍에 왔으면 주문이나 할 일이지, 남자는 도민과 안면이 있는 사이인지 계속 농담 같은 것을 하며 도민을 가렸다.

"이 커피만 마시고 가려고 했는데……."

경은이 억울하고 서러운 마음을 담아 중얼거렸다.

경은에게 주어진 안구 정화의 시간이라고 해 봐야 고작 2, 3분인데 그것을 빼앗기게 되었다는 사실이 너무 안타깝고 슬펐다.

이제나 비킬까 저제나 비킬까, 경은은 커피를 홀짝홀짝 야금야금 마시며 흰 가운의 남자를 뚫어져라 노려봤다. 그리고 드디어 커피 잔이 바닥을 드러냈다.

'그냥 자리를 옮겨서 얼굴 한 번만 더 볼까?'

경은이 생각했다. 커피는 다 마셨고, 카페 앞에 더 있을 이유는 없었다. 하지만 그냥 가자니 또 아쉬웠다. 그렇다고 커피를 한 잔더 주문하자니 방금 전에 점심을 먹었는데 물배만 찰 것 같고, 무엇보다 이곳에 앉아서 노닥거리기에는 경은에게 주어진 시간이 지나치게 적었다.

키가 큰 흰 가운의 남자를 노려보는 경은의 눈이 좀 더 강렬해졌다. 저 남자만 아니었어도! 경은이 입술을 질끈 깨물었다. 이리치이고 저리 치이는 그녀의 일상에서 유일한 힐링 타임을 방해받은 경은은 마치 불구대천의 원수를 바라보듯 흰 가운의 남자를 노려봤다. 그리고 바로 그때였다.

갑자기 흰 가운의 남자가 몸을 돌려 경은을 바라봤다. 그들의 눈이 마주치고, 남자가 경은의 이름을 불렀다.

"박경은 씨?"

"엑?"

경은은 비명도 아니고 경악도 아닌 기묘한 목소리를 뱉어 냈다. 이쪽을 보는 키 큰 남자가 바로 용운이었기 때문이다.

경은의 미묘한 반응에 용운의 눈썹이 불쾌한 듯 감시 꿈틀댔지만 경은에게 중요한 것은 그것이 아니었다.

"아는 사이었어? 어쩐지 계속 너를 바라보더라고."

도민이 해맑게 웃으며 말했다. 3년 동안 한결같이 그를 바라봤음에도 전혀 알지 못한 눈치 없음의 대명사는 또 이런 일에서 그 사실을 확인시켜 주었다.

경은의 얼굴에 기묘한 표정이 지어졌음에도 도민은 눈치 없이 계속 말을 이었다.

"어떻게 아는 사이야? 병원 사람은 아닌 것 같고. 혹시 여자 친구야?"

기가 막히다 못해 숨이 막힐 것 같은 황당한 추측에 경은이 아니라며 거세게 외치려는 찰나였다.

"그런 거 아니야."

도민을 말을 단호하게 잘라 낸 용운이 경은을 향해 말했다.

"혹시 나한테 할 말 있습니까?"

"예?"

난데없는 질문에 경은이 의아해하자 도민이 부연 설명을 덧붙였다.

"방금 전에 용운이를 굉장히 열렬하고도 뜨겁게 바라보고 있어서요. 할 말 있어서 그런 것 아니에요? 아니면 짝사랑?"

빙긋 웃으면서 말하는 경은의 첫사랑은 한 대 때리고 싶을 정도로 멍청하고 눈치 없어 보였다.

꽃미남을 구경하며 커피 한 잔 마시러 왔을 뿐인 경은은 치프를 열렬하게 바라본 묘령의 여인네가 되어 있었다. 그리고 이 상황에서 자칫 대답을 잘못하면 용운을 뜨겁게 짝사랑하는 여인이 될 확률이 높았다.

경은은 정상적이고 적합한 대답을 내놓기 위해서 필사적으로 머리를 굴렸다. 자신과 용운이 전혀 상관없는 사이임을 적극 피력하면서도 도민과 용운이 납득할 만한 그런 대답을!

하지만 꽤 오랜 시간 머리를 굴렸음에도 경은의 머릿속에서 튀어나온 것은 가장 평범하고도 평범한 대답이었다.

"……그냥 아는 사람 같아서요."

용운의 몸이 도민을 가려서 그를 죽일 듯 노려봤다고 말하고 싶지 않았다. 물론 용운 그 자체만으로도 죽일 듯이 노려보기에는 충분한 사람이지만 경은은 아무도 모르게 잘 숨겨 온 짝사랑을, 그 짝사랑에 마침표를 찍은 지 7년 만에 동네방네 소문이 날 가능성 자체를 모두 지우고 싶었다.

경은은 그녀 자신이 용운이나 도민이라고 해도 믿어 줄 것 같지 않은 말을 변명이랍시고 내놓았다. 그리고 스스로 내뱉은 답변의 참담함에 용운을 보며 어색한 웃음만 실실 흘렸다.

"그러니까…… 뒷모습이 꼭 용운 선배님 같더라고요. 제가 선배님을 참 좋아하거든요. 뒷모습만 봐도 알 수 있을 정도로."

경은은 시키지도 않은 부연 설명을 열심히 덧붙였다. 용운의 뒷모습이야 경은이 알 바 아니지만, 경은은 진실을 감추기 위해 거짓에 거짓을 더했다.

어색한 침묵이 이어졌다. 용운은 아무 말 없이 묵묵하게 경은을 바라보았고, 뚫어질 듯 그녀를 바라보는 강렬한 눈빛에 경은의 고개는 점점 아래로 내려갔다.

"하아."

용운이 낮은 한숨을 내쉬었다. 뜨끔한 경은의 고개가 좀 더 아래로 내려갔다. 그리고 잠시 후, 고개 숙인 경은의 귀에 낮게 깔린 용운의 지친 목소리가 들려왔다.

"커피나 줘. 두 잔."

"두 잔?"

"어. 이미 마신 것 같기는 하지만…… 피곤할 때는 한 잔 더 마시는 것도 나쁘지 않지. 그리고 저쪽 아가씨는 여자 친구가 아니라 이번에 병원에서 찍는 드라마 촬영을 위해 투입된 작가님이야. 우리 학교 후배이기도 하고."

용운은 알아서 상황 정리를 끝냈다. 그리고 난감한 표정으로 바닥만 바라보는 경은을 불렀다.

"박경은 씨도 이리 와 봐요. 소개시켜 줄게요. 이쪽도 그쪽 대학 선배고, 어차피 병원에 있을 거면 알아 두는 게 좋아요. 자타공인 알아주는 마당발이니."

용운은 경은을 향해 손짓했다.

각종 실수들이 얽히고설켜서 이제 이곳에도 못 오나 하며 절망하던 경은의 얼굴에 슬쩍 혈색이 돌았다. 한 치의 어긋남 없이 저승사자처럼 서 있던 용운이 생전 처음으로 천사처럼 보이는 찰나였다.

"박경은 씨, 안 옵니까?"

싸늘한 목소리가 경은의 이름을 불렀지만, 경은은 하나도 안 무서웠다. 그저 고마울 뿐이다. 쭈뼛대며 두어 번 몸을 뺀 경은이 못 이기는 척 앞으로 나아갔다. 슬쩍 고개 돌린 경은의 얼굴에는 아무도 모르게 미소가 스쳤다.

용운과 커플처럼 나란히 커피를 한 잔씩 들고 의국으로 올라가는 경은의 발걸음이 가벼웠다.

평소라면 지나치게 무서운 선배님, 작가로서의 자존심을 건드린 나쁜 놈 박용운이지만 도민을 소개시켜 줄 때는 천사가 따로 없었다. 경은은 그간 쌓아 두었던 모든 나쁜 감정을 도민을 소개시켜 주었다는 것 하나로 날려 버렸다.

음흉한 표정으로 싱글대는 경은을 바라보는 용운의 얼굴에 의아함이 떠올랐다는 것은 알고 있지만 그녀는 아랑곳하지 않았다.

몸도 가볍고, 마음도 가볍게 의국으로 올라가는 경은의 얼굴에 생글생글 미소가 감돌았다.

내내 의국에 시달려서 반쯤 시체 꼴을 하고 있었던 경은이지만 오늘, 지금 이 순간만큼은 생명력이 넘쳐흘렀다. 그리고 경은의 넘치는 생명력은 용운을 바라보는 그녀의 눈초리도 부드럽게 만들었다.

싱글대며 걸어가던 경은의 눈이 용운을 향했다.

"선배님."

경은은 내내 적대적이었던 용운에 대한 감정을 씻어 버리고 사근사근한 목소리로 용운에게 다가갔다.

경은의 부름에 용운이 말없이 그녀를 응시했다.

"커피 좋아하시나 봐요."

경은이 배시시 웃으며 말했다. 생각 같아서는 도민과 많이 친하냐, 그러면 얼마나 친하냐 묻고 도민에 대해서 알고 있는 점을 다 알려 달라며 용운의 목을 짤짤 흔들고 싶었지만 그러기에는 단계가 필요했다. 경은에게 용운은 아직 많이 낯설고 무서운 사람이었고, 그들이 함께한 대화는 드라마와 박봉달 의료원의 유래 및 역사와 관련된 부분밖에 없었다.

타인에게 다가가는 대화법 첫 번째, 일상 속에서 소재를 찾아 동일한 화제를 끌어내기 위해 경은은 그들의 손에 들린 커피를 제물로 삼았다. 하지만 세상일은 계획대로 이루어지지 않기에 살아가는 의미를 가진다고 했던가.

"안 좋아해요."

용운이 딱 잘라서 말했다.

망설임 없는 대답에 경은은 순간 멈칫했다.

"……안 좋아하세요?"

"네."

딱 자르는 대답에 경은은 더 이상 대화를 이어 갈 수가 없었다. 그리고 말없이 걷기를 십여 걸음, 침묵을 견디다 못한 경은이 다시 입을 열었다.

"그러면 오늘은 왜……."

경은은 용운의 손에 들린 커피를 힐끔 바라보며 질문했다. 경은의 시선을 따라 용운의 시선도 자신의 손에 들린 커피를 향했다. 투명한 플라스틱 컵에 담긴 커피의 표면이 잔물결을 일으키며 자신의 존재를 피력했다.

물끄러미 커피를 바라보던 용운의 입이 천천히 열렸다.

"방금 수술이 끝났거든요. 5시간짜리."

피식 웃은 용운이 커피를 한 모금 마시면서 말했다. 익숙한 맛인데 용운에게 미묘한 감정을 불러일으켰다.

용운이 수술을 끝낸 후에, 특히나 성공적으로 수술을 마친 후에 커피를 마시는 것은 스스로에게 경각심을 일깨워 주기 위해서다. 항상 죽음의 신이 용운의 메스 위에서 그가 실수하는 순간만을 노리고 있다는 것을 스스로에게 일깨우기 위해 용운은 커피를 마신다. 쓰고 신맛이 수술 후 이완되어 있던 용운을 다시 팽팽하게 만든다.

항상 그래 왔고, 앞으로도 그럴 것이라 생각한다. 그런데 오늘은 이상하게도 조금 다르다.

한 모금만 마셔도 다시 긴장 상태로 돌아가던 예전과 달리 그의 몸은 아직 수축을 덜 했다. 오늘따라 조금 이상한 스스로를 느끼며 용운이 커피를 한 모금 더 마셨다.

식도를 타고 넘어가는 커피를 느끼며 용운이 입을 열었다.

"근데 드라마는 잘 되어 갑니까?"

용운이 물었다.

"……네, 네?"

"독립운동가의 내용이 섞인 드라마를 쓴다면서요."

까먹었나 했더니 까먹지는 않았나 보다. 용운의 말에 경은의 눈꼬리가 아무도 모르게 잠깐 위로 올라갔다.

물론 쓰다 보니 스스로도 좋아져서 열심히 쓰고 있기는 했지만 애초에 그것을 쓰게 만들었던 원흉이 저 말을 하니 경은은 애써 삭여 가슴에 묻어 둔 감정이 조금 위로 솟구치려는 듯하는 것을 느꼈다.

"……그렇지요, 뭐."

경은이 어렵게 대답을 했다. 용운은 커피를 한 모금 더 마시고 경은을 바라보았다. 그리고 자꾸만 그의 머릿속을 맴도는 이야기를 꺼냈다.

"도와줄까요?"

"네?"

"도와주겠습니다. 그날 이후 박 작가님이 날 피하지 않습니까, 나도 조금 걸리는 부분이 있어 그렇고. 어쨌든 작가님 말에 따르자면 오해였다고 하니……. 힘들지 않아요? 혼자 하기? 교수님에게 도움 청할 것 같지는 않고……."

다른 레지던트들의 도움을 받아 어찌어찌 해결해 나가고 있기는 하지만 확실히 용운의 도움이 가미된다면 에피소드를 정리하는 데 걸리는 시간도 대폭 줄 것이고, 대본을 쓰는 데 걸리는 시간도 눈에 띄게 단축될 것 같았다.

용운과 경은은 어느새 걸음을 멈추고 마주 보고 있었다.

"변덕인 것 같기는 하지만 나도 그게 어떻게 완성될지 궁금하네요. 도와줄게요."

용운은 그날 이전으로 돌아가, 아니 그들이 언쟁을 하기 전보다 더 적극적으로 도와주겠다며 경은에게 손을 내밀었다. 경은은 그런 용운을 말없이 바라보다 그의 도움을 받아들이기로 했다.

✦　　✦　　✦

환자의 차트를 정리하던 용운은 점점 거세지는 빗방울 소리에 잠시 손을 멈추고 밖을 바라보았다.

늦은 밤, 따닥따닥 빗방울 소리가 의국의 창문을 때렸다. 보슬비처럼 가늘게 시작된 빗방울은 두어 시간 남짓 흐르니 제법 묵직하고 굵은 것이 되었다. 어느새 별도 달도 자취를 감춰 시야는 어두컴컴해졌고, 그 빈자리에 바람만 남아서 나무며 현수막 따위를 세차게 흔들었다.

날씨며 기후변화에 연연해하는 타입은 아닌지라 평소처럼 무심하게 보고 흘릴 법도 한데 용운은 평소 그의 무딘 성격답지 않게 한참 동안 창밖을 바라보았다.

어둡고, 거세고, 차가워 보이는 광경이다. 누군가에게는 꽤 벽차 보이는.

낮게 가라앉은 눈이 밤길을 헤쳐 나갔을 누군가를 생각했다. 확실하게 의국이라는 소속이 있는 레지던트들과 달리, 임시로 의국에 던져진 경은은 내내 이방인이고 외부인이었다. 후배들이 신경을 써 주고 있는 것 같기는 했지만 거기에도 한계는 있었다.

특히나 전공의 기숙사가 있는 그들과 달리 경은은 병원 내에서는 갈 곳이 없을 것이 분명했다. 그리고 그녀의 퇴근 시간은 평균 새벽 1시 반이다.

용운의 머릿속에는 언젠가 의자에 앉아 꾸벅꾸벅 졸던 경은이 떠올랐다. 빈 침대가 옆에 4개나 있음에도 등을 붙이지 못하고 의자에서 졸던 그녀의 모습은 그녀 스스로가 이곳을 얼마나 어려워하는지를 고스란히 반영했다.

'어찌해야 하나.'

용운이 손가락으로 가볍게 책상을 두드렸다. 고민이나 안 풀리는 문제가 있을 때면 반복하는 그의 버릇이다.

함께한 지 한 달여, 미우니 고우니 해도 5개월을 더 함께해야 한다. 의국 생활은 거기서 끝나도 본격적으로 촬영이 들어가면 더 오래 볼 수도 있다.

책상을 두드리던 용운의 손가락에 조금 더 힘이 들어갔다.

의국에 정식으로 소속될 수도 없고, 그렇다고 아주 상관없는 사람처럼 지내지도 못하는 현재 경은의 입장을 생각하니 가슴이 조금 답답해졌다. 어느새 자신이 경은을 내 소속의 사람이다, 받아들였나 싶어 용운이 쓴웃음을 지었다. 그토록 거부하던 외부인인데 용운이 먼저 경은을 받아들였다.

같은 대학의 후배라는 것이 먼저인지, 아니면 드라마 작가로서 자신의 직업에 대한 확고한 의지와 자부심이 용운의 마음을 움직인 것인지는 모르겠다. 확실히 자신이 낸 의견에 열의를 보이며 도와주겠다는 한마디에 화색을 보이는 얼굴에는 마음이 열렸다.

어쨌든 용운은 한 달여 만에 경은을 인정했고, 박용운이라는 사람은 내 사람으로 인정한 사람에 대해서는 철저하게 보호하고 아껴 주는 사람이다. 애석하게도 경은은 여전히 용운을 두려워하고 무서워하지만.

자신만 보면 고양이 만난 쥐처럼 움찔움찔하던 경은을 떠올린 용운이 피식 웃음을 흘렸다. 소심하고 새가슴인데 반해 불쑥 돌발적으로 튀어나오는 경은의 당돌함은 용운에게 웃음을 불러일으킨다.

며칠 전, 친구인 도민이 운영하는 카페에서 에스프레소를 주문하니 자기 것은 캐러멜 마끼야또로 해 주면 안 되냐고 조심스럽게 올려다보던 경은을 떠올린 용운이 작게 웃음을 흘렸다. 만약 그에게 여동생이 있다면 경은 같은 타입이라면 재미있겠다 싶은 생각이 들었다. 그리고 그 생각은 그도 모르게 경은에게 도와주겠다는 제안을 하게 만들었다.

경은을 떠올린 용운은 다시 손가락으로 책상을 두드렸다. 고작 5개월이라고는 해도 경은이 마음 편하게 있을 수 있는 곳을 알아봐 주고 싶은데 그게 꽤 쉽지가 않았다.

잠도 자고 일도 할 수 있는, 병원 내에 있는 안전한 공간.

용운이 조용히 고민에 잠겼을 때였다.

덜컥!

갑자기 의국의 문이 열렸다.

"어라, 아직까지 계셨어요?"

낯익은 목소리에 용운의 고개가 돌아갔고, 그는 그곳에서 방금 세안을 한 듯 촉촉해 보이는 경은의 민낯을 발견했다.

"박……경은 씨?"

용운이 믿을 수 없다는 듯 의문 가득한 목소리로 경은의 이름을 불렀다.

"아직까지 병원에 있었어요?"

"네? 네."

경은이 멋쩍은 듯 배시시 웃으며 대꾸했다.

"비도 오고, 내일 다시 출근할 생각을 하니 그냥 병원에 있는 것이 낫겠다 싶어서요."

경은이 겸연쩍은 듯 뒷머리를 긁으면서 말했다. 용운의 이맛살이 찌푸려졌다.

비 오는 야밤에 혼자 집으로 돌아갈 경은을 걱정했지만, 그래도 그렇게 돌아가면 안전한 그녀의 집에서 잘 수 있었다. 병원에 있겠다는 경은의 말을 들은 용운은 자신도 모르게 그녀의 수면을 걱정하는 말을 내뱉었다.

"잠은요?"

"예?"

"잠은 어떻게 하려고요. 설마 밤샐 생각은 아니죠? 안 그래도 수면 시간이 부족한데 여기에서 더 잠을 줄이려고요?"

인상을 찌푸린 용운이 경은에게 물었다. 경은의 수면 시간을 줄인 원흉이 그라는 것은 알고 있지만 그렇다고 그냥 넘어가자니 무엇인가가 꺼림칙했다.

빈 병실이 넘치는 것도 아니고, 그렇다고 병원에 따로 쉴 수 있는 곳이 있는 것도 아니었다. 의국 침대에서 잔다면 그나마 다행이지만 용운은 어쩐지 경은의 선택이 그것이 아닐 것이라는 생각이 들었다.

"예. 밤새는 것은 아니에요."

경은이 멋쩍은 표정을 지으며 답했다. 용운이 가늘게 뜬 눈으로 경은을 응시했다.

"그럼 어디에서 자게요?"

용운이 따지듯 캐물었다. 걱정이 되어 내뱉은 용운의 말을, 경은은 의국에서는 자면 안 된다는 뜻으로 해석했는지 금방 새치름해져서 뾰족한 답을 내뱉었다.

"카페요."

"카페?"

"네. 저기 애원에 있는 그곳이요. 도민 선배가 그곳에 침대 있다고 거기에서 자도 된대요."

경은을 바라보는 용운의 눈이 가늘어졌다. 한 달 동안 꼬박꼬박 선배님이라고 부르는 그와는 달리, 도민 선배라고 부르는 목소리가 친근하게 느껴지는 것도 걸리지만 무엇보다 걸리는 것은 커피숍에서 잔다는 말이었다.

"만난 지 며칠 되지도 않았을 텐데 그런 말까지 주고받나?"

용운의 목소리는 자신도 모르게 서늘해졌고, 항상 존대를 해 주던 용운의 말은 반 토막이 났다.

"그, 그럴 수도 있지요."

뜨끔한 것인지 경은이 말을 더듬으며 항변했다. 용운이 눈썹이 불쾌함 속에서 꿈틀거렸다.

서로를 소개시켜 준 지 고작해야 며칠 남짓인데 도민과 경은이 지나치게 가까워진 느낌이다. 도민이야 원래 친화성이 좋은 녀석이니 그러려니 하겠지만, 경은은 나이도 어리고 살갑게 대해 주는 레지던트들에게도 한동안 낯을 가렸을 정도로 숫기가 없는 녀석이었다.

경은을 향해 말하는 용운의 목소리에 다소 고압적인 감정이 깃들었다.

"그럼 그 녀석은?"

"그 녀석이라뇨?"

"도민이. 설마 같이 자는 것은 아니겠지?"

용운은 행실 나쁜 여동생을 대하듯 엄한 눈으로 경은을 바라봤다. 경은은 어쩐지 억울한 기분이 들었다.

"무, 무슨 말씀을 하시는 거예요! 당연히 아니죠."

버럭 소리를 지른 경은이 입을 삐죽거리며 항변했다.

"도민 선배는 집에 가서 잔다고 했어요. 내가 집이 너무 멀다고 하니까, 그러면 카페에서 자라면서 잠자리를 양보해 준 거라고요."

잠자리까지 양보해 주는 고마운 선배를 매도하는 듯하는 용운을 보는 경은의 눈이 삐죽 세모꼴이 되었다.

의국에 있는 혜정의 스킨을 한 번 빌려 쓰려고 왔다가 이게 무슨 봉변인지 모르겠다. 그녀 자신이야 신경 쓰지 않고 대충 넘기면 그만이지만, 착하고 고마운 선배 도민까지 매도하는 것을 참아 줄 수가 없다.

용운은 낮게 가라앉아 알 수 없는 표정으로 경은을 바라보았고, 경은은 용운이 도민에 대해서 한 마디 나쁜 말이라도 하면 그대로 받아 버릴 셈으로 전투적으로 그를 바라보았다.

한참 동안 시선이 오가고, 용운이 고개를 돌리며 낮게 한숨을 내쉬었다. 경은을 바라본 용운이 낮게 깔린 목소리로 입을 열었다.

"그러지 말고 의국에서 자."

"예?"

"그 카페 위험해. 며칠 전에도 도둑이 들었어. 문을 잠가도 다 따고 들어온다고. 거기 자물쇠는 손 한 번만 대면 열려."

용운은 경은이 카페에서, 도민의 거처에서 잠든다는 생각만으로도 기분이 나빠졌다. 그래서 도민이나 조부가 듣는다면 핏대를 올릴 말들을 잔뜩 늘어놓았다.

"그런 말은 못 들었는데……."

"사람들이 알까 봐 쉬쉬한 거지. 알려져 봤자 좋을 것이 없으니까. 그러니까 내 말 들어. 그냥 의국에서 자."

말의 진위 여부는 중요하지 않았다. 용운은 스스로의 안전과 평화를 위해 경은에게 출처 없는 병원괴담을 늘어놓았다. 긴가민가하는 경은에게 방점을 찍기 위하여 스스로의 신분도 강조했다.

"할아버지께서 내게만 넌지시 일러 주신 이야기야. 그러니 내 말 들어. 의국에서 자."

"하지만……."

용운이 병원 이사장의 손자라는 사실은 모두가 알고 있는 것이었다. 그런 용운이 조부를 운운하자 경은의 얼굴이 미묘해졌다. 그런 이야기야 믿으나 안 믿으나 상관이 없지만 냉큼 그러겠다고 대답하기는 어려웠다. 입술을 잘근 깨문 경은이 주저했다. 아무리 그래도 의국에서 편안하게 휴식을 취한다는 건 마음에 좀 걸렸다.

"오늘도 도둑이 들 거라는 보장도 없고, 그냥 오늘만 카페에서 잘게요."

"의국에서는 왜 안 자려는 건데?"

용운의 말에 경은은 조용히 고개를 숙였다. 대답하기 어렵다는 듯 난처한 표정을 짓는 경은을 보며 용운은 한숨을 내쉬었다. 그리고 무엇인가를 생각하는 듯하더니 책상에서 일어나 경은에게 다가왔다.

"따라와."

"네?"

"우산 들고 따라 오라고. 오늘 잠잘 곳을 제공해 줄 테니까."

용운이 딱 잘라 이야기했다. 그리고 경은이 미처 거절할 시간도 주지 않고 그녀의 팔을 잡아당겼다. 잘못된 소문이 날 가능성도 있지만 그보다는 경은이 도민의 잠자리에서 잔다는 사실이 더 기분 나빴다.

걸어서 5분 거리인 자신의 아파트를 향해 걸어가는 용운의 걸음에 그 자신도 알 수 없는 미묘한 감정이 담겼다.

✦　　✦　　✦

잘 곳을 마련해 준다고 하기에 쫄래쫄래 따라오기는 했지만 경은도 기본적인 사리분별은 할 줄 아는 사람이다. 지금 그녀가 서 있는 아파트는 어느 모로 보아도 누군가의 개인적인 공간임이 명백했다.

"여긴······."

경은이 주춤하며 말끝을 흐렸다.

"내 집."

참 간단한 대답이었다.

'그러니까 네 집에 날 왜 데려오셨나요?'

경은은 진심으로 묻고 싶었다. 하지만 경은을 집에 데리고 온 것으로 내 볼일 끝났다는 듯 욕실로 들어가는 그를 보고 있자니 경은은 차마 말이 나오지 않았다.

경은은 안으로 들어갈 수도 없고 나갈 수도 없었다. 안절부절 못하며 현관 앞에 서서 용운이 들어간 욕실만 뚫어져라 바라봤다. 욕실에서는 아예 물소리까지 났다.

경은은 자신이 마치 유령이라도 된 기분이었다. 아니, 차라리 유령이면 이렇게 좌불안석은 아닐 것 같다. 있는 듯 없는 듯 조용히 자리만 차지하면 되니까.

"나 어쩌지."

경은이 현관에 쪼그리고 앉으며 중얼거렸다. 제 자세가 심히 청승맞고 궁상맞을 것 같다는 생각은 들지만 자리 못 찾은 짐짝 같은 신세를 떠올리면 걱정이 절로 나왔다.

짐짝의 인생이란 이런 것이다. 여기가 내 자리인가, 저기가 내 자리인가 싶어 안절부절못하고 있다가 오가는 사람들 발에 차인다. 그리고 욕은 짐짝이 다 얻어먹는다.

원인 제공자는 짐짝에게 미리 자리를 정해 주지 않은 주인인데, 그 주인 놈마저 짐짝에 발이 걸려 넘어졌다고 홧김에 발로 한번 더 찰 것이다. 주인님이 갑자기 급성실해져서 짐을 풀고 정리 정돈을 해 주지 않는 이상 그런 일들이 무한 반복되는 것이다.

"난 이제 발에 차이기만 하면 되나?"

경은은 배알도 없이 쪼르르 따라온 자신의 어리석음에 한숨이 다 나왔다. 용운이 손목을 잡아끌었기 때문이라는 변명은 통하지 않았다. 경은이 생각해도 자기가 바보 같았으니까.

"등신. 바보. 멍청이."

경은은 신나게 자신의 머리를 때렸다. 의대를 그만둔 그날 이후로 이제 자학은 하지 말자고 결심했는데 자학과 자책은 경은의 인생, 그냥 그것 자체였나 보다.

씻고 나온 용운의 눈에 현관 앞에 쪼그리고 앉은 경은이 보였다. 초췌한 얼굴로 기운 없이 쪼그리고 앉아 있는 모습은 없던 동정심도 솟아오를 정도로 불쌍해 보였다. 하지만 경은은 그냥 불쌍하게 앉아 있기만 하는 것이 아니었다.

"등신. 바보. 멍청이."

욕 한 마디에 머리 한 대.

경은은 자신의 머리를 때리고 있었다.

"자학이 취미였나."

용운이 중얼거렸다.

귀밑거리를 긁적인 용운은 문설주에 기대 경은의 자학이 끝나기를 기다렸다. 혼자만의 은밀한 행동을 들켜 민망해하지 않도록 용운은 경은을 배려했다. 하지만 경은의 자학은 그리 쉽게 끝나지 않았다.

한참 동안 자신의 머리를 때리던 경은은 이번엔 바닥에 손가락으로 그림을 그리기 시작했다. 주로 그리는 것이 원이기는 했지만 세모와 네모도 적지 않은 비중을 가진 듯했다. 조금 더 두고 보니 오각형, 육각형, 온갖 도형들이 다 나왔다. 그녀의 은밀한 취미를 모른 척해 주려고 했는데 기다리고 있자니 이 기다림이 끝이 나지 않을 것 같았다.

고개를 들어 시계를 바라본 용운이 한숨을 흘렸다. 아무래도 실례되는 행동을 해야 하나 보다. 용운이 몇 번의 망설임 끝에 어렵게 입을 열었다.

"뭐 해?"

용운은 최대한 부드러운 목소리를 내려 애쓰며 말했다. 하지만 당하는 입장에서는 별반 차이가 없는 노력이었다.

"우엣?"

경은은 괴성을 지르며 엉덩방아를 찧었다. 용운은 자신도 모르게 한 발 다가서며 괜찮으냐고 물었다. 자신이 보인 추태를 떠올린 경은의 얼굴이 새빨개졌다.

"자라고 데려왔더니 도대체 무슨 짓이야?"

용운은 경은에게 손을 내밀며 그녀를 일으켰다. 고개를 푹 숙인 경은은 그의 손을 잡고 몸을 일으켰다.

"저기, 그게……."

우물쭈물하는 경은을 보며 용운이 낮게 혀를 찼다. 새가슴 같
으니라고…….

한 소리를 해 주고 싶은데 새빨간 얼굴로 어쩔 줄 몰라 하는
경은을 보고 있자니 아무런 말도 나오지 않았다. 가볍게 한숨을
내쉰 용운은 아무렇지 않게 고개를 돌리고 대수롭지 않은 목소리
로 입을 열었다.

"저쪽에 손님방 있으니까 짐 풀고 자. 카페나 의국보다는 편할
거다."

"저기……."

"뭐? 할 말 있어?"

할 말은 많았는데 용운의 얼굴을 보니 차마 말이 나오지 않았
다. 경은은 한참 동안 우물거리며 손가락만 꼼지락거렸다. 그리고
잠시 후, 결심을 한 듯 크게 숨을 들이마시며 입을 열었다.

"그냥 카페에서 자면 안 될까요?"

"뭐?"

"여기가 선배님 집인 줄은 몰랐어요. 여기에서 자는 것은 좀
아닌 것 같아요."

"……도민이 카페는 괜찮고?"

"네?"

용운의 물음에 경은이 멈칫하며 반문했다. 용운은 서둘러 입을

다물었고, 경은은 그런 용운을 멀뚱멀뚱 바라봤다. 용운이 떨떠름한 표정으로 머리를 긁적였다.

자신이 뱉은 말에 그가 더 놀랐다. 용운이 무슨 말을 했는지도 모르고 눈만 끔벅이는 경은을 보고 있자니 어쩐지 목이 답답해졌다. 넥타이를 잡아당겨 느슨하게 한 용운이 경은을 바라보며 말했다.

"치안, 편안, 교통. 뭐가 마음에 안 들어?"

"마음에 안 들어서 그런 게 아니잖아요."

"그럼 그냥 여기에서 자."

용운이 잘라 말했다.

"몰랐으면 모를까 혼자 그런 곳에서 자는 것 보고 나 혼자 편안하게 못 자. 널 위해서가 아니라 날 위해서야. 부담 가질 필요도 없어. 박경은 작가님, 너 아니라 다른 누구였다고 해도 마찬가지니까."

용운은 혹여 경은이 반론이라도 펼칠까 싶어 따발총같이 말을 쏟아 냈다. 그리고 경은이 어버버 정신을 차리지 못하는 동안 서둘러 대화를 끝냈다.

"그럼 이제 됐지? 그만 들어가서 자. 밤이 깊었다. 내일도 새벽부터 움직여야 해. 잘 자라."

용운은 경은을 질질 끌듯이 데려가 방에 집어 넣었다. 경은이 버티거나 변명할 수 있는 여지 따위는 없었다. 쾅, 문 닫히는 소리가 났을 때 경은은 어느새 방 안에 들어와 있는 스스로를 발견했다.

"박경은, 너 진짜 왜 사냐?"

자신의 머리를 부여잡은 경은이 끙끙대며 중얼거렸다. 경은은 왜 용운만 보면 작아지는지 모르겠다. 생각 같아서는 '여기에서 잘 수 없습니다!' 말하고 당당하고 떳떳하게 카페에 가서 자면 되는 것인데…….

"입이 있는데 왜 말을 못하니."

경은이 처량하게 중얼거렸다.

경은의 방문이 닫히고 뒤이어 또 다른 문소리가 하나 더 난 것으로 보아 후자가 용운의 방문에서 난 소리임은 분명했다. 하지만 경은은 용운의 침실까지 쳐들어갈 정도로 간이 튼실하지 못했다. 용운이 경은을 잡아먹거나 하는 것은 아니라지만 경은은 아직도 용운이 좀 무섭다.

용운의 침실에 침입해서 '나 이 집에서 못 잡니다.' 라고 소리치는 것과 얌전히 하룻밤 신세를 지는 것을 비교 평가한 경은은 미련 없이 후자를 택했다.

결정을 내리고 나니 다음은 좀 쉬웠다. 한숨을 쉰 경은이 고개를 들어 방 안을 둘러봤다. 군더더기 없이 깔끔하고 심플한 방이었다. 침대와 옷장, 책상이 있고 컴퓨터가 있었다. 창틀이나 책장에 먼지가 얕게 쌓인 것이 보이기는 하지만 의국이나 카페와 비교하자면 훨씬 깨끗하고 청결했다. 공짜로 신세 지는 것이 미안할 정도로 방은 꽤 괜찮았다.

경은이 고개를 돌려 방문을 바라보았다. 경은은 자신의 방에 있을 용운을 생각하며 방문을 응시했다. 무심한 표정으로 잘 준비를 할 용운이 눈에 보이는 듯했다. 그는 좌불안석인 경은과 달리 아주 편안하게 잘 자고 있을 것이다. 제 할 일을 했다면서.

"책임감인가."

경은이 볼을 긁적이며 말했다.

용운은 도둑이 왔다 갔다 하고 치안이 불안정한 곳에 그녀를 두는 것보다 자신의 집에 두는 것이 낫다고 판단했을지도 모른다. 이사장님 이하 정형외과 교수진들이 경은을 용운의 책임이라 이름 붙였으니까 말이다.

"에고, 모르겠다. 잠이나 자자."

한참 동안 머리를 굴리던 경은은 아직도 미심쩍음이 남아 있는 의문을 대충 정리했다. 고매하신 치프 샘의 머릿속을 염탐하는 것은 대학교 1학년 때 이미 그만뒀다. 용운은 경은과 인종 자체가 다른 천재였다. 그런 천재의 속내가 궁금하다고 머리를 굴려 봤자 경은만 더 머리가 아프다.

"좋구나!"

침대를 향해 몸을 던진 경은의 얼굴에 나른한 미소가 떠올랐다. 머릿속을 깡통처럼 비우고 백지처럼 탈색시켰다는 사실이 조금 걸리기는 했지만 그것도 잠시, 푹신한 침대에 누우니 온몸이 노근노근해 아무런 생각도 들지 않았다.

확실히 카페나 의국의 침대와는 매트리스 자체가 달랐다. 커버에서는 뽀송뽀송한 섬유유연제 냄새도 났다. 그리고 남자의 스킨

향 같은 냄새도 났다.

누가 자던 곳이었을까? 경은이 잠시 고개를 갸웃거렸지만 어차피 남의 침대인데 그것까지 따지기는 무리였다. 하루 종일 병원에서 종종거리던 경은의 온몸은 침대에 눕는 그 순간부터 휴식과 수면 모드에 맞춰졌다.

침대 위에서 뒹굴던 경은은 이내 스르륵 잠이 들었다.

5장

하늘에 맹세코 경은은 최선을 다했다. 혹시라도 침대나 방 안에 머리카락이 떨어졌을까 봐 꼼꼼하게 시트를 살폈고, 이불도 각을 맞춰서 정리했다. 그렇다고 그녀가 스컹크 같은 악취를 남긴 것도 아니다.

소심한 성격상 노숙자 같은 몰골로 용운의 침대 위에서 잘 수 있었을 리도 만무했다. 경은은 샤워도 했고, 비듬도 없었다.

조금 의심이 가는 것이 있다면 식사인데, 그건 경은의 잘못이 아니었다. 언제 일어났는지도 모르게 용운이 새벽같이 경은 몫의 아침 식사를 차려 놓고 나간 것이다. 경은은 '먹어.' 라고 쪽지에 쓰인 대로 그냥 밥을 먹었을 뿐이다. 하지만 그래도 설거지는 했다. 당연한 이야기지만 그릇도 깨 먹지 않았다.

"도대체 뭐지."

머리를 부여잡은 경은이 끙, 신음 소리를 흘렸다. 아무리 머리를 굴려 봐도 며칠 동안 고민할 정도로 잘못했다고 머릿속에 딱! 떠오르는 것이 없었다. 그녀가 아무리 결백을 주장해도, 용운이 '너 잘못했어!' 라고 말하면 잘못한 것이 될 수밖에 없는 절대적 을(乙)이 바로 경은의 입장이라지만 경은은 정말 결백했다.

하지만 어찌 됐건 그것은 경은의 주장일 뿐이고, 지금 용운이 보이는 반응을 보면 뭔가 잘못을 하기는 한 것 같다. 그는 아침부터 냉랭함이 감도는 얼굴로 경은을 외면하고, 외면하고, 또 외면했다. 그래서 저 인간이 왜 저러나 싶어 경은도 덩달아 무시하면 어느새 그녀를 바라보고 있었다. 오죽하면 혜정이 무슨 사고를 쳤냐며 경은의 옆구리를 찔렀을까!

경은은 땅이 꺼져라 한숨을 쉰 후 다시 리스트에 집중했다. 그날 밤, 용운의 집에 가서 그녀가 한 일을 하나하나 정리했다. 이러니저러니 해도 용운은 이유 없이 사람을 잡을 위인이 아니니까 경은이 뭔가 잘못을 하기는 한 모양이라는 결론을 내렸기 때문이다. 경은은 다시 한 번 안 돌아가는 머리를 굴려 그녀의 잘못 찾기를 시도했다.

머리를 부여잡은 경은이 울상이 되었다. 일을 잘 안 풀리나? 용운의 눈이 슬그머니 경은을 향해 굴러갔다. 신경을 쓰지 말아야 한다, 수도 없이 생각하고 결심했는데 용운의 눈은 자연스럽게 경은을 향해 움직였다. 경은이 레지던트, 아니 병원 직원이기만 했어도 무슨 일이냐며 오지랖을 떨겠는데, '작가'라는 부분은 용운이 전혀 아는 바가 없어 그러지도 못하겠다.

시선을 돌린 용운은 애써 컴퓨터에 집중했다. 하지만 글자가 전혀 눈에 들어오지 않았다. 흰 것은 종이고, 검은 것은 글자라는 것만 눈에 들어왔다. 대부분의 화면을 하얀 바탕으로 채운 컴퓨터 프로그램에 적힌 글자들을 보며 용운은 그 안에서 '경'이라는 단어와 '은'이라는 단어를 쉼 없이 찾았다.

기어이 알파벳으로 구성된 용운의 모니터에 한글로 '경은'이라는 단어가 떠오르고, 글자밖에 없는 모니터에 경은의 얼굴도 떠올랐다. 코끝에서 샴푸 냄새가 슬쩍 스치는 것도 같았다. 용운은 화들짝 놀라 머리를 거칠게 흔들었다. 하지만 아무리 그래도 그날의 잔상이 떠오르는 것을 막지는 못했다.

그의 집은 언제 경은이 왔다 갔냐는 듯 여전히 정갈했다. 하지만 베개에 은은히 배어 있는 샴푸 향과, 그와는 다른 방식으로 정리한 컵과 그릇 등 경은은 집 안 구석구석에 자신의 흔적을 남기고 갔다.

다음 날 침대에 누운 용운은 마치 다른 사람의 침대에 누운 듯 낯선 기분이 들었다. 그래서 지금 며칠째 소파에서 쿠션을 베개 삼아 잠들고 있었다.

용운은 새삼 뻐근한 목을 손으로 주물렀다. 레지던트 1, 2년 차와 비할 바는 아니라지만 고된 일정에 수면도 부족한데 게다가

시시때때로 망상까지 떠오르니 심신이 지나치게 피곤한 느낌이
다.

"그냥 방을 하나 잡아 줄 것을 그랬나."

용운은 자신도 모르게 중얼거렸다.

경은을 그의 집으로 데려온 것을 후회하는 것은 아니지만 그의
침실에 밀어 넣은 것은 후회가 된다. 그렇다고 소파나 바닥에 재
워야 했다는 것은 아니지만 최소한 그의 침대는 아니었다면 좋지
않았겠나 하는 생각이 들었다. 이래도 심란하고, 저래도 심란하
고, 심란한 용운의 곁에 남은 것은 뒤늦은 후회뿐이었다.

천장을 보며 한숨을 쉬다가 다시 한 번 경은을 훔쳐봤다. 용운
과는 다른 의미로 경은도 참 심란해 보였다. 노트북을 잡고 끙끙
거리는 경은을 바라보고 있자니 괜스레 가슴이 답답해지는 느낌
이 들었다.

용운은 한숨을 내쉬며 몸을 일으켰다. 기분 전환이 필요했다.

귀를 쫑긋 세우고 치프 샘의 동태에 집중하고 있던 경은은 문
이 닫히는 소리가 들리자 기가 쪽 빨린 표정으로 책상 위에 엎어
졌다. 혜정은 연민이 가득한 표정으로 경은의 어깨를 토닥였다.

"고생했다."

"나 좀 고생했지?"

"응. 고생 많이 했어."

혜정의 다독임에 경은은 길게 한숨을 토해 냈다. 그리고 다시

책상 위에 엎어져 서글픈 신세 한탄을 시작했다.

"정말 액땜이라도 해야 하나 봐. 방송국에 있을 때는 그래도 마음이라도 편했지. 병원에서는……. 도대체 이게 뭐하는 짓인지 모르겠다."

히잉. 경은은 책상에 얼굴을 묻고 고개를 절레절레 흔들었다.

"우리 치프 샘 원래 저런 분이 아닌데 왜 저러시나 모르겠다."

혜정은 잔뜩 기가 죽은 경은이 안타까워 한마디를 거들었지만 안 하느니만 못한 위로였다. 혜정은 그냥 경은의 어깨를 다시 한 번 말없이 두드려 주는 것으로 행동 방침을 변경했다.

✦　✦　✦

"커피."

용운은 무뚝뚝한 목소리로 주문을 던졌다.

"에스프레소?"

"어."

"기다려. 바로 내려 줄게."

심플한 것을 넘어 뭔가 많이 부족하고 허전하기까지 한 주문이었지만, 도민은 여상스럽게 주문을 받아 커피를 내리기 시작했다. 그리고 용운은 그런 도민을 관찰했다.

도민은 겉과 속이 참 솔직한 녀석인지라, 보통은 얼굴만 봐도 그가 생각하고 있는 것들이 눈에 훤히 보인다. 오늘도 무덤덤한 얼굴로 커피를 내리는 도민을 보니 그는 고민이나 걱정거리가 하나도 없어 보였다. 머릿속 용량이 부족하고, 자신이 치졸하게 느껴지고, 동시에 지저분하게 느껴지는 것과는 다르게.

용운은 가늘게 뜬 실눈으로 도민을 관찰했다. 그리고 도민이 자신이 내린 커피를 한 모금 머금었을 때 용운의 입에선 짧고 강렬한 질문이 튀어나왔다.

"네 속은 깨끗하겠지?"

"푸흡!"

난데없는 이야기에 도민은 커피를 뿜었다. 도민은 용운의 난데없는 질문에 당혹스러운 눈길로 그를 바라보았다. 입가를 닦는 도민의 눈이 황망하게 용운을 좇았다.

용운은 덤덤한 눈으로 도민의 눈을 마주 보았다. 커피도 마셨고, 도민의 눈을 피하지도 않았다.

"무슨 뜻이야?"

"별 뜻 아니야. 그냥 내가 참 시커매 보여서."

용운은 커피를 후룩 마시며 대꾸했다. 도민은 간단한 대답에 허무한 미소를 지어 보였다. 그의 친구가 낸 수수께끼 같은 질문에 도민은 해 줄 말이 없었다. 하지만 그렇다고 그냥 무시하자니 용운의 눈빛이 지나치게 강렬했다.

도민은 말없이 눈만 끔벅였다. 그리고 열심히 고민을 한 후 그 나름대로의 답변을 던졌다.

"깨끗하기는 할 거야. 난 술 담배도 안 하고, 운동도 주기적으로 하니까."

문제의 요지를 벗어난 엉뚱한 답변이었지만 도민이 할 수 있는 것은 그것이 최선이었다. 하지만 용운의 생각은 다른 듯했다.

용운은 노골적으로 인상을 찌푸리며 도민의 위아래를 훑어보았다. 천하에 둘도 없는 천치, 바보를 보는 듯한 눈길이 도민을 향했다. 참다못한 도민이 입을 열 무렵 용운의 입이 먼저 열렸다.

"그러시겠지."

미묘한 어감이 강렬했다. 가벼운 코웃음과 함께 튀어나온 문장에 도민은 다시 한 번 말문이 막혔다. 용운은 시큰둥한 표정으로 남은 커피를 후룩 마신 후 감정을 실어 커피 잔을 내려놓았다. 그리고 특유의 심플한 움직임으로 몸을 돌렸다.

"나 간다."

용운은 손을 들어 좌우로 휘휘 저으며 저벅저벅 걸어갔다. 도민은 그런 용운을 보며 황당함 가득한 눈빛을 보냈지만 용운은 볼일 끝난 사람처럼 뒤도 한 번 돌아보지 않고 그곳을 벗어났다.

"헉!"

도민의 카페로 걸어가던 경은이 크게 숨을 들이마셨다. 용운의 눈칫밥을 견디다 못해 도민을 찾아왔는데, 경은의 힐링 아지트 앞에 용운이 떡하니 버티고 있으니 놀랄 노 자였다. 호랑이를 피하려고 호랑이 굴에 발을 내디딘 기분이었다.

카페를 향해 신나라 돌진하던 경은은 서둘러 동상 뒤로 몸을 숨겼다. 독립운동가분들께는 죄송하지만 그들의 동상은 참 좋은 가림막이었다.

몸을 숨긴 경은은 조심스레 용운을 관찰했다. 주문을 하고, 커피를 마시고……. 헐! 중국집 배달부도 아니면서 신속하고 정확하게 본론만 마치고 몸을 돌린다.

"뜨겁겠다."

경은은 미간을 찌푸리며 중얼거렸다. 방금 내린 커피를 순식간에 후루룩 마시는 용운을 보고 있자니 어째 그녀의 인상이 찌푸려졌다. 경은은 자신도 모르게 몸을 부르르 떨었다. 그리고 용운이 몸을 돌렸을 때 경은은 다시 한 번 더 몸을 숙였다.

나무가 된 것처럼, 아니면 동상이 된 것처럼!

경은은 몸을 낮게 숙이고 슬금슬금 주변과 동화가 되려고 노력했다. 두 눈을 꼭 감고 용운이 부디 모른 척 지나가기만을 빌었다. 경은이 본 용운은 주변 따위는 보지 않고 긴 컴퍼스 같은 다리로 쑥쑥 걸어가는 사람이니까 자신을 미처 보지 못하고 넘어갈 것이라며 스스로를 세뇌하듯 중얼거렸다. 하지만 이번에도 경은은 머피의 법칙을 피해 가지 못했다.

"……."

저벅저벅 이어지던 걸음 소리가 멈추고 수상한 정적이 감돌았다. 경은의 등골에서는 이유 모를 식은땀이 한 방울 흘러내렸다.

설마? 빌어먹을. 젠장!

경은의 얼굴에서는 오만 가지 감정이 교차되었다.

경은의 귀가 막귀라서 용운의 걸음 소리를 듣지 못한 것이면 딱 좋겠는데 불행히도 경은의 쓸데없이 예민한 식스센스는 조용히 경고음을 울렸다.

'주의하세요. 그분입니다.'

경은의 얼굴이 참담해졌다. 생각 같아서는 벌떡 일어나 용운을 밀치고 어딘가로 도주해 버리고 싶은 심정이었지만 꿈은 꿈일 뿐이었다.

"뭐 하는 겁니까?"

경은의 귀에 낯익은 목소리가 들려왔다. 착각이면 좋겠는데 경은의 귀에 들리는 용운의 목소리는 지나치게 선명하고 분명했다.

경은은 제자리에서 수십, 수백, 수천 분을 고민했다. 실제로는 얼마나 지났는지 몰라도 최소한 경은에게는 수없이 많은 시간이 흘러간 느낌이었다. 하지만 아무리 많은 고민을 해도 경은 앞에 서 있는 사람이 용운이라는 사실은 변하지 않았고, 경은은 그런 용운에게 무엇인가 반응을 해야만 했다.

"아, 음……."

"박경은 씨?"

경은이 말을 고르고 있는 사이 용운이 다시 한 번 경은의 이름을 불렀다. 이젠 그를 외면하고 무시할 수도 없었다. 현실도피에도 급수와 단계가 있는 법이다.

"아, 예! 무슨 일이세요?"

경은은 어색하든 말든 그녀가 지을 수 있는 최대한으로 밝은 표정을 지으며 몸을 돌렸다. 용운의 말을 무시한 것은 고의가 아니라는 듯 경은은 방긋방긋 웃는 얼굴로 용운을 올려다보았다. 하지만 그는 눈썹을 꿈틀거리며 자신을 뚫어져라 쳐다볼 뿐 아무 말이 없었다.

"……선배님? 용운 샘? 치프 샘?"

경은은 얼굴에서 경련이 날 것 같았지만 그래도 웃는 얼굴을 계속 유지했다. 양쪽 입꼬리를 극단적으로 벌린 상태에서 용운의 호칭을 수차례 불렀다. 하지만 용운은 그런 경은의 노력에 화답하기는커녕 떨떠름한 표정으로 경은을 위아래로 훑었다.

"뭐 합니까?"

"자료 조사를 하러……."

"여기서요?"

"네. 여기에서요."

떨떠름한 용운의 반응에도 경은은 일단 고개를 끄덕이고 봤다. 하지만 그럴수록 더 일그러지는 그의 표정에 경은은 용운의 시선을 따라가 보았다. 그리고 자신의 자세를 확인했다. 동상 뒤에 쪼그리고 있는 경은의 모습은 경은이 생각해도 참 모양새가 말이 아니었다.

"음, 그러니까……. 그런 것 있잖아요? 내가 주인공이다, 드라마 속의 인물이다 상상을 하면서 그 동선을 확인하는……."

경은은 용운의 뜨거운 시선을 받으며 더듬더듬 말을 이었다. 하지만 어째 말을 하면 할수록 더 산으로 가는 느낌이라 경은의 말소리는 점점 작아졌다. 나중에 가서는 거의 들리지도 않을 정도로 우물거리는 목소리에 용운은 그녈 바라보며 한숨을 내쉬었다.

"나 따라왔습니까?"

"예?"

"날 쫓아왔으면 그렇다고 얘기를 할 일이지 뭘 그렇게 구구절절 변명을 늘어놔요?"

경은은 그저 그녀의 힐링 아지트를 찾아왔을 뿐이었는데 이건 웬 자백이냐 싶어 멀뚱한 눈으로 용운을 바라보았다. 하지만 용운은 그런 경은의 속마음을 아는지 모르는지 엉뚱한 이야기만 늘어놓았다.

"고맙단 말은 한 번으로 족하다고 했잖습니까. 그렇게까지 보답을 하고 싶어요?"

경은은 냉큼 용운의 말을 부정하고 싶었지만 계급이 깡패였다. 박봉달 의료원 의국에 더부살이하는 경은으로선 정형외과 의국장이자 박봉달 의료원의 이사장 손자인 용운의 말에 대놓고 따지고 들기가 어려운 입장이었다.

경은은 어물거리며 어색한 웃음만 흘렸다. 용운은 경은을 보며 노골적인 한숨을 내쉰 후 입을 열었다.

"따라와요."

"예?"

"빚 갚게 해 줄게요."

잠시 망설이는 듯싶던 구둣발이 180도로 회전했다. 그리고 용운의 구두는 직진하기 시작했다.

경은이 눈을 휘둥그렇게 뜨고 있는 사이 그는 어느새 경은의 힐링 아지트, 도민의 카페에 도달했다. 그리고 그곳에 서서 경은을 향해 손짓을 했다.

"이쪽으로 와요."

용운은 경은이 그의 곁으로 갈 것이라는 것에 한 치의 의심도 하지 않는 모양새였다. 경은의 얼굴이 노골적으로 찌푸려졌다.

물론 지금 용운이 있는 도민의 카페가 경은의 최종 목적지임은 분명하다. 경은은 그곳에 갈 생각이었다. 하지만 그건 경은 혼자서 랄랄라 콧노래를 부르며 휴식을 취하기 위함이지 그곳에 용운과 함께 갈 생각은 추호도 없었다. 용운과 함께 도민의 카페에 갈 것이었다면 애초에 용운을 발견하고 숨지도 않았다.

경은은 어째야 하나 고민하며 입술만 잘근잘근 깨물었고, 용운은 멀찍이 떨어져서 움찔거리는 경은을 보며 고개를 갸웃거렸다.

"왜 또 왔어?"

"커피 두 잔만 줘."

도민에게 대충 주문을 던진 용운은 경은을 향해 다시 한 번 손짓했다. 하지만 경은은 여전히 움직이지 않았다. 용운은 그런 경은을 보며 이맛살을 찌푸렸다.

"못 본 건 아닌 것 같은데……."

"뭐가?"

도민이 몸을 불쑥 내밀면서 물었다. 용운은 대수롭지 않은 표정으로 도민의 머리를 밀어 도민을 다시 카페 부스 안으로 구겨 넣었다.

"아무것도 아니야."

"아무것도 아니긴."

용운 때문에 헤어스타일이 망가졌다며 머리를 두어 번 쓰다듬은 도민이 불퉁한 목소리로 대꾸했다.

거울을 보며 다시 머리를 손질한 도민은 용운을 따라 시선을 옮겼다. 그리고 그는 곧 또 한 사람의 낯익은 얼굴을 발견했다.

"아, 우리 후배님이네?"

"후배님?"

"인마, 같은 학교 같은 과 출신이면 후배님이지. 너무 빡빡하게 굴지 마라."

용운이 되물은 것은 그런 뜻은 아니었지만 도민이 그것까지 알 리는 없었다. 피식 웃은 도민은 용운이 그랬듯 그의 곁에서 경은을 향해 손짓했다. 하지만 경은은 여전히 카페를 향해 움직이지 않았다.

"안 오네."

손으로 턱을 받친 도민이 경은을 향해 다시 손짓하면서 중얼거렸다. 가만히 도민이 하는 행동을 바라보고 있던 용운의 눈썹이 찡긋하며 위로 올라갔다.

"저 사람 알아?"

"알지. 네가 소개시켜 줬잖아."

"아니, 그 얘기가 아니라……."

문득 말문이 막힌 용운이 머리를 벅벅 긁었다.

뭐라고 말을 해야 할지를 모르겠다. 도민의 말에 용운은 도민이 경은에게 침대를 빌려 주겠다고 했다던 것을 떠올렸다. 용운이 그에 발끈해서 경은을 그의 침대에 재운 것까지 그가 알진 못하겠지만…….

용운이 마른 입술을 축이며 입을 열었다.

"친분이 있냐는 얘기였어."

"친분이라?"

도민이 손가락으로 테이블을 두드렸다. 도민은 제법 고민을 하는 눈치였다.

용운은 남몰래 침을 삼키며 도민의 말을 기다렸다. 잠시의 침묵 끝에 도민이 고개를 끄덕이며 입을 열었다.

"뭐, 단골이니까."

"단골?"

"어. 단골이야. 근래 들어서는 거의 매일 출석하다시피 하거든. 내 커피를 마셔야 글이 잘 써진다나? 요즘 우리 카페의 매출은 다 저 작가님이 책임지고 있잖아. 뭐 특별하게 친분이 있어야 사이가 좋은 건가? 매일 얼굴 보고 인사하고. 가끔 안부도 묻고. 이것도 친분이라고 할 수 있는 거지."

도민이 싱글대며 대꾸했다.

"……아, 그래?"

반면 용운의 얼굴엔 미묘하게 균열이 생겼다. 단골이라는 부분도 마음에 들지 않지만, 매일 얼굴 보고 인사하고 안부를 묻는다는 부분에 용운은 어쩐지 심기가 꽤 많이 불편해지는 기분이었다. 눈치 없는 도민이 말을 이었다.

"게다가 같은 학교 출신이라니 일단 한 번 더 눈길이 가는 거지. 말이라도 한 마디 더 건네게 되고. 뭐, 그렇잖아? 나라사랑 동기사랑 동문사랑! 학연과 지연이 나쁘니 어쩌니 해도 일단 같은 학교 동문이다 싶으면 아무래도 사람이니까 한 번 더 신경이 쓰이기 마련이지."

도민은 마치 작정이라도 한 듯 말을 늘어놓았다. 그의 말을 듣고 있는 용운은 괜히 속이 쓰리고 아리고 부글부글 끓는 느낌이었다.

경은이 도민의 카페로 오지 않는 행동에 혹시 도민이 불편해 그런 것인가 했는데 카페의 단골이고, 물론 과장이 섞여 있기야 하겠지만 이 카페의 매출을 책임지고 있는 사람이라는 말을 들으니 용운의 머릿속에는 단 하나밖에 떠오르지가 않았다.

호감, 혹은 사랑.

용운은 그를 만난 이래 그의 가장 절친한 친구였던 이를 생전 처음으로 날카롭게 바라보며 물었다.

"그래서 침대도 빌려 준다 한 거였어?"

타는 속에 도민의 말을 끊고 질문을 던진 용운의 얼굴에는 아차 하는 기운이 서렸다. 청산유수처럼 흘러나오는 도민의 말을 듣고 있자니 자꾸만 도민이 침대를 빌려 주기로 했다던 경은의 말이 그의 머릿속에 떠올라 그만 입 밖으로 나와 버린 것이었다.

"아⋯⋯."

도민이 묘한 눈으로 그를 바라보는 것이 느껴졌다.

용운은 손으로 얼굴을 덮고 마른세수를 했다. 아, 젠장!

"미안. 못 들은 걸로 해라."

"흐음."

도민은 대답 없이 콧소리만 냈다. 그는 방금 전 용운의 말에 매우, 그것도 아주 매우 흥미가 있다는 것을 온몸으로 뿜어내며 용운을 바라보았다. 아예 양손으로 턱을 받치고 초롱초롱한 눈으로 용운을 바라보았다.

"친구야."

"왜?"

"저런 취향이었어?"

도민이 능글맞게 웃으며 경은을 향해 고갯짓했다.

"아니야."

"음, 아니구나. 그렇구나. 아니구나."

도민을 박봉달 의료원 최고의 젠틀맨, 최고의 훈남으로 꼽는 이들이 보았다면 질색을 할 정도로 음험한 미소가 도민의 얼굴에 감돌았다.

"인마, 아니야!"

"그래. 아니야. 누가 뭐랬나? 아니야. 정말 아니지. 강한 부정은 긍정이라는 말이 있기는 하지만 그건 네 얘기가 아니지. 그렇지?"

도민은 계속해서 같은 말을 반복하며 용운의 부아를 돋웠다.

"아니지. 아닌 거지. 뭐, 아닐 수도 있지. 그런데 세상은 원래 그런 것이라더라. 오빠가 아빠 되고, 아빠가……."

"인마!"

용운이 버럭 소리를 질렀지만 도민은 눈 하나 까딱하지 않았다.

"네가 무서운 치프 샘인 것도 OS(Orthopedic Surgery, 정형외과) 후배들에 한해서지. 나한테 소리 지르면 내가 어머나 깜짝이야, 그럴 줄 알았냐?"

대놓고 비웃은 도민이 음흉한 목소리로 말했다. 용운은 다시한 번 마른세수를 했다. 성격 좋기로 소문난 훈남의 실체는 사실이런 녀석이었다는 것을 용운은 새삼 절실하게 깨달았다.

"그런 거 아니야. 그냥……."

신경이 쓰이고 눈길이 가는 정도다. 하지만 용운은 입을 다물어야 할 때를 아는 사람이었다. 그가 경은에 대해 가지고 있는 생각을 도민에게 솔직히 이야기하는 것은 온 병원에 확성기를 대고소리치는 것과 별반 차이가 없는 행동이었다.

말을 채 잇지 못하는 용운을 보며 도민이 싱긋 웃음을 지었다.그리고 그가 손짓할 때마다 움찔거리며 뒤를 열심히 돌아보는 어린 양을 보며 말을 이었다.

"그냥 선의였어."

"뭐?"

"침대 말이야. 난 아무런 감정 없다고."

도민은 혹시라도 그의 친구가 자신 때문에 마음을 접을까 싶은 노파심에 이야기 한 자락을 더 꺼내 놓았다.

"택시비 때문에 개털이라는 이야길 들으니 좀 안쓰럽더라고. 그렇다고 여기에 뭐 훔쳐 갈 것이 있는 것도 아니고. 혜정이 말에 따르자면……."

그런 이야기를 왜 자신이 아니라 만난 지 얼마 되지도 않은 도민에게 하나 싶어 용운의 얼굴이 조금 더 찌푸려졌다. 기분 좋게 받은 손님은 아니지만 최소한 그녀가 정형외과 의국에 있는 동안 경은은 용운의 책임이었다.

옆에서 도민이 뭐라고 중얼거리는 것 같기는 했지만 용운은 도민의 말은 전부 다 무시하고 경은만 뚫어져라 바라보았다. 경은은 그가 처음 그녀를 봤던 그곳, 동상 뒤편에서 몸을 움찔거리며 오지도 가지도 못하고 있는 상황이었다.

경은을 본 용운이 심기 불편한 숨을 내쉬었다. 그리고 여전히 흥미진진한 눈으로 그와 경은을 번갈아 보고 있는 도민에게 불퉁한 목소리로 말을 던졌다.

"커피 내놔."

"어?"

"커피. 두 잔 달라고 했잖아."

커피를 내리는 것보다는 경은과 용운을 구경하는 데 더 관심이 많아 보이는 도민을 보며 용운이 미간을 찌푸렸다. 위협하듯 험상 궂게 일그러진 용운의 얼굴을 보며 도민이 만사 귀찮은 표정을 지었다.

"아, 그랬지. 근데 굳이 마셔야 해?"

"장사 안 하냐?"

"뭐, 가끔은 쉬어도 되는 거고. 이런 게 사장의 특권이지."

애초에 돈 벌려고 하는 카페가 아니라고, 도민이 싱긋 웃으며 대꾸했다. 용운은 한숨을 내쉬며 도민의 머리를 향해 손을 뻗었다. 그리고 퍽 소리가 날 정도의 거친 손놀림으로 도민의 머리를 쓰다듬어 주었다.

"얌마!"

"안에 들어가 있어. 구경 그만하고."

두 손에 커피라도 들려 있으면 멋쩍은 부분이 좀 덜하련만…….

"오올, 가게? 고백? 혹시 커피가 소품이었던 거야? 두 잔 내려 줄까? 이백 잔도 내려 줄 수 있는데!"

도민이 싱그럽고 해맑게 웃으면서 말했다. 그의 속내가 고스란 히 드러나는 말에 용운은 그 싱그러운 해맑음이 더 징글맞게 느껴졌다.

"그런 거 아니야."

"그런 게 뭔데?"

"네가 생각하는 그 쓸데없는 거 아니라고."

말꼬리를 잡는 도민을 상대하고 있노라면 말이 끝도 없을 것 같아 용운은 도민의 머리를 한 대 더 때리고 빈손으로 경은을 향해 다가갔다.

"왜 안 옵니까?"

경은에게 다가간 용운이 말했다.

"아, 저, 그게……."

당황한 경은이 입을 벙긋거리며 할 말을 찾았다. 하지만 대답을 듣고자 던진 질문은 아니었는지 용운은 경은이 대답할 시간도 주지 않고 무뚝뚝한 목소리로 말을 이었다.

"커핀 다른 곳에 가서 마시죠. 따라와요."

용운은 주저하는 경은의 팔을 끌고 정원을 벗어나기 시작했고, 경은은 반쯤 끌려가듯 용운의 뒤를 따랐다.

'어디 가세요? 전 커피 안 마셔도 될 것 같은데……. 커피는 나중에 마시면 안 되나요? 아예 안 마셔도 괜찮아요. 혼자 드셔 주면 참 감사할 것 같은데…….'

할 말은 많지만 내뱉을 수 있는 말은 하나도 없는 경은이 용운을 향해 눈으로 텔레파시를 보냈다. 하지만 경은은 외계인이 아니었고, 당연히 텔레파시는 용운에게 도달하지 못했다.

용운에게 팔을 잡힌 경은이 내키지 않는 티를 팍팍 내며 용운의 뒤를 따랐다. 경은이 바라는 것은 커피도 아니고, 용운과 단둘이 있는 것도 아니고, 오직 용운이 이 자리에서 경은을 놓고 사라져 주는 것뿐인데 그는 그런 경은의 마음을 아는지 모르는지 입을 꽉 다물고 앞을 향해 걸었다.

'아, 내 힐링 아지트!'

경은은 눈물을 글썽이며 아쉬움을 날렸다. 영화나 드라마, 소
설에서 보면 이럴 때 정의의 용사 비스무리한 사람들이 여주인공
을 악의 무리에게서 구해 주던데 경은이 여주인공감이 아니라서
그런가? 경은을 끌고 가는 용운의 앞길을 막는 사람은 아무도 없
었다.

눈치 없는 도민은 그들의 뒤에서 싱글거리며 손이나 흔들었고,
그들을 발견한 사람들은 생각 없이 태평하게 인사나 건넸다. 커피
값만 던져 주고 도망가고 싶은 경은의 절박한 마음을 알아주는
사람은 아무도 없었다. 시무룩한 표정을 지은 경은은 도살장에 끌
려가는 소처럼 용운의 뒤를 따랐다.

얼마나 좋은 커피고 얼마나 맛있는 커피인지는 모르겠지만 내
그놈의 커피 백 잔이고 천 잔이고 사 주겠노라 입을 삐쭉일 때였
다.

"여기서 마시죠."

"예, 옛?"

용운의 구두 뒤축만 보고 걷던 경은이 깜짝 놀라 고개를 들었
다. 그리고 그녀가 고개를 든 순간, 지나치게 가까이 있는 용운을
보며 경은은 다시 한 번 비명을 질렀다.

"으악!"

"뭡니까?"

비명을 지른 경은은 지레 놀라 몸을 뒤로 뺐다. 용운은 비명 소리에 놀라고 뒤로 기우뚱하며 넘어질 듯한 경은의 모습에 놀라 자신도 모르게 손을 뻗었다. 그리고 잠시 후, 11자 형태로 사이좋게 서 있던 두 남녀는 피사의 사탑처럼 기울어진 모습이 되었다.

경은은 그녀가 넘어질 뻔했다는 사실보다 그녀의 허리를 용운이 잡았다는 사실에 더 놀랐다. 경은이 휘둥그런 눈으로 용운을 바라볼 때였다.

"제대로 서 있지도 못합니까?"

경은의 몸을 바로 세운 용운이 타박했다.

"아니 그게 아니라……."

"다친 곳은 없죠?"

넘어졌어야 다친 곳이 있지요. 경은이 속으로 중얼거렸다.

용운은 경은이 꿍얼거리든 말든 겉보기가 멀쩡하니 됐다는 듯 그녀를 아래위로 훑고는 옆에 있던 자판기를 향했다. 그리고 그는 그 자리에서 동전을 꺼내 자판기에서 커피를 뽑기 시작했다.

경은은 황당한 눈으로 자판기와 용운을 바라보았다.

"여기 커피 자판기도 있었네."

경은이 작게 중얼거렸다.

얼마나 좋은 커피, 얼마나 맛있는 커피, 얼마나 비싼 커피이기에 도민 선배의 카페를 두고 가나 싶었는데 자판기 커피라니…….

경은은 종이컵에 담긴 커피를 불쑥 내미는 용운을 보며 멍하니 눈을 끔벅였다.

"안 마셔요?"

경은은 커피는 받지 않고 용운의 얼굴을 바라보았다. 용운은 멀뚱한 눈으로 경은을 바라보며 어서 받으라는 듯 경은에게 종이컵을 다시 한 번 내밀었다.

눈꺼풀을 낮게 내리깐 경은은 커피와 용운을 번갈아 바라보았다. 그리고 잠시의 정적 후, 그녀가 천천히 입을 열었다.

"그 커피가…… 자판기 커피예요?"

"그 커피라뇨?"

"다른 곳에서 마시자고 하셨던 커피 말이에요."

"네."

단호할 정도로 깔끔하게 잘라 대답한 용운이 경은의 손에 커피를 쥐어 주며 말했다.

"따뜻해요. 마셔 봐요."

"아뇨, 그러니까……."

경은이 잘게 입술을 깨물었다.

물론 커피는 따뜻했다. 아이스커피가 아닌 이상 금방 만든 모든 커피는 다 따뜻하다. 하지만 경은이 하려던 말은 그것이 아니었다.

커피를 한 손으로 잡은 경은이 남은 한 손으로 머리를 긁적였다. 그리고 여전히 알 수 없다는 눈으로 그녀를 바라보는 용운을 향해 경은이 조심스럽게 입을 열었다.

"제 말은 그런 뜻이 아니라요. 굳이 커피를 마셔야 하신다면 아무래도 자판기 커피보다는 도민 선배의 커피가……."

"마셔요."

"네?"

"마시라고요."

경은의 말을 끊은 용운이 경은에게 커피를 강요했다. 오른손엔 자신의 커피를 들고, 왼손으로는 커피를 든 경은의 손을 감쌌다. 그리고 그것을 경은의 입가로 들어 올렸다.

혹시 보통 자판기 커피가 아닌 것은 아닐까? 용운이 건넨 자판기 커피는 무엇인가 특별한 맛일지도 모른다.

잠시 용운을 바라보던 경은은 혹시나 하는 마음에 일단 커피를 한 입 입안에 머금었다. 하지만 혹시나가 역시나였다. 커피에 담긴 온기와 그 달콤함이 경은의 긴장을 조금 느슨하게 해 주기는 했지만 어쨌거나 그녀가 마신 커피는 달달한 자판기 커피 맛이었다.

커피를 양손으로 감싼 경은이 용운을 바라보았다. 경은의 눈에는 의문과 곤혹감 등의 감정이 담겨 있었다. 용운은 그런 경은을 보며 태연한 표정으로 여상스럽게 입을 열었다.

"맛있죠?"

"아, 예. 그런데……."

"그래도 그거 고급이에요. 150원 더 비싼."

용운은 경은의 말을 자르는 취미라도 있는 듯 경은의 말을 딱딱 끊어 먹으면서 자신의 말을 이었다.

자판기 커피도 좋지만 도민의 카페에서 파는 카페라떼나 캬라멜 마끼야또가 더 좋은 경은은 용운을 보며 떨떠름한 표정을 지었다.

"아, 예."

예의상 일단 고개는 끄덕였지만…….

경은은 다시 한 번 커피와 용운을 번갈아 바라보았다. 용운은 그의 앞에 서 있는 경은을 투명인간 취급이라도 하는 듯 혼자서 뜨거운 커피를 음미하며 한 모금, 한 모금 입안으로 넘기고 있었다.

경은은 어째야 하나 갈피를 잡지 못하고 용운과 그녀의 손에 들린 커피만 번갈아 바라보았다. 그리고 잠시 후 무엇인가를 결심한 듯 어렵게 입을 열었다.

"저기요."

"왜요?"

"그런데 이 커피 제가 사야 하는 것 아니에요?"

커피를 마시던 용운이 멈칫하며 경은을 바라보았다. 흔들림 없이 그녀만 바라보는 용운의 눈길이 어쩐지 부끄러워 경은이 고개를 아래로 숙이고 말을 이었다.

"저기, 방금 전에 저한테 빚 갚게 해 준다고 하셨잖아요."

종이컵에 담긴 예쁜 브라운색 커피가 가볍게 찰랑였다. 경은이 말을 이었다.

"빚 갚는다는 게 커피 사라고 하신 거 아니었나요?"

종이컵에 담긴 커피는 어지러운 경은의 머릿속을 대변하기라도 하는 듯 찰랑찰랑 쉴 새 없이 움직였다. 경은의 눈동자는 연갈색 커피의 파문을 따라 소용돌이를 그렸다.

용운은 고개 숙인 경은을 보며 입을 열었다.

"300원으로 빚 갚게?"

"네?"

경은이 고개를 들었다. 동그란 눈이 놀람을 담아 용운을 바라보았다. 용운이 말했다.

"숙박에 식사, 그게 300원짜리 커피 한 잔으로 되던가?"

용운은 생각에도 없는 말을 늘어놓았다.

"아니요. 저기, 그런 건 아닌데요."

경은은 당황해서 그의 말을 온몸으로 부정했다. 붉어진 얼굴로 고개를 저었고, 손사래를 쳤다.

용운은 당황한 경은을 보며 말했다.

"그럼 생각 좀 해 봐."

"예?"

"빚을 어떻게 갚을 건지 고민해 보라는 말이야."

용운은 자신의 혀를 이대로 깨물어서 끊어 버리고 싶었다. 하지만 용운의 혀는 지나치게 멀쩡한 모습으로 헛소리를 늘어놓았다.

"참고로 난 내 집의 침대를 제공했고, 내가 직접 한 음식을 대접했어. 이자는 못 쳐주더라도 원금 정도는 쳐줘야 하지 않나?"

"아니요, 그게요. 저기요."

경은은 방금 전보다 더 붉게 달아오른 얼굴로 용운 앞에서 입을 벙긋거렸다. 용운은 그런 경은의 모습을 보며 제멋대로 움직이는 그의 혀를 저주했다. 이러려고 했던 것이 아닌데 상황이 묘하게 돌아갔다. 용운은 경은 몰래 미간을 찌푸렸다.

요즘 자신이 정말 이상하기는 했다. 쓸데없는 생각이 자꾸 머릿속에 떠오르지를 않나, 이상한 말을 내뱉지를 않나…….

후회와 자책 속에서 용운은 방금 전 그가 내뱉은 말은 100% 헛소리였다, 장난이었는데 놀랐느냐 하며 상황을 수습할 생각이었다.

"전 그냥 도민 선배 카페에서 잠을 자도 괜찮았는데……."

경은이 낮게 꿍얼거리던 소리를 듣지 못했다면 말이다.

"뭐라고요?"

"예? 아니에요. 아무것도."

용운의 날카로운 목소리에 경은이 서둘러 아무것도 아니라며 고개를 절레절레 흔들었지만 이미 그의 귀에 들어간 후였다.

너그러움은 사라졌고, 주체 못 하고 헛소리를 늘어놓는 자신만 남았다.

"아무튼 생각 좀 해 줘요. 난 빚 받을 생각이니까. 이 커피는 채무자에게 대접하는 채권자의 배려 정도로 하죠."

종이컵을 살짝 위로 들어 올린 용운이 싸늘한 목소리로 말했다.

눈이 마주친 용운의 모습은 제법 서늘해서 경은은 자신도 모르게 몸을 움찔했다. 용운은 그런 경은을 말없이 바라보았다. 그리고 적지 않은 시간이 지난 후 용운은 그의 손에 들린 커피를 그대로 원샷했다. 그리고 경은을 향해 천천히 입을 벌렸다.

"맛있네요, 커피. 그쪽도 마셔 봐요. 그럼 난 이만 일이 있어서 들어가 볼 테니 경은 씨는 혼자서 어떻게 빚을 갚을지 생각 좀 해 봐요."

악덕 빚쟁이, 세익스피어의 소설 '베니스의 상인'에 나오는 피도 눈물도 없는 악덕 고리대금업자 샤일록처럼 말한 용운이 쌩하니 몸을 돌렸다. 그리고 그는 올 때처럼 무뚝뚝한 태도로 걸어갔다. 뒤도 돌아보지 않고.

경은은 용운이 뒤를 돌아 이 모든 것이 다 장난이었다고 말해 주기를 매우, 그것도 아주 매우 애타게 기다렸지만 그런 행운은 일어나지 않았다. 경은은 지금 그녀에게 벌어진 이 모든 일이 다 꿈인 것 같아 멍한 눈으로 용운의 뒷모습을 바라보았다.

6장

"채무자. 채무자. 채무자."

혼자 남은 경은은 용운이 남기고 간 말을 반복해서 중얼거렸다.

"하!"

그리고 코웃음을 쳤다.

의대를 그만둔 이후 경은은 크게 상심하신 부모님께 학비를 달라고 손을 벌릴 수 없었다. 그럼에도 작가가 되기 위한 학비는 필요했다. 어쩔 수 없이 학자금대출을 받은 그녀는 각종 아르바이트를 섭렵했다. 경은은 '빚'이라는 것이 얼마나 무서운지 온몸으로 깨달으며 힘든 대학 생활을 겨우겨우 마쳤다. 그런데 채무자라니!

"내가 그래서 거기서 안 자겠다고 했잖아⋯⋯. 웬 빚 타령이래?"

강하게 종이컵을 움켜쥔 경은은 마시다 만 커피를 원샷하고 터프하게 종이컵도 와그작 구겼다.

그렇게 하니 용운에게 당한 어처구니없는 상황과 그 황당했던 감정들이 조금은 삭여지는 느낌이 들기는 했지만 그럼에도 아직 문제는 남아 있었다. 그것도 아주 많이!

"근데 왜 난 용운 선배 앞에서는 말을 못할까……."

아무도 없는 곳에서 혼자 터프걸 흉내를 낸 경은은 다시 현실로 돌아와 고민에 잠겼다.

물론 생각은 많이 했다. 용운의 집에 가서 잔 것은 경은이 그러고 싶어서 그런 것이 아니라 용운이 반쯤 질질 끌고 가서 재운 것이고 밥도 내가 달라고 해서 준 게 아니지 않느냐며 대차게 따지고 싶었다. 하지만 그 모든 것은 그저 생각만이었다.

경은은 여전히 용운이 무서웠고, 용운에게 기세 좋게 따지는 것은 그야말로 꿈에서나 가능한 일이었다.

"바보! 등신!"

경은은 그녀가 구긴 종이컵보다 조금 더 많이 구겨진 얼굴로 자책했다.

머릿속의 그녀는 원더우먼처럼 강하고, 오프라 윈프리보다 더 말을 잘하는 여성인데 현실 속의 그녀는 그냥 소심쟁이 박경은이었다.

"진짜 나보고 어쩌라고……."

경은이 한숨 섞인 표정으로 하늘을 보며 고민을 토로했다. 하지만 하늘은 새파랗게 구름 한 점 없었고, 우중충하니 칙칙한 것은 오직 경은뿐이었다.

"넌 고민 하나도 없니?"

새삼 짜증이 난 경은은 공연히 하늘을 보고 원망을 토했지만 이내 그런 스스로가 불쌍하고 처량해서 슬그머니 고개를 아래로 숙였다.

비겁하긴. 정작 용운에게는 말 한 마디도 못 한 주제에…….

경은이 한숨을 내쉬었다.

돌아가는 상황을 보건대 150원짜리 커피 한 잔으로는 택도 없어 보이는데, 그렇다고 눈에는 눈, 이에는 이라고 용운을 그녀의 집에 데리고 와서 하루 재우고 밥까지 주는 행동을 할 수는 없지 않은가!

경은은 머리카락을 붙잡고 한참동안 끙끙거렸다.

땅을 봐도 한숨이 나오고, 하늘을 봐도 한숨이 나왔다. 용운의 말대로라면 숙식비에 밥값도 추가해서 빚을 갚아야 한다는 이야기인데……. 차라리 모텔과 식당에 외상을 그은 것이라면 마음이라도 편할 것 같았다. 거기는 최소한 돈이라는 명백한 해결책이 있으니까.

가만……. 돈? 경은이 멈칫했다.

"그래. 돈."

그녀는 멍하니 중얼거렸다.

물론 용운의 행동으로 봐서는 돈을 내밀어도 받을 것 같지는 않지만 시도도 해 보지 않는 것보다는 낫지 않을까? 숙박비며 밥 값이라 운운한 것은 그이고, 숙박비의 '비(費)'와 밥값의 '값'은 원래 돈을 의미한다.

"숙박비 5만 원에 밥값은 넉넉하게 쳐서 1만 원, 총 6만 원이면……."

그녀는 머릿속으로 계산기를 두드렸다. 그리고 그가 사라진 길을 보며 눈을 끔벅였다.

밑져야 본전인데……. 용운이 사라진 길을 바라보던 경은이 야무지게 입을 꽉 다물었다.

안 될 것 같기는 하지만 그래도 혹시 모른다. 경은이 아는 용운은 그리 **빡빡한** 사람이 아니니까. 물론 일에 관계된 부분에 있어서는 벽창호가 따로 없는 사람이기는 하지만 그래도 일과 관계되지 않은 부분에 있어서는 제법 무른 사람이었다.

그러니까, 이번에도, 부디, 제발!

경은은 자신도 모르게 양손을 모았다.

경은이 도대체 뭘 잘못해서 용운에게 찍힌 것인지는 모르겠지만 경은은 가늘고 길게 살고 싶은 사람이었다. 경은은 제발 용운이 6만 원으로 그녀에게 부여된 숙박비와 식사대를 해결해 주기를 간절한 마음으로 빌었다.

이른 아침, 용운은 컴퓨터 앞에 앉아 환자의 경과 기록을 입력하고 있었다. 차트 프로그램을 켜 놓고 키보드를 두드리는 모습은 여느 레지던트와 다름이 없는 모습이었지만 경은은 괜스레 얄미워 그를 보며 불퉁하게 입술을 내밀었다.

그녀한테는 폭탄을 던져 놓고 본인은 혼자 태평한 모습이라니…….

마음을 곱게 쓰자, 열심히 되뇌어 보지만 경은은 용운이 참 얄미워 보였다. 고의인지 아닌지, 착각인지 아닌지는 모르겠는데 그날 이후 용운은 그녀와 눈도 마주치지 않는다.

사채업자들은 일부러 빚을 갚으려는 채무자를 피해 다니고, 선량한 채무자들은 사채업자들의 그런 행각으로 인해 어마어마한 이자 폭탄을 맞는다고 했던가? 용운이 딱 그 꼴이다.

일부러 사람을 삐딱하게 보려는 것은 아니지만 지금 그녀가 처한 상황이 자꾸만 용운을 그렇게 보게 만든다. 용운을 보며 입술을 실룩거린 경은이 손에 쥔 봉투를 힘주어 잡았다.

현금 6만 원을 불쑥 내미는 것은 그녀가 생각해도 조금 아닌 것 같기는 하지만, 그리고 어쩌면 이것 때문에 용운에게서 불호령이 떨어질 수도 있겠지만 매도 먼저 맞는 것이 낫다고 했고, 빚은 일찍 갚으면 일찍 갚을수록 좋은 것이라고 했다. 경은은 혹시나 하는 희망을 안고 자리에서 일어나 용운에게 향했다.

용운은 씩씩한 모습으로 그에게 걸어오는 경은의 모습에 자신도 모르게 몸을 벌떡 일으켰다. 스스로가 벌인 만행에 대해서는 그 자신도 진심으로 후회를 하고 있기에 정말로 경은이 빚을 갚겠다고 나서면 그것은 그것대로 문제였다.

용운은 미처 컴퓨터를 끌 생각도 못하고 자리에서 일어났다. 끼익, 의자가 거칠게 소리를 낸 것은 알고 있었지만 지금은 그보다 더 중요한 것이 있었다.

그의 채권자, 혹은 채무자!

경은이 용운을 향해 다가오는 모습에 용운은 자신도 모르게 고개를 돌려 주변을 살폈다. 그리고 용운의 눈동자는 곧 의국의 출입구를 발견했다.

빚을 갚으라고 종용을 해 놓고 도망치는 것이, 사고를 쳐 놓고 수습을 하려고 하는 사람을 피하는 것이 정말 비겁하다는 것은 알고 있지만 용운은 어쩐지 지금 이 상황이 심하게 부담이 됐다. 그래서 용운은 평소라면 하지 않았을 아주 비겁하고 어리석은 선택을 했다.

그는 뛰듯이 걷는 걸음으로 서둘러 의국을 빠져나가려 애썼다.

서둘러 나가느라 그의 무릎이 상필의 의자에 부딪치고, 허리가 식탁 대용으로 쓰는 테이블에 부딪쳤지만 고통은 결코 창피함과 미안함보다 앞설 수 없었다. 용운이 잰걸음으로 서둘러 의국을 빠져나가려는 시점이었다.

"선배님!"

누군가 우렁차게 용운을 불렀다. 목소리의 주인공은 혹시라도 용운이 그녀의 정체를 모를까 싶었는지 방금 전보다 더 큰 목소리로 제 정체를 밝혔다.

"저번에 말씀하신 그 빚 때문에 드리고 싶은 것이 있어요."

용운에게 빚 운운할 사람은, 그리고 용운이 빚 운운했던 사람은 그의 기억으로는 단 한 사람밖에 없었다. 도망을 가던 용운이 멈칫했다. 그리고 이내 용운은 그의 발에 속도를 조금 더 붙였다.

용운은 최대한 빠른 시간 안에 '튀기' 위해 진심으로 노력했다. 하지만 불행히도 박봉달 의료원의 레지던트들은 쓸데없이 귀가 밝았다.

"빚? 무슨 빚?"

"그러게."

"빚이 아니라 빛 아냐? 빗일 수도 있고."

평소와 다른 용운의 행동에 안 그래도 시선이 모였었는데, 경은이 그를 향해 소리치기까지 하니 용운을 바라보는 레지던트들의 눈은 강렬하다 못해 뜨겁기까지 했다.

이대로 도망을 갔으면 하는 마음이 굴뚝같지만 레지던트들이 수군대는 그놈의 '빚'이 용운의 발목을 잡았다. 용운은 내키지 않는 기색이 역력한 모습으로 힘겹게 몸을 돌렸다.

용운이 망설이는 사이 경은은 어느새 그의 앞에 도달해 있었다.

"여기요."

경은이 하얀 봉투를 용운에게 내밀었다. 그는 말없이 봉투를 바라보았다. 경은이 부연 설명을 붙였다.

"돈이에요."

"돈?"

"6만 원이요. 빚 갚아야죠."

경은은 웃는 것도 아니고, 우는 것도 아닌 애매한 표정으로 용운에게 말했다.

정확하게 액수까지 밝힌 경은의 행동 탓에 레지던트들은 대수롭지 않은 듯 시큰둥한 표정으로 고개를 돌렸다.

하지만 용운은 그들과 대조적인 반응을 보였다. 그는 경은을 보며 입을 굳게 다물었다. 그리고 그녀가 내미는 6만 원을 한참 내려다보더니 미간을 구겼다.

"따라와."

"네?"

경은의 반문에도 용운은 말없이 경은의 손목을 잡고 성큼성큼 앞으로 걸어갔다.

생각 같아서는 내가 언제 너한테 돈 내놓으라고 그랬냐고 목청을 높여 소리를 내지르고 싶었지만 듣는 귀가 많았다. 경은의 손목을 잡은 용운은 인적 없는 곳을 향해 걸어갔다.

"저기, 선배님? 선배님! 돈만 받아 주시면 되는데⋯⋯. 조금 더 드릴까요? 저기, 그러니까요. 아니, 나쁜 뜻은 아니고요⋯⋯."

뒤에선 경은의 목소리가 쉴 새 없이 들려왔다. 경은은 7만 원, 10만 원 액수를 높여 가며 빠져나가려고만 했다. 용운은 경은의 행동이 자신의 호의를 돈으로 간단하게 정리하려는 것처럼 느껴져 어금니를 꽉 깨물었다. 빚 갚으라고 내지를 것에 후회를 하고 있어서 그 방법에 대해서는 생각도 안 하고 있었다. 하지만 그렇다고 이렇게 6만 원, 7만 원, 10만 원 하는 숫자로 따질 것도 아니었다.

잡아끌듯 경은을 정원으로 데리고 나온 용운은 인적이 없는 곳에 들어서자마자 뿌리치듯 경은의 손목을 놓았다.

용운은 조금 싸늘한 눈으로 경은을 보며 말했다.

"너 돈 그렇게 많아?"

"네?"

"내가 언제 너한테 돈으로 갚으라고 했어?"

서슬이 퍼런 용운의 다그침에 경은은 슬그머니 고개를 아래로 숙였다. 용운이 싸늘한 목소리로 말을 이었다.

"다른 걸로 갚아."

"네?"

"돈은 됐고 다른 걸로 갚으라고. 뭘로 할래?"

"아니요. 그게요……."

"무엇으로 갚을 거냐니까? 우물거리지 말고 분명하게 대답해봐."

용운이 딱 부러지는 목소리로 말했다. 경은은 도무지 고개를 들 수가 없었다. 분명 고개를 들면 눈에서 불을 뿜어내는 용운이 그녀를 노려보고 있을 것이 분명했다.

경은이 슬금슬금 고개를 들어 정면을 응시했다. 꿈적하지 않는 용운의 까만색 구둣발이 보였다. 용운은 말없이 경은의 대답만 기다리고 있는 듯했다.

빚을 무엇으로 갚을지는 채권자가 제시를 해야지 그걸 빚쟁이 보고 제시하라는 법이 어디 있담? 경은은 용운 몰래 한숨을 내쉬었다.

한참을 서 있었던 것 같은데 용운은 말도 없었고 움직이지도 않았다. 그는 마치 정원에 늘어서 있는 독립운동가들의 동상들처럼 미동 없이 서서 경은을 응시했다. 모르려야 모를 수가 없는 뜨거운 시선 앞에서 경은은 신발 속의 발가락만 꼼지락댔다.

용운과 경은은 마주 보고 서서 말없이 시간만 끌었다. 용운은 어떻게 느끼는지 모르겠지만 경은은 지금의 1초가 1년 365일처럼 느껴졌다. 이 상태로 있다가는 한 달 월급뿐만 아니라 1년 치 연봉까지도 다 상납할 것 같다는 생각이 경은의 머릿속을 스칠 때였다.

"빚진 사람이 그런 생각도 안 해 봤어? 정말 돈으로 때울 생각이었나 보네."

용운이 딱딱한 목소리로 입을 열었다. 경은은 한참을 어물대다 기어들어 가는 목소리로 사과했다.

"죄송해요."

빚쟁이는 할 말이 없었다.

경은은 고개를 숙였고, 용운은 그런 경은을 보며 입을 꽉 다물었다.

사실 그 빚을 무엇으로 받을지는 용운도 생각해 본 적이 없었다. 그도 이런 경험은 처음인지라 어떻게 계산을 해야 할지 용운은 고민이었다. 그렇다고 빚을 없던 것으로 하기는 더 싫었다. 빚을 갚는 것이 중요한 것이 아니었다. 빚이라는 것을 통해 경은과 그가 무엇인가, 다른 이들보다 조금 다른 관계가 된다는 것이 중요했다. 자꾸 말이 거칠게 나가는 것은 그가 원하는 방향은 아니었지만.

경은을 바라보는 용운이 마른침을 삼켰다. 고개를 푹 숙인 경은을 보고 있자니 안됐기도 하고 미안하기도 했다. 사실은 이러고 있는 그 자신이 가장 이해가 안 갔다.

가슴이 답답한 용운이 하늘을 바라보았다. 빌어먹을 하늘은 참 맑기도 맑았다. 남들은 맑은 하늘을 보면 막힌 가슴이 뻥 뚫리는 느낌이 든다는데 용운은 어째 가슴이 점점 더 답답해지는 느낌이다.

용운은 입을 벌렸다가 다시 다물고, 하늘을 본 후 다시 입을 벌렸다가 또다시 입을 다물기를 여러 번 반복했다. 그리고 마침내 무엇인가를 결심한 듯 어렵게 입을 열었다.

"도시락 싸 와라."

"예?"

놀란 경은이 번쩍 고개를 들었다. 경은은 그녀가 잘못 들은 줄 알았다.

"방금 뭐라고……."

"도시락 싸 오라고."

"도시락이요?"

경은이 황망한 눈으로 용운을 바라봤다.

"밥값 말이야. 아침 먹었잖아."

"아⋯⋯!"

경은이 신음을 흘렸다.

눈에는 눈 이에는 이, 밥에는 밥. 어떻게 보면 가장 깔끔하고 시원한 답인 것 같지만 문제는 경은의 요리 솜씨가 메주라는 것에 있었다. 프로페셔널한 주부의 솜씨로 몇 십 분 만에 뚝딱 하고 도시락을 만들어 내는 사람도 있겠지만 경은은 서너 시간을 고생해도 먹을 만한 음식이 나올까 말까였다.

나 먹는 음식도 감당이 안 되는데 용운 선배 도시락을 어찌 싸나요?

울상이 된 경은이 고개를 푹 숙이고 입술을 깨물었다. 용운의 손에 순순히 이끌려 갔던 자신이 너무나 원망스러웠다.

도시락 싸다 줬다간 치프를 독살하려고 한다는 오해를 받을지도 모른다는 생각이 들었다. 그냥 오해면 괜찮은데 그게 진실이 될지도 모른다는 것이 경은은 참 슬펐다.

아무리 생각해도 이건 아니라 생각한 경은이 고개를 번쩍 들었다. 경은은 용운에게 다른 것으로 대체하자 요구할 생각이었다. 누울 자리를 보고 다리를 뻗으라고 빚 갚는 방식은 빚쟁이 사정에 따라 조금씩 달라지는 것이 인지상정이었다. 크게 심호흡을 한 경은이 주먹을 불끈 쥐고 정면을 바라보았다. 그런데⋯⋯.

"어라?"

없었다.

"어디 갔대?"

경은이 황망한 표정으로 고개를 획획 좌우로 돌렸다. 하지만 보이는 것은 아무것도 없었다. 방금 전까지 경은의 앞에 서 있던 사람은 이미 사라졌다.

"헐? 간단 말도 안 하고 가?"

경은이 황당한 목소리로 말했다.

물론 경은 혼자서 상념에 조금 많이 잠겨 있기는 했다. 이런 생각도 하고, 저런 생각도 하고, 용운에게 조건을 바꿔 달라 결심하기까지 경은이 시간을 조금 많이 잡아먹은 것은 사실이다. 하지만 그래도 이건 아니지! 경은이 미간을 일그러뜨렸다.

하지만 불만을 토로하는 것도 잠깐, 경은은 곧 현실적인 고민에 빠졌다.

"아, 도시락……."

머리를 감싼 경은이 쓰러지듯 바닥에 쪼그려 앉았다.

지금 당장이라도 의국에 달려가 용운에게 이건 아닌 것 같다 한 소릴 하고 싶지만 경은의 소심한 간덩이로는 용운을 바라보는 것도 어쩐지 두렵다. 다시 용운에게 찾아가 이 상황의 불합리함에 대해 구구절절 따지자니 호랑이 같은 용운이 어떻게 반응할지 그건 그거대로 두려웠다.

경은은 방금 전 용운이 그랬듯 울상이 되어 하늘을 바라보았다. 청명한 하늘은 마치 그녀를 약 올리는 것처럼 맑기 그지없었다.

"하아, 진짜 어떻게 하냐?"

경은이 한숨을 푹 내쉬며 다시 고개를 숙였다. 지금 같은 마음으로는 아예 땅속으로 꺼지면 좋겠다. 그럼 도시락을 안 만들어도 될 텐데…….

"넌 왜 좋다고 따라가서 잠을 잤니? 왜 좋다고 따라가서 밥을 먹었니?"

경은이 자신의 머리를 쥐어박으며 자학했다. 남들이 보면 실성했다고 할 수 있겠지만 알 게 뭐람? 이곳에는 아무도 없는데!

하지만 아무리 자학을 해 봐도 현재 그녀 앞에 당면한 '도시락'이라는 과제는 사라지지 않았고, 하늘은 맑기만 했으며, 고민하는 청춘을 바라보는 독립운동가들의 동상 또한 어제와 다름없이 평화로운 모습이었다.

슬퍼하고 고민하는 것은 오직 경은뿐이었다.

✢　　✢　　✢

용운이 딱 언제라는 최후통첩을 내린 것은 아니었지만 빚은 일찍 갚을수록 좋은 것이었다. 아무렇지 않은 표정으로 책장을 넘기는 용운의 모습에 경은은 두 손을 꽉 쥐었다.

이가 없으면 잇몸으로 산다고 하늘이 무너져도 솟아날 구멍은 있었다. 어제 정원에서 머리를 한참 쥐어박은 끝에 병원 앞 반찬

가게를 떠올린 경은의 얼굴에 음흉함과 엉큼함, 그리고 흐뭇함이 떠올랐다.

달짝지근한 연근조림과 메추리알 장조림, 오징어채무침 등 집에서 직접 만든 듯한 음식들이 도시락 통 안에 예쁘게 자리한 모습에 어제 경은은 '심봤다!'를 외쳤다.

경은의 손에 들린 도시락 통이 묵직한 무게와 둔탁함으로 그 존재를 빛냈다.

"어흠!"

경은이 슬금슬금 용운 앞에 다가가 헛기침을 했다. 용운의 고개가 들렸다.

"여기요."

경은이 슬그머니 용운에게 도시락을 내밀었다.

만화 캐릭터가 그려진 꽃분홍색 도시락에 용운의 시선이 잠시 머무르는 것이 느껴졌지만 알 게 무어란 말인가? 경은은 미운 놈 떡 주면서 포장까지 신경 쓰는 대인배가 아니었다.

"드세요."

경은은 쌀쌀맞은 말투로 용운 앞에 도시락을 던지듯 내려놓고 재빨리 자리로 돌아왔다. 뒤에서 용운이 그녀를 바라보는 눈길이 느껴지기는 했지만 돌아보지 않았다. 이것으로 빚을 모두 다 청산했다고 생각하니 속이 다 후련했다. 이유는 모르겠지만 어쩐지 복수했다는 느낌도 들었다.

'헹! 도시락 사고 반찬을 사면 1만 원으로 덮어쓰는데 6만 원

을 거절하다니…….'

용운의 어리석음에 대해 남몰래 낄낄대면서 혼자 히죽거릴 때였다.

탕!

갑자기 경은의 눈앞에 도시락이 떨어졌다. 놀란 경은이 고개를 번쩍 들었다. 용운이었다.

"선배……님?"

경은이 불안한 목소리로 용운을 불렀다. 용운은 예의 무뚝뚝한 얼굴과 표정으로 입을 열었다.

"너 이런 것 먹냐?"

"네?"

"이거 저 앞의 반찬 가게에서 파는 음식 아냐?"

점쟁이 빤스를 입었나? 갑자기 밝혀진 진실에 경은이 흠칫했다. 하지만 일단 부정을 했다.

"아니에요."

"아니긴. 내가 이걸 한두 번 먹어 본 줄 알아?"

용운이 싸늘하게 말했다.

"아니라니까요?"

뜨끔한 경은이 큰 소리로 부정했다.

경은의 제 발 저린 행각에 용운이 딱딱한 눈으로 노려보는 바람에 다시 움츠러든 경은이 다소 작아진 목소리로 뻔뻔하게 말을 이었다.

"그리고 뭐, 샀으면 어때요? 물론 난 사지도 않았지만 어쨌건 도시락을 쌌으니……."

"너 이거 안 먹어 봤지?"

"네?"

"이 집 반찬들. 안 먹어 봤지?"

먹어 봤을 리가 있나? 대충 몇 가지 사서 도시락에 구겨 넣은 것을…….

경은이 손가락으로 볼을 긁적이며 용운의 눈치를 보았다. 용운은 완고한 표정으로 경은을 질책하듯 바라보고 있었다.

"혹시 상했어요?"

경은이 주저하며 물었다.

"괜찮은 것 같았는데……."

경은이 도시락 통과 용운의 얼굴을 번갈아 바라보며 말끝을 흐렸다. 용운은 그런 경은을 바라보며 한숨을 내쉬었고, 경은은 다시 고개를 숙였다. 재수가 없는 사람은 뒤로 넘어져도 코가 깨지나 보다. 경은이 입술을 실룩거렸다.

용운은 그런 경은을 보며 한숨을 내쉬었다.

"박경은."

"네."

"안 상했어."

"네?"

경은은 똑같은 단어를 내뱉었지만 억양은 전혀 달랐다. 번개처

럼 고개를 든 경은이 똥그란 눈으로 용운을 바라보았다. 용운은
방금 전과 다름없는 완고한 얼굴로 경은을 바라보고 있었다.

"저기……."

"하지만 건강에 안 좋아."

용운은 우물거리는 경은의 말을 자르면서 입을 열었다.

"파는 반찬에 화학조미료 들어가는 것은 어쩔 수 없다고 하지
만 이 집은 유난히 조미료가 많이 들어가서 병원 사람들에게도
가지 말라고 하는 곳이야. 그런데 어쩌자고 이 집 음식을 먹어?"

용운이 따끔한 목소리로 말했다.

경은은 눈을 끔벅였다. 질책을 하는 것을 보니 경은이 뭔가 잘
못을 하기는 한 모양인데 뭔가가 이상했다. 몸에 안 좋은 음식을
사 들고 온 경은을 질책하는 것은 맞는 것 같은데 그의 말투가 왠
지 자신을 걱정해 주는 것 같은 게…….

"드라마 때문에 집에 들어갈 시간도 없이 바쁘면서 그런 음식
을 먹으면 어떻게 해? 박경은 씨 너 평소에 밥 어떻게 먹어? 어?"

진짜 자신을 걱정하는 것인가? 경은이 남몰래 고개를 갸우뚱했
다.

"먹는 게 얼마나 중요한 건지 알아? 밥을 제대로 잘 먹으면 있
는 병도 사라지고, 반대로 식사와 식단에 문제가 있으면 없는 병
도 생겨. 작가라면서 그것도 몰라?"

작가가 그런 것도 알아야 했나? 경은은 다시 한 번 고개를 갸
우뚱했다. 그녀의 착각인지도 모르겠지만 용운의 폭풍 잔소리는

어딘가 모르게 조금은 경은을 생각해 주는 것도 같았다. 경은은 알쏭달쏭한 용운의 잔소리를 들으면서 연신 고개를 갸웃거렸다.

그 뒤로도 폭풍 잔소리를 쏟아붓던 용운은 또다시 경은의 손목을 잡아끌었다. 의사가 환자도 안 보고…… 내 손목 잡아끄는 것에 맛 들렸나? 경은이 쨀쭉한 눈으로 용운을 바라보았다.

하지만 경은이 아무리 노려봐도 용운은 별 반응이 없었고, 그런 용운을 보던 경은은 피하지 못할 것이라면 즐기라는 옛 성현들의 가르침을 겸허히 받아들이기로 했다.

"저기요, 선배님."

"왜?"

"근데 저희 어디 가는 거예요?"

용운이 멈칫하며 경은을 돌아보았다. 그녀가 말을 이었다.

"그렇잖아요. 어디로 가는지는 알아야……."

"밥 먹으러."

용운이 경은의 말을 자르며 답했다.

"……밥이요?"

"밥 안 먹었잖아?"

걸음을 멈춘 용운은 경은이 밥을 먹지 않았다는 것을 확신하는 듯한 눈으로 그녀를 바라보았다.

"먹지는 않았지만……."

너랑 먹고 싶지는 않아요. 경은이 소리 내지 못한 말을 작게 꿍 얼거렸다.

하지만 문제는 용운과 함께 밥을 먹는 것이 아니라 왜 용운이 이 상황에서 경은에게 밥을 함께 먹자는 이야기를 꺼냈느냐는 것이었다.

경은이 용운을 향해 조심스럽게 입을 열었다.

"저기요……."

"내 이름 저기요 아닌데. 선배님이라고 부르라고 하지 않았나? 아까는 불렀었잖아."

"그렇……지요."

평생 낼 용기를 모두 끌어 모아 당당하게 고개를 들었던 경은의 고개가 용운의 단호한 말에 다시 급속도로 내려갔다.

지금 여기에서 호칭이 중요하냐고, 가장 중요한 것은 내 빚이라고 당당하게 외칠 셈이었는데 언제나 그렇듯 그것은 그냥 상상 속에서만 벌어진 일이었다.

어찌해야 쓸까……. 고개 숙인 경은이 손가락과 발가락만 꼼지락거렸다. 전생에 쥐와 고양이도 아니었을 터인데 경은은 왜 이리 용운 앞에만 서면 작아지는지 모르겠다.

"그런데요."

"근데?"

"저기, 저도……."

"저도 뭐?"

"아니에요."

용운이 호칭 이야기를 하니까 생각났다. 지금 깨달은 것인데 용운은 경은에게 반말을 하고 있었다. '작가님'이나, '씨'라는 호칭도 안 붙이고!

억울한 것으로 따지자면 더 억울한 사람이 누구인데 자기 호칭 가지고 뭐라고 한담? 빚에 대한 억울함, 호칭 때문에 혼난 억울함이 모두 합쳐졌지만 그래 봤자 박경은은 박경은일 뿐이었다.

펜대를 굴릴 때만 당당한 소심쟁이는 용운 앞에서 고개를 팍 숙였다. 그리고 기어들어 가는 듯한 목소리로 입을 열었다.

"그냥 가요."

"뭘?"

"밥이요. 밥 먹으러 가자고요."

왜 그녀가 용운과 밥을 먹으러 가야 하는지는 모르겠지만 밥이 입으로 들어가든 코로 들어가든 경은은 일단 이 상황을 좀 벗어나고 싶었다.

동행인이 허락을 한 이상, 식당을 향해 걷는 용운의 발걸음에는 가속도가 붙었다. 멍하니 용운의 뒤만 따라 걷던 경은이 정신을 차리고 보니 어느새 그녀는 고즈넉한 한식당에 용운과 단둘이 앉아 있었다.

"이모님, 청암 정식 2인분만 부탁드립니다."

용운은 메뉴판도 보지 않고 주문을 했다. 용운의 맞은편에 앉은 경은은 두 눈을 멀뚱멀뚱하게 뜨고 용운을 바라보았다. 자의든 타의든 간에 어쨌든 밥을 먹으러 왔으면 주문은 먹는 사람이 해야지, 이건 무슨 멍멍이 매너냐는 뜻을 담아 경은이 용운을 노려보았다.

용운은 경은이 강렬한 눈빛으로 그를 바라보든지 말든지 아랑곳하지 않고 경은 앞에 수저를 놓고 물수건을 놓아 주는 등 분주하게 행동했다. 그리고 난 후 아무렇지 않은 목소리로 경은에게 말을 건넸다.

"먹어 봐. 여기 음식 맛있어. 화학조미료 잔뜩 들어간 음식보단 여기가 나아."

용운이 여상스럽게 말했다. 노려보기를 포기하고 고개를 아래로 숙인 채 욕하기 바빴던 경은이 고개를 들고 그를 바라보았다. 용운이 말을 이었다.

"좋은 음식만 먹지는 못해도 최소한 나쁜 것은 먹지 말아야지. 새우나 멸치, 다시마 같은 천연조미료로 맛을 내서 맛도 있고, 건강에도 좋아."

모르는 사람이 들었으면 음식점 홍보대사로 알 정도로 용운은 천연조미료의 장점에 대해 늘어놓았다. 우리처럼 밤샘이 잦고 식사량이 부족한 사람들은 몸에 조금이라도 더 좋은 음식을 찾아 먹어야 한다며 말을 늘어놓았다.

"가격도 괜찮고 배달도 되니까 너도 의국에서 밤샘을 하거나 할 일이 있으면……."

"근데 선배님, 왜 저한테 반말하세요?"

용운의 말을 듣던 경은이 대뜸 질문을 던졌다.

"뭐?"

"아니요. 그게요……. 전에는 존댓말을 쓰셨던 것 같은데……."

용운의 반문에 아차 싶은 경은이 작아진 목소리로 우물거렸다.

"반말…… 하셔도 되죠. 하셔도 되는데……."

"기분 나빠?"

"아니요. 그건 아니고……."

불만 있냐는 용운의 말에 경은은 또다시 작아졌다. 불만은 많
지만 그것을 입 밖으로 꺼낼 용기가 없는 경은은 가만히 용운의
눈치만 살폈다.

잠시 동안 입을 단단히 다물고 경은을 바라보던 용운이 불쑥
말을 던졌다.

"도민인 뭐라 그래?"

"네?"

"도민이 말이야. 카페. 너한테 잠자리 제공해 준다고 했던."

도민이 누구인지는 안다. 하지만 뜬금없이 나온 도민의 이름에
경은은 조금 당황했다.

"갑자기 도민 선배는 왜……."

"아니, 도민이는 너한테 어떻게 대하냐고. 반말? 존대?"

경은은 말문이 막혔다. 갑자기 도민의 이름이 여기에서 왜 튀
어나오는지 경은은 도무지 이해가 가질 않았다. 하지만 그에게는
도민이 그녀를 어떻게 대하는지가 꽤 중요한 모양이었다. 어서 대
답하라는 채근에 경은은 의아함 가득한 목소리로 답변했다.

"그냥……."

"그냥?"

경은의 말을 기다리는 듯한 용운의 말에 경은은 잠시 멈칫했다.

같은 선배니까 그가 하는 대로 자기도 호칭을 맞추겠다는 뜻일까? 도민은 그녀에게 반말을 쓰지는 않지만 꽤 친근한 존대를 해주었다. '후배님' 하고 부르는 도민을 떠올리다 용운을 보며 경은은 잠시 머뭇거렸지만 바로 말을 이었다.

"그냥 그렇게 대하세요. 반말은 안 하시죠."

"그래?"

뭐가 반가운 것인지는 모르겠는데 용운이 경은의 말을 냉큼 받았다. 경은은 얼떨떨한 표정으로 고개를 끄덕였다.

"말을 편하게 하시라고 했는데도……."

"그럼 나도 말 편하게 해도 되겠네. 나도 네 선배니까."

그거야 그렇지만 왜 얼굴 표정이 한순간에 풀리는 건지는 잘 모르겠다. 경은이 고개를 갸웃거렸다.

물론 박봉달 의료원에 있는 6개월 동안 용운과 사이좋게 지내면 좋은 것이기는 했지만 굳이 반말 써 가면서까지 친해져야 하는 건지…….

경은에게는 지금 용운이 하는 모든 행동과 언어가 궁금증 투성이였다. 용운이 조금만 덜 무서웠어도, 진짜 병아리 손톱만큼만 덜 무서웠어도 이유가 뭐냐며 묻고 싶은 것이 백두산보다 조금 모자랄 정도로 쌓여 있었다.

경은이 궁금증 가득한 눈으로 용운을 바라보았다. 하지만 그녀가 어떤 눈으로 바라보든 간에 용운은 제법 기분이 좋아 보였다. 식당 아주머니께서 가져다주신 음식을 경은 앞에 놓아 주며 많이 먹으라고 채근했다.

"⋯⋯괜찮은데요?"

"아니야. 많이 먹어. 선배가 사 주는 거야. 많이 먹어. 뭐 좀 더 먹을래? 여기 굴비도 먹고, 육전도 먹고. 몸이 재산이잖아. 많이 먹어. 모자라면 더 사 줄게. 아, 여기 명란젓도 있다. 어서 먹어."

용운은 마치 어린 자식의 배를 채우는 어미 같은 눈으로 경은을 챙겨 줬다. 가끔은 눈에서 묘한 느낌이 들기도 했지만⋯⋯. 뭐, 착각이겠지. 경은이 육전을 입에 넣으면서 생각했다.

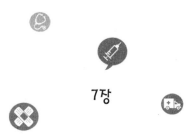

7장

가끔은 조용하고 가끔은 시끄러운, 그러나 언제나 일거리는 넘쳐 나는 의국은 평소와 같았다. 익숙한 사람들과 익숙한 사건들이 용운을 반겼다. 하지만 요 근래 꽤 높은 확률로 그의 눈앞에서 얼쩡대던 그녀가 보이지 않아 오늘따라 용운은 의국이 영 낯설었다.

용운에게 경은은 언제나 눈에 쏙쏙 들어오는 사람이었다. 처음에는 의국에 침입한 불순분자가 마음에 안 들어서 눈에 들어왔고, 그 다음에는 쫑쫑거리면서 자료를 수집하는 모습이 그녀를 새로보게 했고, 밤샘을 거듭하면서도 보다 좋은 글을 쓰기 위해 머리를 쥐어짜는 모습을 보며 그녀를 프로로 인정하게 됐다.

낯설고 모르는 것이 많을 텐데도 경은은 용운의 의도를 100% 수렴했다. 그것이 방송국에서 받아들여질지 아닐지는 모르겠지만 용운은 노력하는 경은이, 그리고 그의 마음에 공감해 주는 경은이 좋았다.

하지만 그 '좋음'이 이성으로서의 감정이라고는 생각지도 못했는데 어쩌다가 이렇게 되었을까……

복작복작한 의국을 바라보는 용운의 눈에 빈자리가 유난히 크게 들어왔다. 찐빵같이 생긴 녀석, 찌그러진 오이같이 생긴 녀석, 사과같이 생긴 녀석 등 의국엔 레지던트들이 득실득실한데 유난히 빈자리가 하나 눈에 들어왔다. 그리고 그 빈자리는 용운의 기억으로는 아침부터 비어 있었다. 그녀가 항상 들고 다니는 노트북 가방은 여느 때와 같은 자리에 걸려 있는데 말이다.

용운이 아침부터 지금까지, 유독 휑하게 느껴지는 자리를 힐끔힐끔 훔쳐보고 있을 바로 그때였다.

"저 왔어요. 얘, 진우야! 나 짜장면 한 그릇만 시켜 줘."

수술을 막 끝내고 온 것인지 혜정은 10년은 늙어 보이는 얼굴로 테이블 위에 늘어져서 1년 차 후배에게 짜장면 배달 주문을 요청했다. 그녀를 보는 용운의 입술이 가볍게 실룩거렸다.

"아고, 죽겠다."

문에서 가장 가까운 의자에 앉은 혜정이 테이블 위에서 기지개를 켰다.

"아, 선배!"

"뭐 하는 거예요?"

혜정이 팔을 쭉 뻗어 옷소매로 테이블 위를 걸레질하는 바람에

서류며 자료들이 이리저리 흔들려 후배들이 그녀를 타박했지만, 혜정은 그러거나 말거나 프리 라이프를 즐기기 바빴다

혜정을 보는 용운의 눈이 조금 날카로워졌다. 테이블에 지정석이 있는 것은 아니었지만 용운의 기억으로 저 자리는 쭉 경은의 자리였다.

"그럼 우리 모두 다 오늘 점심은 짜장면으로 할까요?"

"오후 4시가 넘었는데 무슨 점심이야?"

"그럼 저녁이에요? 난 아침도 굶었는데?"

"아, 됐고! 짜장면 먹을 사람 손!"

용운의 후배들은 해맑은 표정으로 오늘의 첫 끼니를 위해 식사 인원을 체크했다. 맛있겠다며 입맛을 다시는 후배들은 지금 용운이 느끼고 있는 괴리감 따위는 전혀 모르겠다는 듯한 표정이었다.

용운은 그런 후배들을 향해 먹이를 찾아 헤매는 하이에나처럼 어슬렁어슬렁 다가갔다.

"치프 샘은 뭐 드실래요?"

주문을 받고 있던 진우가 용운을 보며 질문했다. 용운은 무뚝뚝한 표정으로 고개를 가로저었다.

"치프 샘도 식사 안 하시지 않으셨어요?"

"난 됐어."

"음, 그러면 은민 선배랑 윤권이는 콜받아서 내려갔고……. 주문할 사람은 다 했죠? 빠진 사람 없죠?"

진우가 질문했다.

"다야 다! 의국 사람 몇 되냐? 빠진 사람 없이 다 주문 받았으니까 얼른 전화나 해. 나 밥 좀 먹자."

테이블에 엎어진 혜정이 손을 까딱이며 주문 완료를 외쳤다. 배달 전화나 빨리 걸라고 채근하는 혜정을 보는 용운의 눈이 쌜쭉하니 가늘어졌다.

'저게 진짜……'

아까부터 세모진 눈으로 혜정을 바라보고 있던 용운의 눈이 조금 더 날카로워졌다. 친구라면서 제 친구 밥 안 먹은 것도 모르나 하는 생각이 용운의 머릿속을 맴돌았다.

오늘 아침부터 보이지 않기는 했지만 경은도 엄연히 의국의 구성원이었다. 테이블 옆에 노트북 가방이며 경은의 물건들이 놓인 것을 보면 알 텐데 사람들이 저렇게 야박하다.

"오진우, 짜장면 하나 추가해."

"네?"

용운이 낮게 깔린 목소리로 진우를 불렀다. 심기가 안 좋아 보이는 목소리에 진우가 놀란 목소리로 반문했다.

"짜장면 하나 추가하라고 했어. 짬짜면도 좋고."

용운이 말했다.

"아, 예."

배시시 웃은 진우가 고개를 끄덕였다.

"치프 샘, 사실 배고프셨죠? 안 먹겠다고는 했는데 후회가 되니까."

3년 차 상필이 키득거리며 말을 건넸다. 하지만 용운의 의도는 그게 아니었다.

"나 말고 작가 선생."

"네?"

용운의 말에 진우는 다시 한 번 의문사를 내뱉었다.

"사람들이 어쩌면 그렇게 야박해? 사람이 자리에 없어도 밥 못 먹는 것 뻔히 알면 뭐라도 시켜 줄 일이지……."

용운이 낮게 혀를 찼다. 경은의 자리에 늘어져 누운 혜정을 한 번 노려보는 것도 잊지 않았다.

죄라면 배가 고파 짜장면 한 그릇씩 시키자고 한 죄밖에 없는 데 졸지에 인정머리도 없고 야박한 사람이 된 혜정과 진우가 서로를 마주 보며 머쓱한 표정으로 머리를 긁적였다.

"의국에 들어왔으면 레지던트가 아니라고 해도 의국 사람이지. 기본적인 건 좀 챙기자."

용운이 싸늘한 목소리로 의국원들을 한 사람 한 사람 바라보면서 말했다.

사람이 자리에 없으면 걱정도 할 줄 알고, 밥을 안 먹은 것 같으면 밥도 챙겨 먹여 주는 것이 사람 사는 도리인데 우리 의국원들이 이렇게 매정하고 인간미가 없을 줄 그는 꿈에도 생각하지 못했다며 용운이 일장연설을 늘어놓았다.

헬렐레하며 테이블 위에 늘어져 있던 혜정은 특히 타박을 많이 들었다. 자의 반 타의 반으로 몸을 일으킨 혜정이 어색한 표정으로 머리를 긁적였다.

"뭘 잘했다고 웃어? 방금 말했잖아. 진우 너는 짜장면이든 짬뽕면이든 식사 될 만한 것으로 하나 더 추가하고, 혜정이 너는 작가 선생 어디에 있나……."

"경은이 오늘 병원에 없는데요?"

혜정이 용운의 말을 자르면서 말했다.

"뭐?"

용운의 반문에 혜정이 배시시 웃으며 말을 이었다.

"경은이 오늘 방송국 들어갔어요."

"방송국?"

"예. 아까 아침에 연락받고 바로 나갔어요."

용운의 눈길이 경은의 노트북 가방을 향하는 것을 보며 혜정이 부연 설명을 붙였다.

"걔가 어딜 가든 노트북을 들고 다니기는 하지만 방송국에 보고하러 가면서까지 노트북을 들고 가지는 않아도 되잖아요."

생각지도 못했던 답변에 용운의 얼굴엔 당황한 기색이 스쳤다.

"없어?"

"예. 없어요."

혜정이 태연한 목소리로 대꾸했다. 용운은 혜정과 경은의 노트북 가방을 번갈아 바라보았다. 그리고 낭패한 표정을 지었다.

혜정은 그런 용운을 보며 장난기 어린 목소리로 말했다.

"근데 우리 치프 샘 이제 경은이 안 믿나 보네? 치프 샘 경은이 싫어했잖아요. 신성한 의국에 불순한 의도를 가진 외부인이 들어왔다고."

"내가 언제?"

혜정에게, 그리고 의국원들에게 미안하고 또 민망해서 애들 얼굴을 어떻게 보나 하고 있던 용운은 혜정의 돌발 질문에 발끈하며 반박했다.

가늘게 눈을 뜬 혜정이 용운을 보며 잘게 웃음을 흘렸다. 치프 샘을 보는 다른 의국원들의 얼굴에도 잔웃음이 떠올랐다.

"치프 샘, 우리 작가님 왕따 안 시켜요."

"에이, 치프 샘 아침에 수술 들어가는 바람에 모르셨구나? 작가님 아까 우리한테 다 인사하고 방송국 가셨는데……."

레지던트들이 하나둘 말을 던졌다. 용운의 얼굴은 어느새 눈에 띄게 붉어졌다. 용운이 냉큼 자리로 돌아가 앉았지만 붉어진 얼굴은 쉽게 가라앉지 않았다.

의국에 웃음꽃이 만발한 그 시각, 경은은 국장과 장금복 작가 앞에서 난관을 겪고 있었다.

"정말이지 요즘 애들은……. 넌 네가 작가인 줄 아니? 넌 그냥 작가 지망생이야. 지망생! 공모전에서 당선됐다고 네가 뭐가 좀 되는 줄 아나 본데, 자료 수집하라고 했으면 자료 수집이나 할 일이지 건방지게 무슨 기획안이야?"

장금복 작가는 경은이 쓴 기획안을 가소롭다는 표정으로 훑은 후, 망설임 없이 그것을 뒤로 던졌다. 경은은 하얀 종이 뭉치가 하늘을 가르는 것을 보며 어금니를 꽉 깨물었다.

"하지만 국장님께선 좋은 아이디어가 있으면……."

"그건 좋은 아이디어일 때 얘기지! 이게 어딜 봐서 좋은 아이디어니?"

장금복 작가는 경은의 말을 딱 잘라 부정하며 말을 이었다.

"독립운동가? 그래. 좋아. 좋은데, 그런 내용 드라마에 섞으면 수출은 어떻게 하니? 요즘 드라마 수출 못 하면 아무것도 아니야. 누군 독립운동가 운운하는 걸 못 해서 안 하는 줄 알아? 안 팔리니까 안 하는 거야. 안 팔리니까! 그런데 그걸 무슨 생각으로 내밀어? 어?"

자리에서 일어난 장금복 작가가 경은의 이마를 손가락으로 꾹꾹 누르면서 말을 이었다.

"하지 말라면 알아들어야지! 안 그래도 글이 안 풀려 가지고 머리가 아파서 죽을 것 같은데 왜 시키지도 않은 일을 해? 아, 정말 사람 피곤하게……. 국장님? 진짜 나 이렇게 눈치 없고 생각 없는 애랑 같이 일해야 돼요?"

카랑카랑한 목소리로 경은을 질책한 장금복 작가가 고개를 돌려 국장에게 따지듯 물었다. 국장은 장 작가가 뭐라고 하든 납작 엎드려 고개만 조아렸다.

"죄송합니다. 그나마 이번 공모전 수상자들 가운데에는 성적이 좋아서 발탁을 한 건데……."

"그나마 나은 게 중요한 게 아니잖아요. 어떻게 나한테 이렇게 수준 떨어지는 애랑 같이 드라마를 만들라고 해요?"

장금복 작가는 다시 경은을 바라보며 말했다.

"너! 네 입으로 말해 봐. 일본 애들이 이런 드라마를 사겠니? 안 사겠니? 그냥 안 사면 다행이지! 블랙리스트로 올려서 내 드라마 앞으로도 쭉 안 사면, 안 팔리면! 그 다음은 네가 책임질래? 이게 지금 누구 인생을 말아먹으려고 이래?"

경은의 어깨를 찌르는 장금복 작가의 손가락에서는 제법 감정이 묻어났다. 경은은 딱딱하게 굳은 얼굴로 장금복 작가의 손짓에 따라 이리저리 흔들렸다.

"어쩐지 이상하다고 했어. 이렇게 자료가 안 올라올 수가 없거든. 에피소드 수집하라고 보내 놓으니까 자기 기획안 쓰고 있는 게 어디 있어? 국장님, 어떻게 생각해요? 이 사달을?"

"하지만⋯⋯."

참다못한 경은이 항변을 하려고 했지만 국장이 경은보다 빨랐다. 그는 경은에게 눈을 부라리며 다시 한 번 장금복 작가에게 고개를 조아렸다.

"장 작가님, 죄송합니다. 박 작가 딴에는 잘한다고 한 일인 듯한데⋯⋯."

"잘한다고 하는 게 이거예요? 서브 작가면 솔직히 시다잖아요, 시다! 시다가 시키는 일만 잘하면 되지 무슨 기획안이야? 기획안은!"

장금복 작가는 앙칼진 목소리로 연신 경은을 질책했다. 더 나아가서는 그녀의 기획이 진도가 나가지 않는 것도, 모아 온 에피소드를 작품으로 승화시키지 못하는 것도, 그녀가 대본을 단 한 장도 쓰지 못한 것도 모두 경은의 탓이라며 타박했다.

경은은 그런 장금복 작가의 말에 혓바닥 위까지 올라온 항변을 억지로 눌러 참았다. 국장도 국장이지만, 장금복 작가는 막장이건 어쨌건 간에 시청률 제조기로 유명한 인기 작가였고 경은은 이제야 겨우 드라마 판에 첫 발을 내디딘 신인 작가였다.

국장과 장금복 작가가 요구한 에피소드는 한 주에 두 건씩 꼬박꼬박 보고를 하고 있었고, 경은은 지금까지 단 한 번도 업무에 태만한 적이 없었지만 장금복 작가가 잘못이라고 하면 없는 잘못도 만들어지는 것이 지금 그녀가 처한 현실이었다. 사정이 어찌 되었건 간에 지금 경은은 철저한 약자였다.

그러나 억울한 것 또한 사실이었다. 장금복 작가가 대본은 고사하고 기획 단계에서도 쉴 새 없이 흔들리는 것은 의학 드라마에 익숙하지 않은 그녀의 탓이었다. 애초에 경은이 이 드라마에 투입이 된 것도 장 작가가 익숙하지 않은 의학용어와 에피소드에 진력을 냈기 때문이 아니던가!

억울해서, 그리고 분해서, 공연히 타박을 받아도 항변 한 번 하기 어려운 그녀의 처지에 경은은 아무 말 없이 고개만 숙였다. 장금복 작가를 바라보고 있노라면 아무리 참고 또 참아도 기어코 반박하는 말이 터져 나올 것 같아 경은은 조용히 고개를 숙이고 분한 마음만 애써 삭였다.

장장 다섯 시간의 히스테리를 받아들이고 난 후의 경은은 누가 봐도 만신창이였다. 내내 장금복 작가의 편을 들던 국장이 다가와 경은의 어깨를 두드려 줄 만큼…….

'그냥 재수가 없었다고 생각해.'

'국장님! 그래도……. 그래도 이건…….'

붉게 달아오른 눈으로 말을 채 잇지 못하는 경은에게 국장은 씁쓸한 표정을 지으며 말했다.

'억울하면 출세하라잖아. 장 작가 말이 말도 안 되는 것은 다들 알아. 아는데……. 어떻게 하냐? 장 작가님 말 한마디면 너뿐만 아니라 나도 모가지야. 명절만 되면 나랑 사장님이랑 선물 사 들고 가는 마당인데……. 그냥 거기서 끝내. 가슴에 묻어.'

국장은 방송 일을 하다 보면 이런 일들이 부지기수로 일어날 텐데 고작 이것 가지고 힘들어하면 어쩔 것이냐며 도리어 경은을 채찍질했다. 그리고 다시는 독립운동가 관련 기획안을 들고 오지 말라는 이야기도 남겼다.

'장 작가님 말씀 틀린 것도 아냐, 인마. 일본이 얼마나 큰 시장인데 거기서 안 팔리는 드라마를 만들면 어쩌라고? 여기 주인공들 젊은 애들인데 요즘 이 나이 때 배우들은 해외 수출되는 드라마 위주로 출연해. 박 작가가 아직 어려서 그런 것 같은데, 드라만 비즈니스야. 남의 돈으로 예술 하는 거 아니라고.'

드라마는 내가 쓰고 싶은 걸 쓰는 게 아니라 남들이 보고 싶은 것을 쓰는 것이고, 그보다 더 발전한 단계가 바로 돈이 되는 걸 쓰는 것이라며 국장은 그의 방송철학을 늘어놓았다. 대충 트리트먼트를 보니 캐릭터 쪽은 그리 나쁘지는 않은 것 같은데 독립운동가와 관련된 내용을 삭제한 후 수정하고 보완해 나중에 장 작가에게 슬그머니 내밀어 보라는 조언도 남겼다.

"그건 싫어."

경은이 잇새로 중얼거렸다. 그녀도 모르게 튀어나온 진심에 경은이 깜짝 놀라 자신의 입을 막긴 했지만, 그것이야말로 경은의 솔직한 심정이었다.

장금복 작가에게 말도 안 되는 트집을 잡혀 들들 볶인 것도 힘들지만, 그보다 더 힘든 것은 돈 되는 것을 내밀라며 경은의 기획안을 비웃은 것이었다. 기획안에는 경은의 땀과 열정도 깃들어 있지만, 병원의 설립 취지를 설명하고 함께 온갖 자료를 찾아 준 용운의 노력도 깃들어 있었다.

가장 큰 해외 시장인 일본의 눈치를 봐야 하니 독립운동에 관련된 드라만 안 된다는 장 작가의 말은 독립운동을 했던 아버지의 뜻을 가슴에 품고 국민보건을 위해 병원을 세운 이사장님과 그 의지를 지금까지 지켜 온 용운과는 모두 상반되는 것이었다.

누군가는 지금까지도 독립운동가의 후손을 찾아 그들에게 장학금을 주고, 병을 치료해 주는데…….

경은은 그녀의 기획안이 부정을 당해서 슬픈 것인지 아니면 용운의 노력이 부정당할 수밖에 없어 슬픈 것인지, 그도 아니면 그녀의 가슴까지 함께 떨리게 했던 박봉달 의료원의 숭고한 뜻을 부정당해서 슬픈 것인지 알 수가 없었다.

명확한 것은 지금 경은이 매우 슬프다는 것이고, 동시에 해맑게 웃으며 우리 병원 참 좋다고 말하던 의국 사람들이 너무 보고 싶다는 것이었다.

✦　　✦　　✦

다음 날 출근길, 터덜터덜 걷는 경은의 발걸음에는 힘이 없었다. 병원에만 오면 그녀의 답답한 가슴이 뻥 뚫릴 것 같았는데 막상 병원에 오니 용운의 얼굴을 어찌 봐야 하나 하는 생각에 고개를 들 수가 없었다. 용운에게 독립운동과 관련된 드라마를 내놓겠다고 약속을 한 것은 아니었지만, 그럼에도 그에게 참 많이 미안했다.

경은이 깨지는 것은 하루 걸러 한 번씩 있는 일인지라 큰 문제가 아니었지만, 용운이 실망하는 것은 큰 문제였다. 경은이 독립운동가와 관련된 자료를 찾고 있다는 얘기에 이사장님이 많이 기뻐하더라는 이야기도 들었는데……. 경은은 죄인이 된 기분으로 고개를 푹 숙였다.

모든 것이 다 힘없고 능력 없는 경은의 죄인 것 같아서 경은은 도무지 할 말이 없었다.

어깨가 처진 것과 비례하여 의국을 향해 걸어가는 경은의 발걸음에도 힘이 없었다. 어떻게 하면 조금이라도 더 늦게 갈 수 있을지를 생각하느라 그녀의 발걸음은 느린 화면으로 영상을 보는 듯 심하게 늘어졌다.

이제 조금만 더 걸으면 의국이 나올 것이다. 하지만……

도살장에 끌려가는 소처럼 느릿느릿 걸어가던 경은의 발걸음이 멈췄다. 경은은 이제 육안으로도 선명하게 보이는 OS 의국 표시를 보며 강하게 입술을 깨물었다. 괜히 눈시울이 뜨거워지는 것 같았다.

경은이 드라마를 쓰기로 마음먹은 것은 드라마 속의 사람들이 서로를 보듬으며 상처를 치료하는 모습이 좋아서였다. 울고 웃으면서 삶을 살아가는 모습이 너무 보기 좋았고, 동시에 그녀도 그런 따뜻한 드라마를 쓰고 싶었다. 경은은 볼에 흐르는 눈물을 거칠게 닦아 냈다.

그 빌어먹을 경제 논리가 경은은 참 싫었다. 그녀가 의대에 가게 되었던 것도 다 그런 밑바탕이 있어서가 아니었던가!

의사만 되면 잘 먹고 잘 살 것이라는 믿음 때문에 경은은 적성에도 맞지 않는 의대를 가야 했고, 결국 견디지 못하고 의대를 뛰쳐나와야만 했다. 덕분에 아직도 부모님께는 죄스러운 마음을 가지고 있고……

복도에 멈춰 서 있던 경은은 한참 동안 주먹을 쥐고 그 자리에 서 있었다. 아무렇지도 않게 의국으로 들어갈 용기를 내기 위해 경은은 참 많이 노력했다. 하지만 아닌 것은 아닌 것이었다.

경은이 의국에 들어가면 마냥 사람 좋은 의국 사람들은 헤벌쭉 웃으며 경은을 반겨 줄 것이고, 사사건건 신경질을 부려도 은근히 자신을 챙겨 주던 용운은 어쩔 수 없는 일이니 괜찮다며 경은을 위로해 줄 것이다.

경은은 그렇게 좋은 사람들 사이에서 모든 것은 자신의 탓이 아니라며, 그냥 장금복 작가와 국장, 그리고 한국 방송계를 욕하기만 하면 된다.

하지만 그러면? 그러고 나면 문제가 해결되나? 결국 그들을 이기지 못한 건 경은이 능력이 없고 힘이 없어서인데…….

어금니를 꽉 깨문 경은이 차갑게 발걸음을 돌렸다. 이건 아니었다.

카데바를 못 이겨 기절해 버리고 의대를 버렸던 것과는 다르다. 이건 자신이 선택한 일이고, 그렇기 때문에 그 책임을 남에게 돌릴 수 없었다. 의국 사람들의 따뜻한 품에서 위로를 받으면 지금 당장은 괜찮을지 모른다. 하지만 이건 위로받을 일이 아니라 이겨 내야 할 일이다.

지금은 안 되겠지만 그래도 먼 훗날에, 아주 먼 훗날에는 반드시!

시청률만능주의, 황금만능주의인 방송가라 경은의 기획안이 거부당했다면, 시청률만능주의, 황금만능주의인 방송가라 경은의 기획안을 받아들이게 하면 되는 것이다.

경은은 위로 대신 사죄를 택했다. 엘리베이터를 향해 걸어가는 경은의 발걸음은 무거웠지만 망설임이 없었다. 경은은 정원에, 독립운동가들의 동상이 서 있는 애원에 갈 생각이었다.

가서 미안하다고 빌어야지. 이번엔 안 되겠지만 다음번에는 반드시 당신들의 드라마를 만들어 주겠다 약속을 해야지. 독립운동은 결코 구닥다리가 아님을 보여 줘야지!

경은은 평생을 나라 위해 몸 바친 분들이 계신 그곳을 향해 걸어갔다. 경은이 무슨 말을 하고, 무슨 행동을 하든 이미 먼지처럼 사라져 그저 지켜보는 것 외에는 아무것도 할 줄 모르는 분들이었지만 그럼에도 경은은 그들에게 사죄하고 미래를 다짐해야 할 사명감 같은 것을 느꼈다.

반드시 성공해서 다시는 이런 일을 당하지 않도록 경은은 애원에서 성공을 다짐할 생각이었다. 그런데 그 조용한 곳에 어떤 남자가 먼저 와 있었다.

"어?"

씩씩하게 앞만 보고 걸어가던 경은이 짧게 놀람을 표시했다. 이른 새벽이라 그런지 병원은 고즈넉하기만 했고, 역시 시간이 시간인지라 경은은 이곳에 오는 내내 아무도 보지 못했었다. 또 그걸 당연하게 생각했었고.

아무것도 아닌 일일 수 있지만 으슥한 곳에 정체 모를 남자와 단둘이 있다는 사실이 걸려 경은은 자신도 모르게 멈추었다. 용운이 전에 이야기해 줬던 도둑 이야기도 언뜻 뇌리를 스쳤다. 경은이 몸을 돌려야 하나 말아야 하나 눈동자를 굴리고 있을 때였다.

경은의 목소리를 들었는지 경은의 앞에 있던 사람도 몸을 돌렸다. 경은은 방금 전과는 다른 의미의 신음을 낮게 내뱉었다.

"박경은 작가?"

용운이었다.

"어쩐 일이야? 이 시간에?"

용운은 이른 새벽에 이곳에서 보는 경은이 의외인지 그녀를 향해 성큼성큼 걸어왔다. 경은은 그런 용운을 보며 자신도 모르게 울상이 되었다. 사실 지금 이 순간 가장 보기 싫은 사람이 용운이었는데⋯⋯.

"안녕하세요."

경은이 용운의 시선을 피하며 인사했다.

"난 안녕한데, 우리 작가 선생은 안녕하지 못한 모양인데?"

인사를 받았으면 그냥 제 갈 길 가 주면 정말 좋겠는데⋯⋯.

"아니에요."

"아니긴. 얼굴 좀 보자."

용운이 손을 뻗어 경은의 얼굴을 위로 올렸다.

"울었어? 어제 방송국 갔다더니 혼나기라도 했어? 왜? 무슨 일로? 우리 작가 선생처럼 일 열심히 하는 사람이 어디에 있다고!"

요즘 들어 조금 이상한 모습을 보여 주기는 했지만 그래도 경은에게 용운은 무서운 선배님이었다. 그녀만 보면 못 잡아먹어 안

달이 난 것 같은…….

그런데 그런 용운이 경은을 걱정하고, 경은을 울린 사람을 향해 화를 냈다. 경은이 놀라 눈을 끔벅이는 사이 경은의 얼굴을 이모저모 살펴본 용운의 목소리에는 조금 더 분노가 담겼다.

"누구야? 누가 그랬는데? 누가 감히 내 사람한테 화를 내?"

용운은 경은이 누구다, 알려 주면 바로 그에게 달려가 머리라도 한 대 쥐어박을 것처럼 씩씩대면서 말했다. 경은은 그런 용운의 모습이 낯설어 입만 벙긋거렸다.

화난 듯 눈을 부리부리하게 뜬 용운이 조심스레 경은의 눈가를 손으로 매만지며 말했다.

"눈이 퉁퉁 부었는데……. 방송국 사람 맞지? 그렇지? PD야? 작가야?"

용운은 집요한 목소리로 물었다. 용운에게 말해 봤자 별다른 수가 없다는 것은 알지만 경은의 눈가를 조심스럽게 쓸어내리는 용운의 손길은 너무나도 섬세했고, 화를 내는 목소리는 너무나도 다정했다.

방금 전까지 경은은 진짜 씩씩하고 용감했는데 그녀를 걱정해 주는 듯한 용운의 다정하고 조심스러운 말투와 손짓에 다시 마음이 약해졌다. 경은은 다시금 눈시울이 뜨거워졌다.

"아무것도 아니에요. 진짜로."

경은은 고개를 숙이고 괜찮다며 연신 고개를 끄덕였다.

용운은 그런 경은이 안타까웠다. 방금 전까지 경은의 눈동자는

울 것처럼 불안하게 흔들렸고, 여전히 고개를 숙이고 있는 어깨는 가냘프게 흔들렸다. 지금의 그녀는 누가 봐도 괜찮지 않아 보였다.

용운은 말없이 경은을 바라보다 한숨을 내쉬었다. 그리고 경은에게 말을 건넸다.

"난 안 괜찮아. 네가 그런 얼굴 하고 있으니까 내 마음이 별로 안 좋다."

"네?"

용운은 경은이 미처 대답을 하기도 전에 경은 앞에 성큼 다가가 경은을 품에 안았다. 놀란 경은이 팔로 그를 밀어내려는 것이 느껴졌지만 용운은 굳건한 두 팔로 경은을 안고 손으로 등을 다독였다.

"괜찮아라. 괜찮아라. 나쁜 일은 다 물러가고, 좋은 일만 다가와라."

용운의 커다란 손이 둔탁하게 경은의 등을 두드렸다. 벗어나려고 버둥대던 경은의 몸짓이 순간 잦아들었다. 용운은 방금 전에 뱉은 말을 다시 한 번 반복했다.

"괜찮아라. 괜찮아라. 나쁜 일은 다 물러가고, 좋은 일만 다가와라. 넌 괜찮을 거야. 정말로 괜찮을 거야. 해가 뜨면 어둠이 사라지듯이 언젠가는 좋은 날도 올 거야."

"……."

"옛날에 우리 증조할머니가 해 주신 거야. 독립운동하시는 증조할아버지 때문에 순사들이 집안을 들쑤셔 놓으면 할아버지를 끌어안고 이렇게 주문을 외워 주셨다고 하더라고. 아버지에게도 해 주셨고, 내가 어렸을 때에도 해 주셨어. 나쁜 꿈을 꾸거나 안 좋은 일이 있으면 꼭 이렇게 해 주셨어. 그러면 정말로 괜찮아진다고. 실제로 우리나라가 독립도 하지 않았냐면서 힘내라고 하셨어."

용운이 덤덤한 목소리로 말했다. 경은은 아무 말 없이 용운의 가슴에 얼굴을 묻고 소리 죽여 눈물을 떨어뜨렸다. 용운은 아무 말 없이 경은의 등을 다독였다.

"읍…… 읍……. 으허엉…… 으허엉!"

용운의 가슴에 얼굴을 묻고 울음을 삼키던 경은은 일정한 속도로 경은의 등을 다독이는 용운의 손길에 결국 가슴이 울컥했다.

목청 높여 울음을 터트리는 경은의 모습에도 용운은 아무 말 없이 가슴을 빌려 줬다. 그리고 조용히 경은의 등을 다독였다. 괜찮다는 듯이, 다 좋아질 것이라는 듯이 말하는 용운의 손짓에 경은은 좀 더 목소리를 높였다.

"선배님, 정말 죄송해요. 드라마 못 만들어요. 독립운동가 같은 것은 안 팔려서……. 일본에서…… 다른 나라에서 안 사니까 안 된대요. 너무 죄송해서……. 다 내 잘못인 것 같아서, 내가 능력이 없어서……. 으허엉!"

용운의 담백한 위로는 경은의 가장 약한 곳에 침투했다. 그녀는 용운의 가슴에 매달려 울며 사과했다.

사실은 이런 위로가 필요했는지도 모르겠다. 의대를 뛰쳐나온 이후로 경은은 늘 혼자였고, 아무에게도 인정을 받지 못하는 삶을 살고 있었다. 그래서 모든 것을 다 의심하고 겁냈다. 이번 일은 그러던 와중에 경은이 유일하게 욕심을 내서 낸 기획안이었다.

　스스로에게 실망해서, 용운에게 미안해서, 의국 사람들에게 미안하고 한국 방송계의 현실이 너무 비겁해서, 경은은 용운의 품에 매달려 한참 동안 눈물을 흘렸다.

　"다 울었어?"

　용운이 커피를 들이밀면서 말했다. 경은은 커피를 받으며 가만히 고개를 끄덕였다.

　"죄송해요."

　"죄송하긴."

　대수롭지 않은 목소리로 대꾸한 용운이 싱긋 웃음을 보였다 지웠다. 순식간이었지만 경은을 바라보는 용운의 얼굴은 제법 부드러워 보였다.

　종이컵을 양손으로 감싼 용운이 고개를 돌려 정면을 바라보았다. 생각 같아서는 경은을 조금 더 안아 줘 위로해 주고 싶었지만 지금 경은에게 필요한 것은 그런 1차원적인 위로가 아닐 것이 분명했다. 용운은 고개를 돌려 경은을 바라보고 싶은 마음을 억지로 억누르며 천천히 입을 열었다.

　"여기 말이야, 그냥 아름다운 정원 같지? 독립운동가들을 기리는 것이 조금 특이하기는 하지만 어디에서나 볼 수 있는 그런 평범한 곳."

용운의 말에 경은의 고개가 들렸다. 용운은 그를 바라보는 경은의 시선을 느끼며 말을 이었다.

"하지만 이걸 만들기까지 수많은 시간이 걸리고 그보다 더 많은 눈물이 흘렸다고 하면 믿을래?"

"수많은 시간과 그보다 더 많은 눈물이요?"

"왜 정부도, 단체도 아닌 개인이 독립운동가를 기념하는 곳을 만드느냐는 거지. 할아버진 단지 증조할아버지의 유지를 지키고 그들을 기리고 싶었을 뿐인데……. 중앙정보부에도 몇 번 끌려가고, 경찰들도 수도 없이 드나들고……."

그의 조부는 그때 생각만 하면 지금도 자다가 벌떡 일어나 나쁜 놈들이라며 이를 간다. 용운이 씁쓸한 표정을 지으며 말을 이었다.

"병원 설립을 허가받는 것보다 공원 만드는 것이 더 힘들었어. 아, 빨갱이 소리도 들었구나. 다시는 시도조차 안 할 것이라며 으르렁대다가도 이대로 외압에 무너질 순 없다고 끝까지 강행한 것이 바로 이곳이야."

"쉽게 세우진 못했었나 보네요."

경은의 말에 용운이 피식 웃으며 핀잔을 줬다.

"그럼. 할아버지 반백년 열정인데 쉬울 리가 있었을까?"

"헉! 50년이요?"

"가슴에 품은 것이 30년, 병원의 틀을 짜는 것이 20년, 공원 때문에 발목 잡힌 것이 15년!"

뜨악해하는 경은에게 용운이 웃으며 말을 이었다.

"워낙 반대하는 사람들이 많았다 하더라고. 그러다 보니 쏟아부은 비자금만 지금 돈으로 백억 대라고 하더라고. 집안 털어먹게 생겼다고 증조할머니마저 반대하시는 것을 할아버지가 결국 이뤄내신 거지."

65년을 기다려 한 가지 목표를 이뤄 낸 사람의 집념이라⋯⋯. 경은은 새로운 시선으로 정원을 바라보았다.

용운도 잠시 말을 멈추고 정원을 바라보았다. 정원은 제 탄생 비화를 아는지 모르는지 고즈넉하니 아름다운 풍경을 만들어 내고 있었다.

"물론 할아버지 혼자 힘은 아니셔. 소식을 들은 독지가와 독립운동가, 그들의 후예, 뜻 있는 분들이 그때마다 도움을 주셨어. 십 원짜리와 백 원짜리가 가득 든 저금통도 받으셨다고 하니 받은 도움이며 정성이야 어마어마하지."

"그러네요. 그럴 것 같아요."

경은이 잔잔한 목소리로 대꾸했다.

처음 용운에게 이 병원에 딸린 정원, 애원의 의미를 들었을 때도 그랬지만 그가 내미는 이야기는 언제나 경은의 마음을 흔든다. 그것은 독립운동가들에게 일종의 부채의식을 가지고 살아가는 현대의 사람들이라면 누구나 가지고 있는 것이었다.

고맙고, 감사하고, 미안하고, 죄스럽고…….

경은은 어쩐지 숙연한 느낌이 들어 고개를 숙였다. 그리고 그 후에는 죄책감이 몰려들었다. 나라 위해 애쓰신 분들을 위해 병원을 설립한 분도 있는데, 그 원수의 나라라고 할 수 있는 일본에 팔지 못하니 드라마도 만들 수 없다는 소리를 듣다니 정말 참담하기 그지없었다. 경은은 죄송해서 차마 고개를 들 수가 없었다.

술만 들어가면 흘러나오는, 할아버지의 그리 오래되지 않은 무용담을 곱씹던 용운은 어느 순간 갑자기 조용해진 경은을 깨달았다. 고개를 돌려 경은을 바라보니 그녀는 방금 전보다 더 시무룩해진 표정으로 고개를 바닥에 파묻고 있었다.

"정말 죄송해요. 내가 힘이 없어서……. 사람들이 너무 비겁해서……."

경은은 지금의 사태가 모두 그녀의 잘못인 것처럼 느껴지는 모양이었다.

그런 뜻은 아니었는데……. 용운은 겸연쩍은 표정으로 볼을 긁적였다. 그리고 잠시 후 손을 뻗어 경은의 머리를 푹 눌렀다.

"그런 말 하지 마."

용운이 경은의 머리카락을 가볍게 흔들었다.

"내가 말한 의도를 뭔가 잘못 이해한 모양인데 난 너더러 실망하지 말라고 한 얘기야."

용운으로 인해 본의 아니게 허리가 굽혀진 경은은 힘없는 모습으로 용운을 바라보았다. 용운은 다시 한 번 씩씩하게 경은의 머리카락을 흔들며 말을 이었다.

"우리 할아버지가 65년 걸렸어. 막강한 재력과 인맥을 가진 박봉달 이사장님이 65년이나 걸려서 이룩한 것이 이 병원이라고. 그런데 너는 고작 기획안 한 번에 그걸 홀라당 한입에 털어 넣으려고? 너무 도둑놈 심보 아냐?"

용운이 장난스럽게 경은에게 핀잔을 주었다. 목표를 이뤘다는 부분에만 집중하고 65년이라는 기간을 계산하지 않았던 경은은 용운의 말에 무엇인가를 깨달은 듯한 눈으로 그를 바라보았다.

용운은 잔잔한 웃음기가 어린 표정으로 경은의 머리에서 손을 뗐다. 그리고 경은이 천천히 몸을 곧추세우는 것을 바라보았다. 그녀의 반짝반짝 빛나는 눈과 입가에 맺힌 미소는 용운을 즐겁게 했다. 용운은 경은을 따라 미소 지었다.

"힘내. 그리고 다음을 기다려. 잊거나 포기하지만 않으면 언젠가 기회는 와. 넌 차근차근 실력을 쌓고 있다가 그렇게 다가온 기회를 낚아채기만 하면 돼. 설마 65년보다 더 걸리겠어? 전쟁과 이념갈등, 독재와 반민주주의로 인해 퍽퍽한 그때와 지금 네가 살아갈 세상은 달라. 훨씬 더 좋은 조건이라고."

용운이 익살스럽게 말했다.

실력을 쌓다가 기회를 낚아채는 것도 장금복 작가의 손에서 살아남아야 가능한 것이기는 하지만……. 가볍게 입술을 깨문 경은이 배시시 웃음을 흘렸다.

용운의 말에는 신기한 힘이 있었다. 방금 전까지만 해도 엄청 심각했는데 용운의 말을 듣고 있노라니 지금 경은이 겪고 있는 일들은 아무것도 아닌 것처럼 느껴졌다. 엉뚱한 상상인 것은 알지만 용운이 하는 이야기는 상상만 해도 황홀했다.

"자, 그렇게 웃어! 웃고, 털어 버려. 뭘 그거 가지고 울고 그래? 이 울보 아가씨야."

용운은 아직까지도 눈물이 매달려 있는 경은의 눈가를 손가락으로 살살 문지르면서 말했다.

경은은 갑자기 친밀해진 듯 다정하게 구는 용운의 스킨십이 낯설어서 몸을 뒤로 빼고 싶다가도 그의 그런 행동으로 인해 마음을 치료받는 듯한 기분이 들었다. 경은은 어째야 하나 잠시 갈등했지만 그녀를 매만지는 용운의 손이 가진 온기가 좋아서 그냥 그대로 있기로 했다.

"고마워요."

인사를 하면서.

그런데 방금 전까지 지나치게 뻔뻔한 얼굴로 스킨십을 하던 용운이……

"고맙기는 뭘."

얼굴이 벌겋게 달아올랐다.

서둘러 고개를 획 하고 돌리기는 했는데 경은은 이미 다 봤다.

"안 고마워해도 돼."

고개를 돌린 용운이 서둘러 말 하나를 더 던졌는데, 그 말을 하는 용운의 귀는 역시나 발갛게 물들어 있었다.

'뭐야, 설마 부끄러워하는 거야?'

잠시 그녀가 잘못 본 것이 아닌가 하던 경은은 계속 귀가 빨간 용운을 보며 눈을 끔벅이다 이내 남몰래 웃음을 터트렸다. 용운은 방금 전보다는 훨씬 안 무서워 보였다.

용운은 괜찮다는 경은의 이야기에도 한참 동안 고개를 돌리고 있다가 결국 응급실에서 콜이 왔다는 변명 하나만 던지고 후다닥 사라졌다. 경은은 걸음아 날 살려라 도망가는 용운을 보며 간헐적으로 웃음을 터트렸다.

8장

　박봉달 의료원의 명물 월례조회. 박봉달 이사장님은 오늘도 열심히 연설을 하셨다. 오늘의 주제는 친일 연구를 위해 자신의 평생을 바친 전직 문학청년, 임종국 친일연구가에 대한 일화였다.

　"시간이 흘러 이들의 친일행적이 은폐되기 전에! 고(故) 임종국 친일연구가는 철저한 자료 조사로 친일파 개인의 친일행적과 그 집안의 친일행적을 모두 기록했습니다. 생활고와 무관심, 학자들의 비아냥, 그리고 지병 속에서도 그분은 친일연구의 끈을 놓지 않았습니다."

　박봉달 이사장은 자신의 뒤에 위치한 스크린에 임종국이 작성한 1만 2천 장의 친일인명카드 사진을 띄우면서 말했다.

　"자, 보십시오. 여러분이 지금 보는 것은 한 사람이 자신의 인생을 바쳐서 써 내려간 기록입니다. 여기에서 그 무엇보다 놀라운 것은 임종국의 아버지 임문호 또한 친일파였다는 것입니다. 하지만 임종국 친일연구가는 자신이 남긴 글에 스승인 고려대 유진오 전 총장과, 부친의 친일행적을 언급할 정도로 성역 없는 조사를 했습니다."

박봉달 이사장은 임종국의 친일연구가 2009년 「친일인명사전」 발간의 토대가 되었고, 동시에 광복 60년이 지나도록 이루어지지 않았던 친일파 재산 환수의 밑거름이 되었다며 열변을 토했다.

"칠 남매 중 다섯이 굶어 죽었고, 다른 하나는 전쟁 통에 죽었습니다. 내가 일본이나 친일파를 좋아하려야 할 수가 없지요. 그래요. 나 친일파 참 미워합니다. 그 후손도 밉습니다. 하지만 임종국 친일연구가를 보면 그 미움이 누그러지는 것을 느낍니다. 그의 핏줄은 나라를 배신했지만, 그래도 그는 최소한 역사 앞에 비겁하지는 않았습니다."

역사적 사실과 개인적인 경험을 섞어서 말하는 박봉달 이사장의 연설은 매달 월례조회 때면 반쯤 정신을 놓고 있던 병원 가족들마저 귀를 쫑긋 기울일 정도로 흥미롭고 감동적인 이야기로 가득했다. 하지만 그의 이야기가 얼마나 흥미롭고 감동적인지와 무관하게 경은은 도무지 그의 연설에 관심이 가지 않았다.

지금 경은의 신경은 오로지 용운에게 쏠려 있었다. 얼핏 보기에는 성실한 자세로 이사장의 이야기를 경청하는 것 같지만 용운은 자꾸만 뒤를 돌아보며 몸을 움찔거렸다. 경은과 혜정은 그런 용운을 보며 눈빛을 교환했다.

"맞다니까?"

혜정이 작게 소곤거렸다.

"에이, 설마……."

"설마가 사람 잡는다는 말 몰라?"

경은의 부정에도 혜정은 거듭 용운이 경은에게 특별한 감정을 가지고 있다 주장했다.

"엊그제는 너 빼고 짜장면 시켜 먹는다고 우리더러 인정머리가 없다고 훈계까지 하는 거 있지? 완전 대박이었어. 귀까지 벌게져서 의국 사람들끼리는 친하게 지내야 한다 말하면서 꽁지에 불붙은 것처럼 도망가더라고."

"정말?"

"그렇다니까!"

미심쩍은 듯한 경은의 질문에 혜정은 열정적으로 고개를 끄덕였다. 경은은 긴가민가하는 눈으로 용운을 바라보았다.

어제의 모습을 보지 않았다면 경은도 혜정의 말을 믿을 수 없었겠지만 혜정이 설명하는 것과 비슷한 장면을 그녀의 두 눈으로 직접 확인했다.

무섭고 무뚝뚝한 선배로만 알고 있었는데 얼마나 다정하게 자신을 위로해 줬던가? 또 감사 인사 하나로 그렇게 당황해할 줄은 누가 알았을까? 벌겋게 달아오른 얼굴로 열심히 도망가던 용운을 떠올리니 경은도 혜정의 말이 무조건 거짓이라 치부할 수가 없었다.

경은은 용운을 묘한 눈길로 바라보았다. 때마침 또다시 뒤를 돌아보던 용운은 경은과 눈이 마주치자 재빨리 고개를 돌렸다. 혜정이 경은의 옆구리를 팔꿈치로 찌르며 말했다.

"거봐, 내 말이 맞다니까?"

혜정은 용운의 특별한 감정에 대해 다시 한 번 주장했다. 믿을 수도 없고 안 믿을 수도 없는 상황 앞에서 경은은 아무 말 없이 생각에 잠겼다.

경은과 혜정이 자리한 곳은 용운의 뒤쪽이었다. 목청 큰 이사장이 볼륨을 최고조로 높이고 연설을 하는지라 바로 옆에서 하는 이야기도 귀에 잘 들어오지 않는데 유독 경은과 혜정의 이야기만 용운의 귀에 쏙쏙 들어왔다.

"맞다니까? 내가 확신해! 진짜야!"

무엇을 확신한다는 것인지는 모르겠는데 용운의 감은 그것이 그와 무관한 것이 아니라고 말했다. 용운은 그의 대외적인 체면과 양심에도 불구하고 두 여자의 대화를 듣기 위해 갖은 노력을 다했다. 하지만 간혹 쩌렁쩌렁한 목소리로 열변을 하는 이사장의 목소리로 인해 그가 들을 수 있는 것은 드문드문 아주 짧은 단어 몇 개뿐이었다.

자꾸만 끊기는 말소리로 인해 뒤를 돌아본 용운이 경은과 눈이 마주쳤다. 남의 이야기를 엿듣는 것도 민망한 상황인데 그것을 들

키기까지 하다니……. 재빨리 고개를 돌리기는 했지만 경은과 눈이 마주쳤다는 사실이 창피해 용운은 얼굴을 손으로 쓸어내렸다. 하지만 이 상황에서도 혜정과 경은의 목소리는 용운의 귓가에서 자꾸만 맴돌았다.

잘은 모르겠지만 그가 들은 이야기들을 조합하여 추정하건대, 혜정은 그의 행동을 '특별한 감정' 때문이라 해석했고, 용운은 그런 혜정의 이야기에 스스로를 돌아보았다. 경은에게 특별한 감정을 가진 것이 아니라 단지 조금 흥미가 생겼을 뿐이라 반박하고 싶었지만 용운의 마음은 그것이 사실이 아니라는 것을 잘 알고 있었다.

'나는 그녀에게 특별한 감정을 가지고 있는가?'

스스로에게 질문을 던진 용운은 조용히 얼굴을 붉혔다. 그리고 경은이 그의 '특별한 감정'을 어떻게 생각하는지를 고민하며 경은과 혜정의 대화에 좀 더 신경을 집중했다.

✦　　✦　　✦

의사들은 바쁘다. 그중에서도 레지던트는 유난히 더 바쁘고, 그 레지던트들 중에서 용운은 특별히 더 바쁜 느낌이다. 보통 1년 차가 가장 바쁘고 4년 차가 가장 시간이 넉넉하다는데 왜 경은은 용운이 가장 바빠 보이나 모르겠다.

새벽 5시 30분 즈음에 의국에 오면 언제나 용운이 자리하고 있었는데 요즘 용운은 오후 5시에 와도 자리에 없었다. 전달사항이 있을 때만 슬그머니 의국에 나타나고, 오후 7시나 8시가 되면 칼같이 퇴근했다. 무슨 치프가 교수님들보다 얼굴 보기가 더 힘드니…….

새치름한 표정을 지은 경은은 아침 회진을 돈 레지던트들과 함께 의국으로 들어오는 혜정에게 질문했다.

"혜정아, 용운 선배는?"

"우리 치프 샘? 여기에 있잖……. 없네?"

방금 전까지만 해도 옆에 있었던 것 같은데 어디로 갔는지 모르겠다는 혜정의 답변에 경은은 남몰래 미간을 찌푸렸다.

용운에게 특별히 할 말이 있는 것은 아니지만 경은은 그가 자꾸만 그녀를 피하는 것같이 느껴지는 이 상황이 그리 마음에 들지 않았다.

사람을 피하려고 했다면 경은이 용운을 피해야지 왜 용운이 경은을 피하나? 보통 누군가를 좋아하면 그 사람과 더 시간을 보내고 싶은 것이 아닌가? 뽀루퉁한 표정을 지은 경은이 손끝으로 테이블을 탁탁 두드렸다.

"왜? 무슨 일인데? 전화도 안 받아? 할 말 있으면 내가 얘기 전해 줄까?"

혜정이 친절하게 질문했다. 전화를 할 만한 일은 아니고……. 테이블 위에 놓인 휴대전화를 잠깐 바라보던 경은이 혜정을 향해 고개를 돌렸다. 그리고 애써 웃음 지으며 고개를 살랑살랑 흔들었다.

"아니. 할 말이 있는 건 아니야."

"그럼? 뭐 자료 필요한 것 있어? 괜찮으니까 필요한 것 있으면 얘기해. 친구 좋다는 게 뭐니? 치프 샘보다는 못하지만 나도 병원에서 구른 게 몇 년인데……. 웬만큼은 아니까 주저하지 말고 물어. 괜찮아."

혜정이 씩씩하게 말했다. 그녀의 말을 듣고 있노라면 혜정이 척척박사님의 조수 정도는 되는 것처럼 느껴졌다. 하지만 지금 경은에게 필요한 것은 척척박사님의 조수가 아니라 경은도 잘 모르는 알쏭달쏭한 기분의 해법이었다.

아, 그것도 척척박사님은 알고 계시려나? 의국의 척척박사님, 용운의 빈자리를 바라보는 경은의 눈에 묘한 빛이 스쳤다.

'치프 샘, 작가님이 치프 샘 찾던데요?'

'치프 샘, 작가님이 뭐 물어볼 것 있는 것 같던데요?'

'치프 샘, 작가님 콜이요.'

치프 샘을 마치 동네 똥개 부르듯 열심히 불러 대는 후배들을 보는 용운의 눈썹이 꿈틀거렸다. 후배들이 그를 찾는 것은 별다른 문제가 아니지만 문제는 그들이 그를 부를 때마다 언급하는 이름이었다. 그들은 마치 재미난 게임이라도 발견한 것처럼 용운에게 경은을 언급했다.

경은을 떠올린 용운의 얼굴이 사뭇 붉어졌다. 이렇게 숫기가 없지는 않았던 것 같은데 유독 경은의 이름만 언급되면 용운은 그답지 않아진다. 경은이 도대체 무슨 일로 그를 찾았나 싶어 궁

243

금하기는 하지만 동시에 혜정이 그녀에게 속살거린, 그의 특별한 감정에 대해 경은이 어떻게 생각하고 있는지가 신경이 쓰였다.

언제부터 이렇게 자신감이 없었나! 스스로를 다잡아도 보았지만 용운은 경은만 떠올리면 겁쟁이가 된다. 병원밖에 몰랐던 용운에게 그것은 아주 이상하고도 특별한 일이었다. 연애를 한 번도 해 보지 않은 것은 아니었지만 경은에 대한 감정은 확실히 다른 여자들과 조금 달랐다.

겁이 많고 소심하기는 하지만 그래도 자신의 선택에 당당함을 가지고 있는 경은이 용운은 참 예뻐 보였다. 방송국에서 잔뜩 깨지고 돌아온 그녀가 자신에게, 그리고 애원에 있던 흥상들에게 미안하다면서 울던 모습도 사랑스럽게만 느껴졌다.

경은은 자신이 힘이 없어 미안하다며 눈물을 터트렸지만, 용운은 그런 경은을 보며 가슴이 설레었다. 경은은 용운과 같은 생각을 하며 함께 나아갈 수 있는 사람처럼 보였다. 그것은 용운이 난생처음 느끼는 동질감이었다.

어떻게 해야 하나, 하늘을 보며 수도 없이 고민했지만 용운 앞에 주어진 선택지는 그리 많지 않았다.

휴대전화에 부재중 전화나 문자 메시지 등이 떠 있지 않은 것을 보면 크게 급한 일은 아닌 것 같은데…….

하지만 그렇다고 언제까지 피할 수만은 없었다. 용운이 결심을 한 얼굴로 저벅저벅 걸어갔다.

든 자리는 몰라도 난 자리는 안다던 속담은 다 거짓이었다. 바쁜 레지던트 일정에 남의 일까지 챙기는 것이 쉬운 일이 아니라는 것은 알고 있지만 의국 사람들은 용운에게 너무 무심했다. 명색이 자기들 치프인데 어디에 있는지도 모르다니 이건 정말 말도 안 된다.

스토커나 미저리처럼 용운의 뒤를 쫓다 결국 백기 들고 투항한 경은은 의국을 향해 패잔병처럼 걸어갔다. 의국에 간다고 해서 용운이 있을 리는 없겠지만 의국에서 꼼짝도 하지 않고 있다 보면 한 번 정도는 만나겠지!

특별히 할 말이 있는 것은 아니었지만 그녀가 마치 병균이라도 되는 듯 노골적으로 그녀를 피하는 용운이 경은은 마음에 들지 않았다. 경은은 여전히 용운이 무섭지만 그가 경은을 피하는 것은 더 싫었다.

이러니저러니 해도 용운은 꽤 잘생긴 남자이고, 보고 있으면 눈이 흐뭇해지니까, 가끔은 다정해지기도 하고……

용운을 봐야 하는 이유를 주섬주섬 주워섬기던 경은이 순간 걸음을 멈추고 눈을 끔벅거렸다. 용운이 그런 남자였나? 경은은 다시 한 번 눈을 감았다가 떴다.

숙박비와 밥값을 운운하며 경은의 피를 말리는 이해 못 할 행동을 하기는 했지만 용운은 제법 다정한 선배였고, 든든한 선배였고, 자신만의 소신을 가지고 목표를 향해 달려가는 남자였다.

그렇게 용운을 떠올린 경은의 얼굴에는 낯선 깨달음이 스쳤다.

"싫지 않았어."

경은이 나지막하게 중얼거렸다.

용운의 도주 행각에 열을 올리느라 잠깐 잊고 있었는데 용운을 보고 도망을 가야 할 사람은 다름 아닌 경은이었다. 선배니 어쩌니 해도 용운은 낯선 남자고, 며칠 전 경은은 그 낯선 남자한테 안겨 창피한 줄도 모르고 펑펑 울었었다. 그리고 무엇보다 꽤 친밀하게 느껴지는 스킨십을 했다.

그때를 떠올린 경은의 얼굴이 확 달아올랐다. 얼굴은 붉어지다 못해 홍당무가 되었고, 심장은 호흡하기 힘들 정도로 크게 박동했다. 경은은 자신도 모르게 양손으로 얼굴을 가리고 그 자리에 주저앉았다.

"미쳤나 봐, 진짜!"

세상에나, 어떻게 용운 선배를! 세상에나, 어떻게 용운 선배랑!

경은은 양손으로 자신의 뺨을 때리며 머릿속과 마음속을 정리하기 위해 안간힘을 썼다. 하지만 그런 경은의 행동에도 불구하고 경은의 머릿속에서 용운은 점점 괜찮은 남자가 되어 가고 있었다.

묘한 표정을 지은 경은이 의국으로 돌아왔다. 역시나 예상했던 대로 용운은 이곳에 없었다. 아직 용운이 그녀를 어떻게 생각하는지 명확하지도 않은지라 김칫국만 서너 사발 마시는 듯한 기분이 들기는 하지만 경은은 용운을 보면 뭐라 해야 하나 머릿속 정리에 나섰다.

멍하니 앉아 용운의 자리만 힐끔거리는 경은의 모습에 혜정이
눈을 멀뚱거렸다.

"너 뭐 하니?"

경은의 어깨를 손가락으로 톡톡 건드리는 혜정의 눈에는 호기
심이 가득 묻어났다. 경은은 재빨리 표정을 정리하고 아무것도 아
니라는 듯 고개를 가로저었다.

"아무것도 아니야."

"……그래?"

짧지 않은 정적이 조금 걸리기는 하지만 혜정은 경은이 아무것
도 아니라면 아무것도 아닌 거겠지, 하며 넘어갔다. 그리고 정말
아무렇지 않은 표정으로 본인 할 일에 집중했다.

경은은 용운의 빈자리와, 혜정과, 아직 전원도 켜지 않은 노트
북을 번갈아 바라보다 혜정을 향해 몸을 돌렸다.

"그런데, 혜정아."

"응? 왜?"

"그러니까, 이건 내 얘기가 아니라 친구 얘긴데……."

너무 뻔한 이야기인지라 낯부끄럽기는 하지만 경은은 뻔뻔하게
말을 이어 나갔다.

"정말로 친구 얘기거든."

"응, 그래. 친구 얘기."

혜정이 고개를 끄덕였다. 히죽거리는 웃음이 조금 미묘하기는
하지만 불행히도 지금 경은의 상담 상대는 혜정밖에 없었다. 혀를

내밀어 입술을 적신 경은은 다시 한 번 친구의 이야기라는 것을 강조하며 입을 열었다.

"정말 이건 친구 얘긴데, 만약에, 정말 만약에 어떤 남자가 널 좋아한다고 하면 넌 어떻게 할 거야?"

혜정은 그녀가 꺼내는 이야기에 흥미롭게 눈을 반짝거렸지만 경은은 자신이 이어 나갈 말에만 집중한 상태라 미처 그것을 알아채지 못했다.

"처음에는 조금 안 좋게 봤는데 찬찬히 보니까 그리 나쁜 남자는 아니야. 아니 좀 괜찮은 사람인 것 같아. 근데 난 정말 이 사람 안 좋아하거든. 근데 이 사람이 자꾸만 나를 피해. 그리고 나는 그게 조금 마음에 안 드는 거 같아."

"널 피해?"

"응! ……아니! 내 친구를 피한다고."

혜정이 키득거렸다. 경은의 얼굴이 살짝 붉게 달아올랐다.

혜정은 의학저널을 덮고 경은을 향해 몸을 돌렸다. 경은과 혜정은 마주 보고 앉았다. 혜정이 입을 열었다.

"그래. 알아. 네 친구 얘기라는 거지?"

경은은 열심히 고개를 끄덕였다. 자신이 어떤 표정으로 이야기를 하고 있는지도 모르는 어설픈 작가 선생을 향해 혜정이 애써 웃음을 참았다. 어째 분위기가 수상하더라니…….

손으로 턱을 받친 혜정이 고개를 왼쪽으로 꼬며 경은을 보고 씩, 웃음을 흘렸다.

"사귀어."

웃음 뒤에는 심플한 답변도 내놓았다.

"어?"

"그 남자는 널 좋아하고, 너도 그 남자가 좋다는 얘기잖아."

"아니! 좋다는 것은 아니고……."

경은은 양손을 앞으로 내밀어 호들갑스럽게 좌우로 흔들었다.

"그냥 싫지 않다는 거지. 생각해 보니까 괜찮은 사람인 것도 같고."

"그게 그거 아냐?"

"아니지. 다르지. 그리고 그냥 나는 좋다는 것보다는 그냥 신경이 쓰인다는 거지. 그 사람이 자꾸 날 피하니까……."

혜정은 아무 말 없이 고개를 끄덕였다.

"어쨌든 싫지는 않다는 거잖아. 자꾸만 신경이 쓰이고."

"그렇지."

"그럼 결론 났네. 사귀어."

혜정이 다시 한 번 심플한 결론을 던졌다.

경은은 기승전 '사귀어'로 끝나는 말에 뿌루퉁한 표정으로 입을 다물었다. 피식 웃음을 흘린 혜정이 경은의 코앞으로 얼굴을 들이밀며 말했다.

"너! 그 남자가 널 피하는 게 싫지?"

묘하게 박력 있는 혜정의 물음에 경은은 흠칫 놀라며 몸을 뒤로 물렸다. 혜정은 그런 경은을 보며 비실비실 웃음을 흘리며 말했다.

"그건 네가 그 남자한테 호감이 꽤, 아니 제법 많다는 뜻이거든."

"아니야!"

경은이 버럭 소리를 질렀지만 혜정은 물러나지 않았다.

"자, 생각해 보자. 너 그 남자한테 다른 여자가 있다고 생각하면 어때?"

"뭐?"

"그 남자가 다른 여자 때문에 널 피하는 것이라고 생각하자고. 다른 여자가 그 남자한테 키스하고, 다른 여자한테……."

혜정은 말을 길게 늘여 상상력을 극대화시켰다. 그녀의 의도대로 경은은 용운과 다른 여자가 함께 있는 장면을 상상했다. 그러다 문득 다른 의미로 반발심이 든 경은이 냅다 소리쳤다.

"아니거든!"

"뭐? 뭐가 아니야?"

"그래! 그런 사람 아니야. 물론 나도 잘 모르지만……. 그래도 다른 여자랑 그런 관계이면서 나한테 그럴 사람 아니야!"

경은은 어느새 주먹을 꽉 쥐고 혜정의 말에 반박했다. 용운은 두 여자를 놓고 저울질을 할 정도로 요령 있는 사람이 아니었다. 관심 없는 여자한테 그렇게 신경을 쓸 정도로 오지랖 넓은 사람도 아니고.

혜정은 그런 경은을 보며 눈썹을 씰룩거렸다. 바보 같으니라고…….

세상의 모든 사랑하는 사람은 바보가 된다. 그리고 그 명언에 예외는 없었다. 혜정은 인정머리 없다며 자신들을 비난하던 바보와, 친구 얘기라고 적극 강조하는 바보를 보며 한 쌍의 바보 연인을 떠올렸다.

"그래. 그런 사람 아니야."

혜정은 경은이 한 말에 고개까지 끄덕였다.

"어?"

비난하던 혜정의 말투가 바뀌자 경은이 낯선 표정으로 눈을 끔벅였다. 혜정이 말을 이었다.

"네가 지금 한 이야기에 진실이 담겨 있네. 넌 그 사람 좋아해!"

혜정이 딱 잘라 말했다.

"아니, 나는……."

"네가 자각하는지 못하는지와 무관하게 네 가슴속에는 그 남자에 대한 감정이 있다고. 그럴 사람이든 아니든 다른 여자를 떠올리랬더니 화부터 낼 정도로! 그게 사랑인지 호감인지는 모르겠지만 긍정적인, 플러스적인 감정이란 말이야."

혜정이 경은의 가슴을 손가락으로 쿡 찌르면서 말했다.

"솔직하게 말해 봐! 싫잖아? 그럼 잴 것 없어. 사귄다고 해서 바로 결혼하는 것도 아니고. 나쁘지 않다면 일단 한 번 만나 보면서 내 감정이 어떤 것인지 가늠하는 것도 나쁘지 않아. 그러면서 네가 그 남자한테 가진 감정이 어떤 것인지도 깨닫고, 동시에 그 남자가 얼마나 괜찮은 사람인지도 깨닫고. 남 주기 싫으면 가지는 거고, 갖기 싫으면 쿨하게 바이바이 하는 거고."

혜정이 씩 웃으며 상황을 정리했다.

그녀를 사랑하는지 아닌지도 파악 못 하는 덜 떨어진 한 녀석 덕분에 혜정의 코가 석 자이기는 하지만 남의 연애 상담 하나는 잘 해 줄 자신이 있었다. 혜정은 친구 이상 연인 이하의 남성으로 인해 속이 터져 나갔던 그녀의 지난 과거에 용운에 대한 호감, 경은에 대한 호의를 실어 조언을 던졌다.

"그런가."

경은은 솔깃한 것처럼 보였다.

"뭐, 나쁘지는 않아. 물론 괜찮지. 조금 무섭기는 하지만 얼굴이 빨개지던 건 조금 귀엽기도 했고……."

경은은 지금 그녀가 무슨 말을 하는지도 모르고 중얼거리는 것 같았다. 치프 샘과 경은의 연애사에 대해 실시간으로 듣게 된 혜정의 입가에 음흉함이 스쳤다.

"근데 키스는 했니?"

다른 여자랑 관계가 있으면서 경은에게 그럴 사람이 아니라고 발끈하는 것을 봐서는 용운이 무슨 행동에 돌입한 것도 같았다.

재미 반 호기심 반, 혜정은 새하얀 치아가 보이는 미소를 지으며 질문을 던졌다.

"어?"

"진도는 어디까지 뺐는데?"

지나치게 성실한 용운의 평소 태도로 보건대 그 정도로 손이 빠를 것 같지는 않지만 혜정은 일단 질문을 던졌다. 경은은 눈을 동그랗게 뜨고 있다가 이내 놀란 듯 소리치며 손사래를 쳤다.

"아니야, 그런 거! 정말로 아니야!"

물러 터진 순둥이 아가씨의 부정에 혜정은 두 사람의 사이가 순결, 그 자체인 것을 깨달았다. 예상했던 일이기는 하지만 정말 두 사람다웠다.

피식 웃은 혜정이 엄마 미소를 지으며 경은을 바라보았다. 그녀는 당황해하는 경은에게 진심을 담아 조언했다.

"이도 저도 모르겠으면 일단 지르고 봐. 내 감정도 잘 몰라서 놓치게 되면 그건 너무 아깝잖아. 그리고 실제로는 별 감정 아니었다고 해도 사귀면서 좋은 감정이 생길 수도 있는 거고. 어차피 너 지금 남자 친구 없잖아. 그러면 한번 만나 보는 것도 나쁘지 않아."

혜정의 진심 어린 조언에 경은의 얼굴에 발그레해졌다. 경은은 알았다는 듯 고개를 끄덕였다. 꽈배기처럼 조금씩 꼬이는 경은의 몸을 보며 혜정이 작게 키득거렸다.

"암튼 축하한다!"

"음? 뭘?"

"연애 시작하는 거. 그럼 정말 사귀는 거야?"

혜정이 물었다.

"사귀기는 무슨. 아직 제대로 고백도 안 받……. 아니! 이거 내일 아니야. 친구 얘기야. 진짜 친구 얘기!"

아직 고백도 못 받았다며 말을 하던 경은이 화들짝 놀라며 '친구 얘기'라는 것을 강조했다. 순진해 빠지기는⋯⋯.

혜정은 경은의 뒤늦은 변명에 알았노라 건성으로 대답했다. 경은은 붉게 달아오른 얼굴로 절대 아니라고 소리쳤지만, 말을 하는 사람이나 듣는 사람이나 그것이 진실이 아니라는 것은 서로 잘 알고 있었다.

경은과 혜정이 그렇게 툭탁거리고 있을 때였다. 갑자기 의국 문이 열리고 용운이 들어왔다. 문이 열린지도 모르고 있던 두 사람은 용운의 자리에서 의자 끄는 소리가 나고 나서야 그의 존재를 알아차렸다.

"어, 치프 샘 오셨어요?"

"안녕하세요."

경은은 목소리는 혜정과는 사뭇 대조적이었다. 쾌활하게 반기는 혜정과 달리 경은은 멋쩍어하는 듯한 표정과 목소리로 그에게 인사했다.

"야, 왜 그래?"

갑작스런 경은의 변화에 혜정이 경은의 옆구리를 치며 물었지만 경은은 아무 말 없이 고개만 흔들었다. 그리고 '남 몰래'라기에는 조금 노골적인 시선으로 용운을 관찰했다. 힐끔힐끔 용운을 바라보는 경은의 눈에서는 복잡하고도 혼란스러운 그녀의 감정이 고스란히 느껴졌다.

용운이 보이지 않을 때에는 용운에게 할 말도 많고 그의 모습도 보고 싶었는데, 정작 용운이 눈앞에 있자 경은은 또다시 작아졌다. 아무리 용운이 생각보다 조금 덜 무섭고, 조금 괜찮아 보인다고 해도 용운은 용운이었다.

경은이 용운을 보며 눈동자를 데굴데굴 굴릴 때였다.

"할 말 있습니까?"

책상에 앉아 모니터를 켠 용운이 나지막한 목소리로 물었다. 뚫어져라 모니터를 보며 묻는 질문에 처음에 경은은 그녀가 잘못 들은 줄 알았다.

"박경은 작가님? 할 말 있냐고 물었어."

용운이 의자를 돌려 경은을 바라보며 말했다.

"예? 저요?"

놀란 경은이 손으로 자신을 가리키며 물었다. 용운의 직구에 혜정의 눈도 휘둥그레졌다.

"날 찾았다고 들어서. 무슨 일이야?"

경은을 피해 다닌다고 생각했던 것이 착각이었을까? 경은을 똑바로 바라보며 묻는 용운은 그날 꽁지에 불붙은 것처럼 도망간 것이 착각이었다고 느껴질 정도로 위엄이 넘쳤다.

"아니에요. 저기 그냥……."

딱히 할 말이 있어 찾은 것이 아니었다. 말을 얼버무리는 경은을 보는 용운의 얼굴에 얼핏 미소가 스쳤지만 용운은 재빨리 미소를 지웠다. 그리고 혜정을 향해 입을 열었다.

"너 잠깐 나가 있어라."

"예? 저요?"

"그래."

안 나가면 안 되느냐는 말이 목청까지 올라왔지만 그러기에는 용운이 너무 단단해 보였다. 말을 해 봤자 씨알도 안 먹힐 것이 분명한 용운을 보며 혜정은 땅이 꺼져라 한숨을 내쉬었다. 쳇, 용운을 위해서 경은에게 조언까지 해 줬는데…….

혜정은 남몰래 입을 씰룩이며 무거운 걸음을 억지로 뗐다. 용운이 그런 혜정을 불렀다.

"혜정아!"

"네!"

그럴 리야 없겠지만 혜정은 혹시라도 용운이 그녀를 잡아 주나 싶어 반가운 목소리로 목청 높여 대답했다.

혜정을 보며 얼굴을 찌푸린 용운이 의국 침대 구석을 고갯짓하며 말했다.

"저 녀석도 데리고 가."

"저 녀석이라니요?"

"저기에서 자고 있는 녀석."

헐, 자는 사람이 있었어!

의국에 오직 그녀들만 있다 생각하고 있었던 혜정과 경은은 낭패한 기색으로 서로의 얼굴을 바라보았다. 그리고 동시에 그 사람이 숙면 중이라는 것을 확인하고 안도의 한숨을 내쉬었다.

용운은 꾸무럭대는 혜정에게 다시 한 번 채근했다.

"민혜정 선생."

이번에는 성까지 붙여서 혜정을 불렀다. 용운이 성까지 붙여서 이름을 부르면 그건 그의 기분이 좋지 않다는 신호나 마찬가지였다.

"에그, 내 팔자야."

노골적으로 투덜거린 혜정이 침대에 가 자고 있는 사람을 확인했다. 1년 차 진우였다. 너 잘 걸렸다, 피식 웃은 혜정이 자고 있는 녀석의 등짝을 세차게 내려쳤다.

"일어나!"

"으앗!"

잘 자고 있다가 졸지에 날벼락을 맞은 진우가 비명과 함께 몸을 일으켰다.

"아, 선배가 나 때렸어요? 왜 때리고 그래요?"

바락바락 대드는 후배를 보며 혜정이 코웃음을 쳤다. 그리고 위풍당당하게 서 있는 용운을 향해 눈짓을 했다.

"너 나가래."

"예?"

"너랑 나랑 나가래."

불친절한 설명을 붙인 혜정은 용운을 향해 미련 섞인 눈빛을 한 번 더 보낸 후 진우를 끌고 밖으로 나갔다. 그리고 의국에는 용운과 경은만 남았다.

혜정과 진우가 있었을 때에도 그랬지만 둘만 남으니 긴장감이 부쩍 더해지는 느낌이었다. 조마조마 안절부절못하던 경은이 그의 눈치를 살피며 조심스레 입을 열었다

"저기, 저도 나가면⋯⋯."

아무 말 없이 경은을 바라보기만 하던 용운은 경은의 그 말이 시발점이라도 된 것처럼 말이 떨어지자마자 몸을 움직였다. 성큼성큼 걸어온 용운이 경은 앞에 섰다.

"날 찾았다며?"

"네? 누가⋯⋯."

"다들 그러던데? 이름도 대 줘?"

이름을 대라고 하면 몇 월 며칠 몇 시 몇 분에 누구한테 들었는지까지 다 이야기해 줄 것 같은 기세였다. 경은은 떨떠름한 표정으로 고개를 저었다.

"아니요. 됐어요. 괜찮아요."

용운이 누구누구, 이름을 이야기해 줘도 경은이 다 기억을 못한다. 경은은 지난 며칠간의 자신의 행동을 미친 듯이 후회했다.

용운은 연신 한숨을 내쉬는 경은을 향해 다시 질문을 던졌다.

"날 왜 찾았는데?"

"그냥 물을 것이 있어서요."

"뭔데?"

"그게⋯⋯. 까먹은 것 같아요."

방송국에 보낼 병원 에피소드와 관련된 것이라고 답변을 하면

누가 들어도 이상하지 않을 텐데 이상하게 용운 앞에 서니 머릿속이 하얗게 되는 기분이다. 경은은 깨지는 것을 각오하고 기억이 안 난다는 무책임한 발언을 던졌다.

경은은 뚫어져라 그녀를 바라보는 용운에게 애써 미소를 지어 보였다. 용운이 입을 열었다.

"그럼 내가 얘기할까?"

"네? 뭘요?"

"내가 널 피한 이유. 알고 있지 않아?"

경은의 눈이 휘둥그레졌다. 물론 혜정의 귀띔도 있고 해서 대충은 짐작하고 있었지만 경은은 용운이 이렇게 돌직구를 던질 줄은 꿈에도 생각하지 못했다.

용운이 덤덤한 목소리로 말을 이었다.

"너한테 관심 있다."

용운은 무슨 고백을 외국 공지사항 읊듯이 했다. 경은은 놀란 것인지 황당한 것인지 알 수 없는 표정으로 용운을 바라보았다.

"저기, 그게……."

어떻게 반응을 해야 하나 곤란해하는 경은을 보며 용운이 말했다.

"미안한데 밖에서 너희 말을 조금 엿들었어. 그리고 혜정이 조언에 나도 마음을 잡았고. 사실은 나도 어떻게 해야 하는지 곤란했었거든. 내 감정을 알게 된 지 얼마 안 돼서 말이야. 생각도 정리해야 했고. 그런데 이도 저도 모르겠으면 일단 지르고 보라는 혜정이의 말이 꽤 감명이 깊더라고."

용운이 어깨를 으쓱하며 말했다.

"눈앞에 있는데도 이런저런 생각을 하느라 놓치게 된다면 그것이야말로 평생의 후회가 될지도 모른다는 생각이 들어서 말이야. ……사귀자. 남자 친구가 없다면 날 한번 만나 보는 것도 나쁘지는 않지 않아? 사귀면서 좋은 감정이 생길 수도 있는 거고."

엿들었다고 말하더니 정말 용운은 혜정이 한 말을 그대로 읊었다. 경은은 말없이 눈만 멀뚱댔다. 이 상황에서는 도대체 뭐라고 반응해야 할지 경은은 도무지 알 수가 없었다.

적지 않은 시간이 흘러갔다. 대답 없이 눈만 끔벅이는 경은을 보며 용운이 한숨을 내쉬었다. 그리고 손을 뻗어 경은의 손목을 움켜쥐고는 그대로 잡아당겼다.

"어?"

경은은 순식간에 균형을 잃고 용운의 품에 안겼다.

"자, 아가씨! 남자가 고백을 하면 이렇게 안아 주는 거야. 아니면 키스를 하거나."

경은은 아직 마음을 정하지도 않았는데 용운은 경은을 품에 안고 그들의 사이를 기정사실화했다. 그리고 재빨리 경은의 입술을 훔쳤다.

9장

늦지도 이르지도 않은 오후. 용운과 경은은 의국에 나란히 앉아 방송국에 보낼 정형외과 에피소드를 정리하고 있었다.

"어린아이가 나오는 OS 케이스라면 TA(Traffic Accident, 교통사고)가 많은데……. 사실 얼마 전에도 세 살짜리 꼬마가 교통사고로 두개골이 함몰되는 중증외상을 입어서 병원에 온 적이 있어. 이건 너도 알지?"

"예."

용운의 질문에 경은이 고개를 끄덕였다. 에피소드 수집 때문에 응급실을 서성일 때 본 꼬마인데 다행히도 후유증 없이 완쾌했다. 경은의 반응에 용운이 펜을 가볍게 반 바퀴 돌리며 말을 이었다.

"근데 알아 둬야 할 것이, 교통사고도 조심을 해야 하지만 영유아 관련 사고에 있어서는 그것보다 더 조심해야 하는 부분이 있거든."

용운은 경은이 펼쳐 놓은 수첩 위에 펜으로 '안전사고'라고 써 보였다.

"안전사고……?"

"넓은 의미로 보면 교통사고도 거기에 포함이 되기는 해. 근데 내가 말하는 안전사고는 어른들 부주의로 다치는 경우를 말하는 거야. 물론 애들이다 보니 잠깐만 눈을 떼도 큰 사고로 이어지기는 하지. 이해는 해. 하지만 병원에 있다 보면 이해를 하기 때문에 더 안타까운 사고를 많이 봐."

"구체적으로 말하자면요?"

경은의 질문에 용운이 펜으로 머리를 긁적이며 말을 이었다.

"인라인이나 자전거를 탈 때 아이들은 안전보호장구를 착용하는 것을 굉장히 싫어하거든. 부모들은 아이들이 싫어하니까 굳이 보호장구를 채우지 않고. 또 아이들이 직접 푸는 경우도 있지. 그런데 만약에 사고가 날 경우, 특히 머리를 다칠 경우에는 그 보호장구가 정말 큰 도움이 돼."

용운은 안전보호장구 미착용으로 인해 병원에 오는 수많은 꼬마들을 생각하면서 말을 이었다.

"그냥 헬멧 하나라고 생각할 수도 있는데 그 헬멧 하나를 안 써서 두개골이 파열돼 뇌손상이 온 케이스가 꽤 많아. 아무래도 드라마에서 직접적으로 그런 내용을 다루게 되면 경각심을 불러

일으킬 수 있지 않을까?"

"아! 그것도 그러네요."

용운의 말에 경은이 고개를 끄덕였다. 어차피 구성상 어린아이가 하나둘 정도 나와야 한다면 그들에게 도움이 될 수 있는 방향으로 에피소드를 짜는 것도 나쁘지 않다. 경은은 밝은 표정으로 수첩 위에 글자를 추가했다.

노트에 '어린이 안전사고 — 보호장구!' 라고 적는 경은을 보며 용운이 얼핏 웃음을 지었다. 몸을 슬쩍 기울여 한 팔에 머리를 받친 용운이 말을 이었다.

"뇌와 관련된 부분은 신경외과 쪽이니 아마 복합골절로 해서 협진했다는 식으로 가야 할 거야. 그 내용을 적으려면."

경은은 용운의 말을 그대로 받아 적었다. 반듯한 글씨로 복합골절과 협진이라는 글자를 적은 경은이 노트를 보며 흡족한 표정을 지었다. 그리고 방금 전보다 조금 더 열정적이고 적극적인 목소리로 용운에게 질문했다.

"혹시 다른 케이스는요?"

"다른 케이스?"

"네. 영유아 안전사고 쪽으로요. 흔하면서도 위험한 것으로 알려 주세요. 시청자들에게 도움이 될 수 있는 내용으로 에피소드를 짤 수 있을 것 같아요."

경은이 힘 있는 목소리로 말했다. 방송국에서 잔뜩 깨지고 돌아온 경은은 아닌 척하면서도 한동안 열정을 조금 잃은 것처럼 보였었기에 경은의 이런 모습은 용운에게 꽤 기꺼운 것이었다.

잠시 고민한 용운이 입을 열었다.

"모방사고도 적지 않지. 애니메이션에서 주인공이 계단을 타고 내려오는 것을 보고 따라 하다가 다친 케이스도 있고, 배트맨이나 슈퍼맨 같은 것을 보고 망토 하나 두르고 높은 곳에서 뛰어내리는 케이스도 있어. 그리고 특이사례로 몇 년 전에 TV 선을 잡아 당겼다가 TV가 아이 몸 위로 넘어지는 바람에 두개골과 목뼈, 척수가 손상된 경우도 있고⋯⋯."

용운은 그가 지금까지 봐 왔던 사고에 대한 사례를 경은에게 하나하나 알려 주었다. 그녀에게 조금이라도 도움이 되었으면 하는 마음에서 용운은 경은의 사례연구를 적극 지원했다.

경은은 질문을 했고, 용운은 대답을 했다. 안 그래도 요즘 들어 막히는 부분이 유독 많았기에 경은은 그가 내민 도움의 손길이 유난히도 반가웠다. 경은은 용운의 말을 단 한 마디도 놓치지 않기 위해 열심히 펜을 놀렸고, 용운은 그런 그녀를 낮게 가라앉은 눈으로 바라보았다.

도움을 주고 싶은 마음과, 도움을 가장해서 조금은 가까워지고 싶었던 마음이 복잡하게 얽혀 용운을 괴롭혔다. 용운은 성실하고 열정적인 경은이 대견하고 자랑스러우면서도 조금은 그를 봐 주고 알은척을 해 줬으면 했다.

물끄러미 경은을 바라보던 용운이 불쑥 입을 열었다.

"근데 데이트는 언제 할 거야?"

대수롭지 않은 목소리로 대수로운 이야기를 꺼냈다. 난데없이 튀어나온 이야기에 경은이 커다란 눈을 끔벅이며 물었다.

"네? 무슨……."

"우리도 데이트는 해야 하잖아. 천년만년 병원에서만 봐? 흑심까지 품고 왔는데 누구누구 씨는 알아차리지도 못하고 말이야."

용운은 아쉬움을 섞어 한탄하듯이 말했다. 경은의 얼굴이 화끈 달아올랐다.

"흐, 흑심은 무슨 흑심이요?"

"흑심 몰라? 시커먼 마음, 음흉하고 부정한 욕심이 많은 마음."

몸을 반쯤 일으킨 용운이 경은의 코에 얼굴을 가져다 대며 말했다. 흠칫한 경은이 서둘러 몸을 뒤로 물렸지만 얼굴이 붉어지는 것까지 막지는 못했다. 용운은 그런 경은을 보며 만족스러운 듯한 표정을 지었다.

"도대체 무슨 생각을 하시는 거예요?"

"그냥 그런 마음이 있었다는 거지. 일을 도와주면서 정이 쌓이고, 애정도 쌓이고, 사랑도 깊어지고. 뭐 그런 것 있잖아."

용운이 뻔뻔하게 답했다. 황망해하는 경은의 모습에 용운이 눈썹을 위로 올리며 물었다.

"그럼 그 정도 흑심도 없을 거라고 생각했어?"

"나는 그냥 순수하게……."

"그래. 좋아하는 사람한테 품을 수 있는 순수한 마음이지. 안 그럼 내가 이렇게 친절하게 귀한 시간 내 줬을 거 같아?"

용운이 말했다. 뻔뻔하다 못해 황당하기까지 한 용운의 모습에 경은은 아무 말도 못 하고 입만 벙긋거렸다. 외부인이라고 정색하며 까칠하게 굴던 남자, 스킨십에 놀라 벌겋게 달아오른 얼굴로 걸음아 날 살려라 도망간 남자, 그 후로도 며칠 동안 경은을 피해 다녔던 그 남자는 어디로 갔는지 모르겠다.

용운은 금붕어같이 입술만 빼끔거리는 경은을 보며 피식 웃음을 흘렸다.

"그쪽으로는 전혀 생각도 못 했었어?"

눈썹을 팔자로 밀어 올린 경은이 천천히 고개를 끄덕였다.

"선배님은 다를 줄 알았어요."

"왜?"

"그냥요. 선배님이니까……."

경은이 말끝을 흐렸다. 용운은 경은의 머리를 손으로 가볍게 흔들며 말했다.

"네가 나한테 어떤 생각을 가지고 있는지 모르겠는데 내가 얘기했잖아. 놓치기 싫고 후회하기 싫어서 잡았다고. 그러면 너도 날 남자로 좀 봐 줘."

용운은 조금은 씁쓸한 말투로 말했다. 경은은 그런 용운의 목소리에 어쩐지 그녀가 죄인이 된 듯한 기분이었다. 남자로 안 보는 게 아닌데……. 경은이 입을 삐죽이며 말했다.

"제가 남자로 안 보는 게 아니라 선배님이 절 여자로 안 보는 거잖아요."

"내가?"

"지금도 도와준다고 저 부르셔 놓고……. 선배님이 일만 하셨잖아요. 엄청 열정적으로 설명을 해 주시고……."

경은이 어물대며 말끝을 흐렸다.

용운은 부끄러워하는 경은의 행동에 왠지 기분이 좋아져 입꼬리가 길게 늘어났다. 하지만 그럼에도 오해는 풀어야 했다.

"내가 널 왜 여자로 안 봐?"

손으로 얼굴을 반쯤 가린 용운이 달아오른 얼굴로 천장을 보며 말했다. 계속해서 바닥만 바라보고 있는지라 용운의 변화에 대해서는 전혀 아는 바가 없는 경은이 조금은 불만에 찬 어조로 항변했다.

"일할 때는 항상 그러시더라."

"안 그래. 그냥 네가 너무 열심이라……."

말끝을 흐리는 용운의 목소리에 경은이 슬쩍 고개를 들었다. 그는 벌겋게 달아오른 얼굴로 연신 마른세수를 하고 있었다. 용운은 경은이 그를 바라보고 있다는 것도 모르는지 붉어진 얼굴로 연신 변명을 늘어놓고 있었다.

"다시는 안 그럴게. 아! 그렇다고 일을 할 때 방해를 하겠다는 것은 아닌데 그래도 조금은 흑심을 드러내는…… 아니 굳이 흑심을 드러내겠다는 말은 아니고……."

흑심을 품고 왔다며 자기를 남자로 봐 달라던 용운이 다시 수줍음 많고 부끄러움 많은 그분이 되셨다.

아, 이러려는 것은 아니었는데……. 용운이 연신 손으로 얼굴을 쓸어내렸다. 하지만 머릿속은 여전히 백지였고, 하고 싶은 말은 많은데 할 수 있는 말이 없었다.

치프로서의 위엄도 있고, 여자에 대한 면역도 충분히 있는데 왜 경은 앞에만 서면 용운은 이렇게 바보 같은 모습만 보여 주나 모르겠다. 뻔뻔할 정도로 당당하던 용운은 순식간에 부끄럼쟁이, 소심쟁이, 그리고 벌겋게 달아오른 얼굴의 소유자가 되었다.

그리고 경은은 홍당무처럼 붉어진 용운을 보며 오해를 풀었다. 그가 저렇게 감정을 솔직하게 내보이는 모습이 참 기껍다. 배시시 웃은 경은은 용운을 훔쳐보며 그에 대한 호감을 조금씩 쌓아 갔다.

✦　✦　✦

퇴근길에 경은은 용운과 함께 낯익은 골목길을 걸었다. 출퇴근을 할 때면 항상 오가는 길이지만 유독 오늘따라 그 감회가 새로운 것은 용운이 옆에 함께 있어서가 아닌가 싶었다.

용운은 차로 데려다 주면 경은과 함께 있을 수 있는 시간이 30분밖에 안 되지만 대중교통을 이용하면 1시간 20분이나 같이 있을 수 있다며 오늘은 함께 뚜벅이가 되자고 했다. 용운의 말을 떠올린 경은의 얼굴이 화끈 달아올랐다.

어차피 그녀는 언제나 뚜벅이 신세였기에 대중교통을 이용하는 것에는 익숙했지만 정말 걸핏하면 얼굴이 붉어지는 부끄럼쟁이인 주제에 참 낯 뜨거운 말을 잘도 하는 용운은 익숙하지가 않았다.

'오랫동안 같이 있으면 좋잖아.'

해맑은 말투로 말을 하는 용운의 모습에 경은은 부끄러워하는 그녀가 이상한 것인가를 고민했다. 뭐, 오랜 시간 같이 있으면 좋기는 하지만…….

배시시 웃음을 지은 경은이 힐끔 고개를 들어 옆을 바라보았다. 마침 용운도 경은을 보고 있었는지 눈이 마주쳤다. 그들은 깜짝 놀라 고개를 돌렸지만 이내 다시 슬그머니 서로를 바라보았다.

경은과 용운은 마치 피아노의 검은건반과 흰건반처럼 조금씩 엇갈린 타이밍으로 서로를 훔쳐보았다. 그리고 괜스레 기분이 좋아 상대방 몰래 웃음을 지었다.

그렇게 조금씩 서로의 눈치를 보는 시간이 길어질 때였다. 갑자기 용운이 걸음을 멈추고 경은에게 말을 건넸다.

"저거 사 줄까?"

"저거라니요?"

"저쪽 가판 말이야."

용운을 따라 고개를 돌린 경은의 눈에 머리핀이며 각종 액세서리가 가득 놓인 가판이 들어왔다. 그 주위에는 커플로 보이는 이들이 제법 많았다.

가판과 용운을 번갈아 바라본 경은이 눈을 끔벅이며 말했다.

"갑자기 저건 왜……."

"마음에 드는 것 있으면 골라 봐."

도대체 무슨 생각인지 용운은 경은의 대답은 듣지도 않고 그녀를 끌었다. 경은은 용운에게 팔이 잡혀 가판으로 끌려갔다. 용운에게 잡힌 손목이 조금 뜨겁게 느껴지는 것은…… 착각이겠지. 경은은 용운을 따라 걸음을 걸었다.

성큼성큼 걸어간 용운은 사람들을 헤치고 가판 앞에 섰다. 어느새 정신을 차리고 보니 경은은 가판의 맨 중앙에 서 있었다.

"골라 봐."

용운이 경은에게 채근했다.

갑작스런 상황에 경은은 얼굴만 붉혔다. 어떻게 해야 하나 몰라 멀뚱히 서 있을 때였다. 가판의 주인으로 보이는 여자가 키득거리며 말을 건넸다.

"남자 친구가 잘생기셨네. 보시면 아시겠지만 전부 다 핸드메이드예요. 이참에 여자 친구분한테 하나 선물하세요."

흔한 접대용 멘트일 것이 뻔함에도 용운과 경은은 얼굴이 붉어졌다. 우리가 연인으로 보이나? 경은과 용운이 서로의 얼굴을 바라보았다. 그리고 똑같은 표정, 똑같은 얼굴로 나란히 서 있는 서로를 발견했다.

경은은 당황해서 부끄러운 것이 그녀만은 아니라는 것을 깨달았다. 그리고 용운이 움직인 것은 바로 그때였다.

용운이 슬그머니 팔을 뻗어 오더니 경은의 손에 깍지를 꼈다. 경은이 놀란 눈으로 그를 바라보았지만 용운은 손을 풀지 않았다.

270

단지 붉게 달아오른 얼굴로 여상스럽게 말을 건넬 뿐이었다.

"선물해 줄게. 예쁜 걸로 골라."

무뚝뚝한 목소리지만 경은은 어쩐지 그가 부끄러워하는 것처럼 보인다 생각했다.

"이건 어때? 여기 리본 모양. 저쪽에 있는 보라색 리본도 괜찮고……."

용운은 한 손으로는 경은의 손을 쥐고, 또 다른 한 손으로는 머리핀을 가리켰다. 그러더니 아예 머리핀을 들고 직접 경은의 머리에 대어 보기까지 했다.

경은은 용운과 깍지를 낀 손이 신경 쓰여 도무지 머리핀이 눈에 들어오지 않았다. 용운에게 잡힌 손도 화끈거리고, 용운이 머리핀을 대고 있는 쪽으로 온 신경이 곤두서서 얼굴이 화끈거렸다.

뻣뻣하게 몸이 굳은 경은이 애써 웃음을 지으면서 말했다.

"다 예뻐요. 근데 저기, 난 괜찮은데……. 저 원래 머리핀 잘 안 해요. 고무줄 하나만 있으면 돼요."

경은은 혹시 검은 고무줄 하나로 머리를 질끈 묶고 다니는 그녀가 마음에 들지 않아 이러는가 싶어 남은 한 손으로 그녀의 머리를 질끈 묶은 검은색 고무줄을 만지작거리며 말했다. 하지만 용운은 그런 뜻이 아니라는 듯 고개를 저으면서 말했다.

"그냥 내가 사 주고 싶어서 그래."

용운이 단호한 목소리로 말했다. 그리고 전보다 조금 작아진 목소리로 말을 덧붙였다.

"그리고 넌 뭘 해도 예뻐."

경은은 깜짝 놀라 용운을 향해 고개를 돌렸지만 용운은 뻔뻔할 정도로 담담한 표정으로 가판을 살펴보고 있었다.

"저, 저기 선배?"

"왜?"

"아, 음, 아녜요."

경은은 그녀가 잘못 들은 줄 알았다. 에이, 설마! 경은은 그녀가 아는, 지금까지 봐 온 용운의 모습을 떠올렸다. 절대 그런 말을 할 사람이 아니었다. 경은은 헛생각 따위는 멀리 떠나가라는 듯 재빨리 고개를 획획 흔들었다.

그렇게 경은이 두근거리는 가슴을 억지로 억누르고 있을 때였다. 용운이 다시 입을 열었다.

"왜? 예쁘다는 말 때문에 그래?"

경은의 고개가 빛의 속도로 돌아갔다. 용운이 말을 이었다.

"잘못 들은 거 아니야. 내가 한 말 맞아."

억양의 고저가 없고 말투가 무뚝뚝한 것을 보면 용운의 목소리가 맞는데 그 내용물은 지나치게 낯설었다.

경은의 얼굴이 순간 화르르 달아올랐다. 그녀는 혹시 그들의 대화를 들은 사람이 있는가 하여 주변을 살폈다. 다행히 주변 사람들은 저마다 액세서리를 구경하느라 정신없어 보였다. 경은은 얼굴이 화끈거려 견딜 수가 없었다.

경은이 용운의 팔을 가볍게 때리면서 말했다.

"선배, 무슨 그런 말을 해요."

용운은 부끄러워하는 경은을 보고 씩, 웃음 지었다. 그리고 깍지 낀 손에 힘을 주며 작게 한마디 더 보탰다.

"근데 정말 예뻐."

스킨십이 낯설어 벌겋게 달아오른 얼굴로 도망가던 그는 어디로 갔는지, 용운은 낯부끄러운 이야기를 참 잘도 했다. 하지만 이상한 것은 경은이 그의 그런 행동을 싫게 느끼지 않는다는 것이었다.

용운을 향해 곱게 눈을 흘긴 경은은 부끄러운 듯 얼굴에 손부채질만 계속했다.

무뚝뚝하고 재미도 없는 데다가 무섭기까지 한 남자. 경은이 생각해 왔던 용운은 바로 그런 사람이었다. 하지만 그와 함께하면 할수록 경은은 그녀가 편견을 가지고 용운을 본 것이 아닌가 하는 생각이 들었다.

식당에 앉자마자 수저를 놓아 주고 물을 따라 주는 용운은 그녀의 첫사랑, 도민과는 다른 의미로 친절하고 다정한 남자였다. 화사한 웃음은 없지만 조용히 다독여 주는 다정함이 있었고, 다정다감한 목소리는 없지만 은근한 배려가 그와 함께했다. 그리고 부끄러움 많은 성격은 경은만 알고 있는 보너스였다.

양손으로 턱을 받친 경은이 용운을 보며 헤실헤실 웃음을 지었다. 키스까지 한 사이에 할 말은 아니지만 지금 그녀의 앞에 있는 용운은 지금까지 경은이 봐 왔던 그 남자와는 너무 달라 마치 다른 사람을 보는 것 같은 기분이 들었다.

"왜? 무슨 할 말 있어?"

멀뚱멀뚱 그를 바라보는 경은의 모습에 바지런히 움직이던 용운이 행동을 멈추고 그녀에게 물었다. 경은이 대답했다.

"아니요. 그냥……. 조금 달라서요."

"뭐가?"

"예전에 생각했던 선배랑, 지금 내가 보는 선배랑 조금 다른 것 같아요."

그녀가 기억하는 용운을 떠올리자면 이런 상황에서 이렇게 바쁘게 움직일 남자가 아니었다. 살갑게 상대를 배려하고 챙기는 타입은 그와는 거리가 멀었다.

경은의 말에 용운이 행동을 멈추고 그녀를 바라보았다.

"날 어떻게 봤는데?"

"그냥……. 뭐 그렇죠."

경은이 멋쩍게 웃으며 머리를 긁적였다. 피식 웃은 용운이 경은이 채 하지 못한 말을 대신했다.

"대충 알 것 같은데? 까칠한 남자, 성격 나쁜 치프, 그리고 또 있나?"

"음, 거기에 저랑 상성이 안 맞는 것 같다는 것도 추가하죠."

경은이 조심스레 말을 덧붙였다. 용운이 눈썹을 치켜 올렸다.

"상성이 안 맞아?"

"음...... 조금? 사실 그렇게 잘 맞는 타입은 아니라고 생각했었어요."

경은이 솔직하게 말했다. 여자 친구라는 명함도 얻었겠다, 전처럼 불벼락을 맞을 일이 없다 판단한 경은이 조심조심 그의 눈치를 살피며 말을 이었다.

"그리고 강압적인 것도 추가할게요. 음, 이건 많이는 아니고 조금! 진짜로 조금!"

경은은 엄지와 검지를 모아 용운의 강압성이 아주 적은 양이라는 것을 강조했다. 그리고 그녀를 빤히 바라보는 용운을 보며 배시시 웃음을 흘렸다. 웃는 얼굴에 침 못 뱉는다는 속담이 진실이기를 바라면서.

"흐음."

몸을 뒤로 젖힌 용운이 팔짱을 꼈다. 너무 놀려 먹었나? 용운의 변화에 경은의 얼굴에서는 애써 지었던 웃음이 조금씩 사라졌다. 긴장한 듯한 경은의 모습에 용운이 긴 숨을 내쉬었다.

"계속 말해 봐."

"......뭘요?"

"나한테 불만 있었던 것. 말해 줘. 고칠게."

밥상머리에서 이야기하기에 그리 적합한 주제는 아닌 것 같지만, 앞으로 두 사람이 서로 좋은 감정을 가지고 만나기 위해 용운은 경은의 지적을 겸허하게 받아들이기로 마음먹었다.

경은은 그녀가 생각했던 것과는 다른 반응을 보이는 용운의 모습에 난처한 표정을 지었다.

"어? 그런 의미는 아니었는데요? 그게 아니라……."

경은이 변명을 해 보려고 어물거리던 때였다.

"연인이잖아. 서로에게 마음에 들지 않는 부분이 있다면 부딪치고 고쳐 나가는 것이 보다 오랫동안, 사이좋게 함께할 수 있는 길이 아닐까? 난 너랑 오래 함께하고 싶거든. 내가 관심 있는 여자한테 좋은 모습을 보여 주고 싶고. 괜찮으니까 이야기해 봐."

교과서 같은 용운 선배는 정말 교과서 같은 말만 늘어놓았다. 하지만 문제는 경은이 용운의 그 말을 듣고 가슴에 설레었다는 것에 있었다.

"아!"

경은이 나직하게 신음을 흘렸다. 왜 이렇게 가슴께가 간질간질하게 느껴지는지 모르겠다. 경은은 조금씩 히죽거리며 입꼬리를 위로 올렸다.

"뭐, 그렇게 나쁜 부분만 있는 것은 아녜요. 선배 꽤 멋있거든요. 성실하고, 책임감도 있고, 좀 다정한 것도 같고. 선배가 싫었으면 선배랑 사귀지도 않아요. 키스……도 그렇고……."

경은의 말을 들은 용운의 얼굴이 순간 확 달아올랐다. 그것도 모르고 경은은 차마 용운의 얼굴을 볼 자신이 없어 자신의 앞에 놓인 수저를 만지작거리며 말했다.

"그냥 첫인상이 조금 그랬단 거죠. 불만이 있는 게 아니라. 하늘 같은 선배잖아요. 그래서 그땐 좀 무섭고 그랬어요. 근데 지금은…… 괜찮은 것 같아요. 남자 친구로도 꽤 괜찮고……. 아니, 남자 친구로만 괜찮은 게 아니라 사실 사귀기 전에도 좀 괜찮은 것 같다고 생각했는데……."

용운의 오해를 푸는 것이 중요하다는 생각에 입을 열기 시작했는데 왜 말을 하면 할수록 이야기가 점점 다른 길로 벗어나는지 모르겠다. 귀까지 빨개진 경은은 그녀가 무슨 말을 하는지도 모르고 말을 늘어놓았다.

경은이 늘어놓는 낯부끄러운 이야기에 용운의 얼굴도 점점 달아오르기 시작했다. 두서없는 말이기는 했지만 핵심은 다 전달이 되었다. 용운이 손으로 얼굴을 쓸어내렸다.

"그러니까 그냥……. 아니, 그러니까 나쁜 뜻은 아녜요. 오해는 하지 마세요."

이야기의 말미에 가서는 거의 울상이 된 얼굴로 경은이 중얼거렸다. 그녀도 잘 모르는 그녀의 마음을 용운에게 공개해 버렸다는 것에 대한 좌절 50%, 오해가 풀렸으면 좋겠다는 마음 50%로 경은이 고개를 들어 용운의 눈치를 살폈다. 그도 홍당무처럼 달아오른 얼굴로 경은을 살피고 있었다.

경은과 용운은 평정을 되찾으려고 애썼지만 그들의 얼굴이 사이좋은 당근 농장 동기 같다는 것은 그리 쉽게 감춰질 수 있는 것이 아니었다.

✦   ✦   ✦

C rosette(로제트) 2번 수술방.

"레프트, 레프트, 아니 조금만 더요. 레프트······ 스톱! 너무 갔어요. 다시 오른쪽으로!"

씨암(C—ARM, 수술용 실시간 엑스레이)의 방향을 지시하는 목소리는 날카로웠고, 씨암의 영상을 통해 조각난 뼛조각을 바라보는 눈빛은 더욱더 예리했다.

4시간에 가까워지고 있는 긴 수술 시간으로 인해 촬영기사는 물론이고 레지던트며 펠로우까지 다들 지친 기색이 역력했지만 분쇄골절 환자의 조각난 뼈를 맞추는 것은 잠시라도 긴장을 늦출 수 있는 일이 아니었다.

누군가의 실수가 누군가에게는 평생의 장애가 될 수도 있는 일이었고, 특히 그들이 지금 수술을 하고 있는 환자는 고작해야 스무 살 남짓이었다. 환자의 나이로 상황의 경중을 판단할 수 있는 것은 아니지만 환자가 아직 채 피어 보지도 못한 어린 나이라는 것은 수술진들의 손놀림을 좀 더 긴박하게 만들었다.

"라이트, 라이트, OK! 딱 좋아요."

수술방에서는 씨암을 조절하는 목소리 외에는 아무것도 들리지 않았다. 숨소리도 들릴 것 같은 고요함 속에서 용운은 플레이트에 뼈를 고정시켰다. 언제나 그렇지만 나사를 돌리는 기계적 손놀림 뒤에는 완쾌를 비는 간절함만 존재했다. 그리고 그로부터 1시간 후, OK사인과 함께 떨어진 '수고하셨습니다.' 라는 인사말은 그들에게 기쁨과 안도를 불어넣었다.

장장 5시간이 지나서야 길고 긴 수술이 끝을 맺었다. 처진 몸으로 인해 납복(씨암(C—ARM) 등 방사능 촬영시 방사선을 차단하는 보호 장치로 일종의 보호복)은 더욱더 무겁게만 느껴졌다. 수술실에서 나와 옷을 벗어 던지는 의료진들의 손길이 분주했다. 그리고 그것은 용운 또한 예외가 아니었다.

납복 안의 납들이 손상되지 않도록 납복을 접히지 않게 곱게 벗은 용운은 그의 조심스런 행동과는 대조적일 정도로 빠른 걸음으로 탈의실을 빠져나왔다. 30분 뒤에 또 수술이 있기에 평소였다면 납복을 벗지 않고 다음 수술을 준비했겠지만 오늘은 아주 짧은 그 시간을 의국에서 사용하고 싶었다.

발그레한 얼굴로 그를 바라보던 경은을 떠올리면 용운은 왠지 가슴이 설레었다. 후회하지 않기 위해 경은에게 고백한다는 말은 그저 용기를 내기 위한 핑계에 불과했다. 용운은 경은과 함께하면서 조금 더 자세히 자신의 마음을 들여다보게 되었다.

"의국에 있으려나."

시계를 힐끔 바라본 용운이 작게 중얼거렸다.

이 시간이면 경은이 의국에 있을 시간이기는 하지만 요즘 들어 응급실이나 정형외과 병동에서 소재를 찾는 일도 많아 경은의 활동 범위가 조금 넓어졌기에 지금 그녀가 의국에 있다는 보장은 할 수 없었다. 하지만 그럼에도 의국으로 향하는 것은 경은이 의국에 있을 수도 있다는 그 약간의 확률 때문이었다.

예전에는 커피를 마시며 스스로의 긴장을 더하는 것으로 그의 피로를 감췄다면 지금은 경은을 보며 온몸의 피로를 덜었다. 의미는 다르지만 용운은 그 매개체들로 인해 조금 더 한 발 앞으로 나아가는 느낌이었다. 그녀를 생각하면 기분이 좋고, 그녀가 옆에 있으면 기운이 나고, 함께함으로 발전을 도모하는 관계……

"이게, 사랑인가?"

용운이 살짝 붉어진 자신의 얼굴을 쓸어내리면서 생각에 잠겼다.

동글동글하면서도 잘 웃는 경은의 얼굴이 눈앞에서 슬쩍 스치는 것 같은 기분이 들었다. 겁 많고 소심한 아가씨이기는 하지만 묘한 구석에서 강단 있는 경은을 떠올리는 용운의 발걸음이 조금씩 빨라졌다.

같은 시간, 정형외과 의국에서 혜정은 거슴츠레하게 뜬 눈으로 경은을 훑듯이 바라보며 말했다.

"너 수상해!"

"무슨 소리야? 뭐가 그렇게 수상한데?"

경은은 난데없이 그게 무슨 소리냐는 듯 말간 표정으로 눈을 끔벅였다. 하지만 그녀의 질문은 들은 척 만 척, 혜정은 경은을 향해 의심과 의혹의 눈빛을 흘렸다.

"뭐가 그렇게 수상하긴? 머리끝부터 발끝까지 전부 다 수상하지!"

"내가?"

경은이 놀란 눈으로 자신을 가리키면서 말했다. 혜정은 망설임 없이 고개를 끄덕였다. 영문을 할 수 없는 혜정의 행동에 경은이 눈을 동그랗게 떴다.

"내가 왜 수상해?"

"짚이는 부분 없어?"

"짚이는 부분이 있을 리가 없잖……. 아, 음, 왜 그럴까? 난 수상할 것 없는데……."

하늘을 우러러 한 치의 부끄러움도 없었던 경은의 머릿속에 순간 스치는 것이 있었다. 혜정은 멈칫하는 경은의 모습에 조용히 그녀의 옆구리를 찌르며 물었다.

"정말 없어?"

나직하고 나른한 목소리에 음흉한 감정이 담겼다. 경은은 그런 혜정의 의혹을 불식시키려는 듯 애써 미소를 지었지만 그 노력이 무색하게 혜정은 노골적으로 코웃음을 쳤다.

"하! 정말 없어? 그래? 잘도 그러겠다. 그렇지?"

"음, 없어. 없을…… 거야. 정말이야."

경은은 어색한 웃음만 흘렸다. 연신 이어지는 부정에 혜정이 정색하며 물었다.

"너 정말 이럴 거야? 솔직하게 말 안 할래?"

"뭐, 뭘?"

"뭐긴 뭐야? 치프 샘 얘기지!"

혜정은 용운의 책상을 향해 고갯짓하며 말했다.

"고양이 앞의 쥐처럼 치프 샘만 보면 바들바들 떨던 애가 어느 날부터 찰떡처럼 붙어 다니잖아. 내가 바보냐?"

"그거야…… 일 때문이지."

경은은 애써 변명을 찾았지만 그녀의 변명보단 혜정의 추궁이 좀 더 논리적이었다.

"일 때문인데 출퇴근도 같이 하나? 그것도 요 근래 들어 갑자기? 야, 속일 사람을 속여! 우리 치프 샘은 4년 차인데도 퇴근 시간 상관없이 의국에 남아 비상인력 해 주던 사람이거든? 근데 왜 너 집에 갈 때만 되면 코빼기도 안 보이나 몰라. 그렇지?"

혜정이 눈을 부라리며 말했다. 경은은 멋쩍은 표정으로 볼만 긁적였다. 혜정이 말을 이었다.

"그뿐이면 말도 안 해. 왜 두 사람 같이 있으면 서로 보면서 실실 웃어? 눈도 못 마주치면서? 방금 전에도 아침 회진 돌 때 치프 샘이랑 너 뒤에서 은밀하게 손잡더라?"

"그, 그, 그걸 봤어?"

"그럼 보지 못 봐?"

귀까지 빨개져서 말을 더듬거리는 경은의 모습에 혜정이 코웃음 치면서 말했다. 경은의 얼굴이 조금 더 빨개졌다. 혜정은 그런 경은을 보며 흥미진진하다는 표정을 숨기지 않았다.

"그날 맞지? 치프 샘이 나한테 나가 있으라고 한 날! 내가 TA 환자들 때문에 바쁘지만 않았어도 그날 밤에 너 불러서 들들 볶

앉어. 자, 이제 솔직하게 불어! 사귀는 것 맞지?"

신내림이라도 받았는지 혜정의 물음은 날카롭지 그지없었고 속사포처럼 쏟아지는 혜정의 질문에 경은은 속일 생각일랑은 아예 포기하고 고개만 푹 숙였다. 혜정이 눈을 빛내며 물었다.

"솔직하게 말해 봐. 누구야?"

"……뭐가?"

"먼저 사귀자고 한 사람. 치프 샘이야?"

혜정은 확신을 가지고 물었다. 경은의 얼굴이 붉어졌다.

"맞네. 치프 샘이네. 난 어쩌면 네가 먼저 고백을 했을지도 모른다고 생각했거든. 근데 그러면 진도는 어디까지 뺐어? 키스는? 데이트는 했어?"

혜정이 능글맞은 목소리로 물었다. 경은은 당혹스러움을 감추기 위해 연신 손으로 손부채질을 했지만 혜정의 질문은 점점 난이도를 높여 갔다. 경은은 홍당무처럼 빨갛게 변한 얼굴로 서둘러 '스톱!'을 외쳤다.

"잠깐만! 그런 거 아니야!"

"그런 거 아니라니?"

"그렇게……. 음, 그러니까 네 말처럼 그렇게 진도를 쑥쑥……."

"아, 진도는 못 뺐다고? 그러니까 사귀기는 한다는 얘기네?"

혜정이 방긋방긋 웃으면서 질문했다. 자신도 모르게 내뱉은 간접 고백에 경은의 얼굴이 좀 더 붉어졌다. 그리고 우물쭈물 경은은 그들의 비하인드 스토리를 기어 들어가는 목소리로 들려주었다.

짧지는 않은데 그다지 실속은 없는 이야기에 혜정의 입술이 툭, 하니 앞으로 튀어나왔다.

"순둥이."

"어?"

"물통이!"

어딘가 날이 서 있기까지 한 듯한 단어들에 경은이 눈을 끔벅였다.

"와, 진짜 초보들이네. 그냥 그러고 끝이야? 손 한 번 잡고 얼굴 발개지고, 선물 하나 받고 방긋방긋 웃고? 나이 서른에? 뭐, 이런 심심한 사람들이 다 있대?"

혜정이 독설을 퍼부었다. 뭐 잘못한 것이 있었나? 경은이 다시 한 번 눈을 끔벅였다. 그리고 조용히 입을 열어 혜정의 말에서 오류를 바로잡으려고 했다.

"저기 혜정아, 일단 나는 아직 서른은 아니지. 그리고 이제 겨우 시작하는 연애인데 넌 도대체 뭘 기대한 거야?"

"뭘 기대하긴?"

재밌는 것을 기대했지. 혜정이 경은을 보며 입을 삐죽였다.

용운이 자리를 피해 달라고 할 때부터 조금 수상하기는 했지만 그래도 확신을 갖기 위해 며칠간 유심히 그들을 살펴보았다. 그리고 오늘, 현장을 잡았다는 생각에 사람 없는 틈을 타 경은에게 그들의 사이에 대해 캐물었는데 뭐 이런 바보들이 다 있나 모르겠다.

혜정은 사귄다는 사실이 밝혀졌다는 것 하나만으로도 부끄러워 견딜 수 없어 하는 경은을 짠한 눈으로 바라보았다. 뭐라 충고나 조언이라도 해 주고 싶은데 경은은 딱 여기까지가 한계인 듯해 보였다.

뭐라 말을 해야 하나 입을 벙긋거리던 혜정이 한숨을 내쉬었다. 그리고 여전히 꽈배기처럼 몸을 배배 꼬며 부끄러워하는 경은의 머리를 손으로 가볍게 다독였다.

"그래. 2학년 9반 어린이. 그것도 나쁘지 않지."

"어? 방금 뭐라고 했어?"

"아니야. 아무 말도 안 했어."

혜정은 양손을 위로 들어 올리면서 대꾸했다. 그리고 영문을 몰라 하고 있는 경은에게 조금 늦은 축하 인사를 건넸다. 경은은 혜정의 축하에 매우 부끄러워하며 감사 인사를 건넸다.

"고마워."

"고맙긴 무슨. 그냥 예쁘게 잘 사귀기만 하세요, 아가씨!"

혜정과 경은이 서로를 바라보며 작게 키득거렸다. 용운이 의국에 도착한 것은 그로부터 5분도 채 지나지 않았을 무렵이었다.

10장

아침부터 방송국으로 오라고 닦달을 하더니 결국 또 이 지경이
다. 요 며칠 좋았던 기분은 장 작가와의 대면으로 순식간에 최악
이 되었다.

"이걸 지금 에피소드라고 보낸 거야? 소울이 없잖아! 소울이!"

장금복 작가의 히스테리 섞인 목소리에 경은은 어금니를 꽉 깨
물었다. 금방이라도 터질 것 같은 경은의 속내를 눈치챘는지 국장
은 조금만 더 참으라는 듯 양손을 아래위로 흔들었다. 하지만 그
런 국장의 노력이 무색하게 장 작가의 히스테리는 그칠 줄을 몰
랐다.

"소울이 뭔지 알아? 소울! 영혼! 얘, 넌 네가 보낸 에피소드에
영혼이 담겨 있다고 생각하니? 이런 내용 말고 좀 리드미컬하고

다이내믹한 얘기 없어? 아, 이것이 병원이다! 그런 내용 있잖아! 갑자기 확, 죽었다가 살아나고 그런 내용 말이야!"

장 작가는 자신의 말을 이해하지 못하겠냐는 듯 짜증 섞인 목소리로 소리쳤다. 자신이 원하는 것은 죽음이 목전에 달했던 환자들이 전지전능한 천재의사의 손길 하나로 눈을 뜨는 그런 에피소드라며 장 작가는 호통을 쳤다.

"능력이 안 되면 베끼기라도 하든가! 좀 특출 난 에피소드 없어? 어?"

"하지만 작가님!"

"하지만이 어디 있어? 하지만이! 뭘 잘했다고 소리를 질러?"

장 작가는 경은의 목소리보다 딱 10배 더 큰 목소리로 소리쳤다.

"아, 나 정말 안 풀려서 미치겠네. 얘, 새끼작가야! 난 너랑은 달라. 스타 작가라고. 이제 겨우 입봉을 한 너랑 달리! 아무리 수준이 떨어지고 센스가 떨어져도 에피소드라고 들고 오는 것들이 왜 죄다 이따위야?"

장 작가는 경은이 보낸 에피소드 프린트물을 허공에 날리면서 말했다. 장 작가는 경은의 가슴께를 손가락으로 쿡쿡 찌르면서 말을 이었다.

"자전거 타다가 다친 아이를 누가 극적으로 보겠니? 그리고 고속버스 전복사고가 났으면 그 즉시 아비규환이지 뭐 주워 먹을 것이 있다고 숭고하게 더 다친 사람, 더 아픈 사람을 먼저 구해 달라고 해? 그런 심심하고 재미없는 얘기 누가 보기나 할 것 같니? 무슨 애가 이렇게 센스가 부족해? 글을 이따위로 써서 드라마 판에서 버틸 수나 있을 것 같아?"

이런 글을 썼다가는 밥 굶어 죽기 딱 알맞을 것이다, 어떻게 너는 네 얼굴처럼 맹한 글만 쓰냐며 급기야 인신공격까지 해 대는 장 작가의 막말에 경은은 금방이라도 폭발할 것 같은 마음을 억지로 삼켰다.

경은에게 실컷 성화를 퍼부은 장 작가는 이번엔 메인 PD인 윤 PD를 들들 볶았고, 그것으로는 부족했는지 국장을 잡고 하소연을 퍼부었다. 그리고 장장 2시간에 가까운 히스테리 끝에 식사나 하라며 카드를 하나 던져 주고 갔다.

더럽고 치사해서 그 밥 안 먹겠다고, 작지만 울분 가득한 목소리로 항변하던 경은은 계속 달래 주려 애쓰는 윤 PD에게 이끌려 횟집으로 갔다. 자리를 잡자 윤 PD는 장 작가의 카드로 식당에서 가장 비싼 참치회 코스요리를 주문했다. 하지만 평소라면 다디달았을 참치회는 오늘따라 유난히도 썼다.

"이 짓도 못해 먹겠다. 진짜로."

젓가락을 입에 문 윤 PD가 한숨을 내쉬며 말했다.

윤 PD는 맛있으니 먹기는 잘 먹겠는데 카드의 소유주를 생각하니 도통 소화가 잘 안 된다고 했다. 부정할 수 없는 말에 경은은 쓴웃음을 지으며 대꾸했다.

"그러게요. 소화도 안 되고……. 오늘 정말 비싼 밥 먹었네요."

눈물 젖은 빵이 세상에서 가장 비싼 법이다.

"비싼 밥? 그래. 이게 싼 밥은 아니지."

윤 PD는 속없는 사람처럼 히죽거렸다. 경은이 곱씹듯이 그의 말을 받았다.

"네. 엄청 비싼 밥이죠."

낮게 중얼거리는 경은의 눈동자 역시 낮게 깔렸다.

윤 PD는 욕 한 번 하고 털어 버리려고 했는데 그러자니 상처를 받는 듯한 경은의 모습이 걸렸다. 한숨을 쉰 그가 씁쓸한 표정을 지으며 말했다.

"이 동네가 다 이렇지 뭐. 그래도 장 작가는 카드라도 줬잖아. 밥 한 끼 먹으라고. 그럼 된 거야. 그게 사과야. 그러니까 그냥 잊어. 소화가 안 돼도, 더럽고 치사해도 그냥 넘겨야지 뭐. 그게 이 바닥이니까."

"윤 PD님……."

"나라고 속이 없겠냐? 근데 박 작가나 나나 지금은 장 작가 못 이겨. 장 작가 이기고 싶으면 박 작가가 출세해!"

윤 PD는 조금은 냉정하게 들리기까지 하는 말을 늘어놓았다. 하지만 그 얘기는 일전에 국장에게서도 질리도록 들은 이야기다.

억울하면 출세하라는 말은 진리였다. 하지만 아무리 그래도 매번 이렇게 당하니 경은의 입에서는 곧 죽어도 좋은 소리가 나올 리가 없었다. 윤 PD는 여전히 딱딱하게 굳어 있는 경은을 보며 낮게 혀를 찼다. 그리고 해 줄 생각이 없었던, 윗라인들만 아는 이야기를 슬그머니 꺼내 놓았다.

"그냥 좀 이해해. 장 작가님 속도 지금 말이 아닐 거야."

"말이 아니라니요?"

"편성까지 나왔는데 지금 기획 잡힌 게 하나도 없잖아."

윤 PD가 심드렁한 목소리로 말했다. 경은이 놀란 목소리로 되물었다.

"네? 기획 잡힌 것이 하나도 없다뇨? 그게 무슨 말씀이세요? 분명 기획안이……."

"그거 엎었어. 배다른 형제 나오는 건 못해 먹겠단다. 우리 주연 배우께서. 그래서 출생의 비밀 없애고 나니까 본격 메디컬 드라마가 되어야 하는 거고, 그러다 보니 장 작가님 히스테리가 하늘까지 치솟는 거고."

윤 PD가 몸을 부르르 떨면서 말했다. 경은은 뜨악한 표정을 지었다. 출생의 비밀이 넘실거리는 메디컬 드라마도 크게 마음에 드는 것은 아니지만 주연 배우가 싫다고 한다고 기획 자체를 엎고 드라마를 만든다는 것도 말이 안 된다.

"그게 말이 돼요?"

"안 되지! 근데 주연 배우가 저 윗동네 이거잖냐."

윤 PD가 새끼손가락을 들이밀면서 말했다.

"출연한 드라마 중 유일하게 잘된 게 장 작가님 드라만데, 또 막장은 하기 싫다고 했다더라고. 그나마 만만한 게 병원 배경으로 하는 드라만데 그걸 그 아가씨가 또 엎었다는 게 중요한 거지. 그래서 장 작가님 속도 말이 아니야. 드라마를 하기는 해야 하는데 막장 빼니까 메디컬만 남고, 메디컬은 또 아는 게 없고, 그래서 박 작가를 부른 건데 박 작가도……."

윤 PD가 경은의 눈치를 살피며 말끝을 흐렸다. 경은은 윤 PD가 삼킨 말을 대신해서 내뱉었다.

"특출 난 아이디어가 없다고요?"

"그래. 그거지. 뭐라도 쌈박한 게 하나 튀어나와야 하는데 박 작가는 본인 시나리오나 쓰고 있지, 거기에서 뭐 빼먹을 거라도 있으면 좋겠는데 그런 부분은 장 작가 스타일이 아니거든. 장 작가 스타일 알잖아. 돈 되는 드라마! 근데 박 작가가 쓴 대본은 사실 그런 타입이 아니잖아."

윤 PD가 어깨를 으쓱하면서 말했다.

"윤 PD님 그 대본은……."

"응. 알아. 알아. 나도 그거 봤어."

윤 PD가 경은의 말을 자르면서 말했다.

"대본 좋던데?"

"네?"

그 대본은 그저 한번 써 본 것뿐이었다 하고 발을 빼려던 경은이 멈칫하고 윤 PD를 바라보았다. 윤 PD가 말을 이었다.

"대본 좋았다고. 드라마로 만들어 보고 싶은 내용이었어."

"……윤 PD님 그거 진심이세요?"

"왜? 장난 같아? 국장이며 장 작가에게 엄청 깨진 걸 두고 호

평을 해서?"

윤 PD가 키득거리며 말했다.

"박 작가, 장사 한두 번 해? 그건 그냥 안 맞은 거뿐이야. 솔직하게 얘기할까? 딱 10년 전에만 그 내용을 썼어도 좋았을 거야. 근데 지금은 그때랑 드라마 판 자체가 바뀌었잖아. 해외 수출을 무시할 수가 없는 거지. 근데 그거만 빼면 박 작가 잘 썼어. 난 박 작가가 그렇게 기획도 잘 잡고, 대본도 잘 뽑아내는지 처음 알았어."

윤 PD는 경은을 격려하듯 말했다.

"윤 PD님……."

채 말을 잇지 못하는 경은을 보며 손으로 턱을 받친 윤 PD가 안타까운 목소리로 말했다.

"쯧쯧. 우리 박 작가 많이 약해졌네."

윤 PD가 경은의 손을 다독였다.

"박 작가 대본 잘 썼어. 나 그거 보면서 그 내용으로 드라마 한 편 만들어 보고 싶더라. 괜찮은 내용 나올 것 같아서. 그리고 이건 PD가 아닌 시청자의 한 사람으로서 하는 얘긴데 그런 드라마 나오면 참 좋을 것 같다는 생각을 하기는 했어. 정말로."

"……감사합니다."

"감사는 무슨. 힘없는 것은 매한가진데. 그냥 내가 하고 싶은 말은 박 작가 대본 잘 썼으니까 힘내라는 거야. 이 바닥은 맨 위에서 맨 아래로 미끄러져 내릴 수도 있지만, 눈 한 번 깜박이는 순간에 맨 아래에서 맨 위까지 올라갈 수도 있어. 난 우리 박 작가는 후자의 사람이라고 생각한다. 그러니까 힘내. 그리고 장 작가 말에 너무 상처받지도 말고."

윤 PD는 말주변이 부족한 스스로를 탓하며 경은을 격려했다. 드라마 판 사정이 이렇지만 않았어도 정말 잘 쓴 글이고, 칭찬 많이 받았을 대본이라며 그것을 쓴 역량으로 보다 좋은 드라마와 그 드라마의 에피소드를 뽑아 달라 이야기했다. 그리고 경은이라면 할 수 있을 거라면서 그녀의 어깨를 다독였다.

경은은 그 말에 괜스레 눈물이 나는 것을 느꼈다. 윤 PD의 말이 진심인지 아니면 립서비스인지는 분명하지 않았지만 최소한 그녀의 대본을 읽고, 그것이 가치 있다 이야기해 준 것만으로도 경은은 참 많이 기뻤다.

용운과 함께 쓴 대본은 경은에게는 정말 특별한 의미가 있었다. 경은은 지금 이 순간, 대본을 쓰는 데 누구보다 큰 영향력을 발휘한 그가 보고 싶었다.

같은 시간, 물밀 듯이 몰려드는 열차탈선 사고 환자들로 인해 병원은 인산인해를 이루고 있었다.

"코드 블랙(Code Black), 코드 블랙, 원내 지원 가능하신 선생님들은 응급센터로 내려와 주시기 바랍니다. 다시 한 번 말씀드립니다. 코드 블랙, 코드 블랙. 원내 지원 가능하신 선생님들은 응급센터로 내려와 주시기 바랍니다."

삶과 죽음의 기로에 선 환자들이 속속 도착했다. 병원에는 십여 대의 구급차와 위급한 환자들이 가득했고, 비명과 신음 소리가 난무했다. 의료진들은 응급수술을 제외한 모든 일정을 미루고 쉴 틈 없이 환자들에게 집중했다.

단 한 명의 환자라도 더 살리기 위해 그들은 식사도, 수면도 모두 뒤로하고 최선의 노력을 퍼부었다. 그리고 그 피 마르는 시간은 환자들이 도착하고 16시간째에 접어들자 조금씩 끝이 보이기 시작했다.

새벽 4시, 하지절단 환자를 수술실로 올려 보낸 용운이 ER(Emergency Room)에서 빠져나올 때였다. 용운의 눈에 벤치에 몸을 웅크리고 있는 작은 그림자 하나가 보였다.

"치료를 못 받은 환자인가?"

용운의 표정이 심각해졌다. 차림은 다른 환자들 같지 않게 깨끗하고 단정했지만 병원에 왔다는 것부터가 몸이 좋지 않다는 말이나 다름이 없었다. 용운이 그에게 성큼성큼 다가갔다.

"환자분, 언제부터 여기에 계셨습니까? 몸은 괜찮습니까? 환자분!"

말로 그를 부르던 용운은 결국 그의 몸에 손을 가져다 댔다. 그리고 그의 어깨를 잡고 가볍게 흔들었다.

"으음, 선배."

하지만 그가 발견한 것은 경은이었다.

"치료는 다 끝났어요?"

경은은 잠깐 잠이 들었었던 것인지 잠에 취한 눈을 들고 조금은 어눌한 목소리로 그에게 질문했다.

용운의 머릿속에는 이 사람이 환자가 아니라는 것에 대한 안도와, 경은에 대한 걱정이 복잡하게 교차했다.

"왜 여기에 있어?"

용운이 딱딱한 목소리로 물었다.

"어디 아파서 온 거야? 다치기라도 했어? 아니면 몸이 안 좋아?"

열차탈선 사고 환자들 때문에 뒤로 밀린 것이라면 그건 그거대로 속상한 일이었다. 용운이 경은에게 재차 물었다. 딱딱하고 고저 없는 목소리와는 달리, 걱정이 가득한 표정에 경은이 멈칫했다.

"아, 저기 선배……."

"아프면 얘기를 해야지. 울었어? 아파서 운 거야?"

예리하기도 해라. 낮에 울었는데 용운은 그건 어떻게 알았는지 경은의 눈가를 손으로 쓸어내리고 있었다. 하지만 지금은 그것이 중요한 게 아니었다. 경은은 아무것도 아니라는 듯 서둘러 고개를 저으며 입을 열었다.

"전 괜찮아요. 아프지도 않고요. 그냥 선배를 기다린 것뿐이에요."

"날 기다렸다고?"

용운의 질문에 경은이 고개를 끄덕였다.

"네. 선배를 기다렸어요. 보고 싶어서요. 보고 싶어서 기다렸어요."

마음의 준비를 할 겨를도 없이 던져진 직구에 용운이 움찔하며 몸을 떨었다. 마음에 둔 여자가 그를 보고 싶어 한다는 것은 기쁜 일이었지만 그녀가 피곤한 일정에 쉬지도 못하고 병원 한구석에 웅크리고 있는 것은 그리 반가운 일이 아니었다.

용운은 기쁨 반, 미안함 반, 안타까움 반으로 경은을 바라보았다. 그리고 깊은 한숨을 내쉬었다.

"마음은 고마운데 여기에서 기다리는 것 별로 좋지 않아. 차라리 전화라도……."

전화라도 하지, 라고 말하려던 용운의 입이 뒤늦게 떠오른 생각에 닫혀졌다. 비상응급상황을 뜻하는 코드 블랙이 떴는데 태평하게 전화를 받고 있을 시간은 없었다.

"문자라도 남겼으면 이 고생은 안 하잖아."

말의 내용을 바꾼 용운이 안타까운 표정으로 경은의 몸을 일으켰다. 경은은 그녀의 고백에도 시종일관 딱딱한 자세를 유지하고 있는 용운을 조금은 섭섭한 눈으로 바라보았다. 그가 무슨 말을 하려는지 이해는 가는데 또 그건 그거대로 마음이 상했다. 잠에서 막 깼을 때 용운을 보고 얼마나 반가웠는데…….

"선배님!"

"음?"

"진짜 하고 싶은 말은 그런 말이 아니잖아요."

기쁜 마음으로 달려왔고, 또 기쁜 마음으로 기다렸기 때문에 경은은 용운에게서도 기쁜 반김을 받고 싶었다. 어딘가 새치름한 경은의 행태에 용운이 입을 다물고 경은의 눈치를 살폈다.

경은은 소심하고 겁 많은 부끄럼쟁이 아가씨지만 가끔 화가 나거나 속상할 때는 어디로 튈지 모르는 탱탱볼 같은 여자였다. 용운은 슬금슬금 경은의 눈치를 살폈다. 경은은 그런 용운을 보며 조금 기분이 나아지는 것을 느꼈다. 입을 삐죽인 경은이 용운을 향해 양팔을 벌리고 그를 왈칵 껴안았다.

"선배, 이럴 땐 그냥 안아 주세요. 오늘 하루 종일 못 봤잖아요. 그러니까 그리웠다고 말하면서 안아 주세요. 그리고 좋아한다는 말도요."

부끄러움 많은 경은답지 않은 적극성이었다. 용운은 혹시 그녀에게 무슨 일이라도 있었나 싶어 엉거주춤한 자세로 경은을 껴안았다. 경은은 겁 많은 연인의 모습에 까르르 웃음을 터트렸다. 그리고 용운을 좀 더 꽉 껴안으며 그녀의 마음속 한 자락을 꺼내 놓았다.

"방송국에 갔다가 오는데 갑자기 선배가 너무 보고 싶은 거예요. 근데 정작 병원에 오니까 코드 블랙이 떠서 전부 다 바쁘다고 하고…… 근데 제가 오늘 정말 선배가 보고 싶었거든요. 잘못한 것은 아는데 오늘만 그냥 넘어가 줘요. 선배가 너무 보고 싶었어요."

경은은 잔잔하게 나 오늘 정말 용운이 보고 싶었노라, 고백 아닌 고백을 털어놓았고 그 고백 아닌 고백으로 인해 용운의 얼굴은 사뭇 붉어졌다.

용운과 사귀게 된 것 자체가 조금은 얼떨떨한 상황이었고 그러다 보니 경은 자신도 그녀의 감정을 명확하게 잘 모르는 상황에서 일이 진행이 된 것이었으니까, 하고 깊이 생각하지 않고 있었다. 하지만 언제부터 이렇게 경은의 머릿속에 용운에 대한 생각이 떠나질 않게 된 것인지 경은은 하루 종일 용운을 생각하는 자신을 발견할 수 있었다.

지금도 경은은 눈앞의 용운을 보며 배시시 웃음을 흘렸다.

"선배님!"

"왜?"

"이상하죠? 정말 슬프고 힘이 드는데 선배님만 생각이 났어요."

용운이라면 다정하게 경은을 다독여 주면서 힘을 내라 해 줄 것 같았다. 그 마음 이면에는 윤 PD의 이야기를 하면서 용운의 도움을 받아서 썼던 그 대본이 영 소용없는 것은 아니었다고 그에게 이야기를 해 주고 싶은 마음도 있었다.

환자들로 인해 불야성을 이루던 병원 한 구석에서 에피소드를 건질 생각은 아예 하지도 않고 용운을 기다린 것은 바로 그 때문이었다. 용운은 그녀의 옆에 있어 줄 것이라는 실낱같은 희망. 그런데 그런 희망이 무색할 정도로, 멀리서 보고만 있었는데도 용운은 그 존재 자체로 경은에게 힘이 되었다.

"선배님한테 이야기를 할 것이 정말 많았거든요. 그런데 선배님 얼굴을 보니까 그 모든 것이 정말 하나도 생각이 안 나는 거예요."

"아무것도?"

"네. 생각은 하나도 안 나고 그냥 선배님 얼굴 본 것만으로 기뻤어요."

용운의 얼굴만 한가득 경은의 마음속에 들어왔다. 경은은 용운의 얼굴을 보자마자 이유도 모르고 안도했다. 그냥 용운의 얼굴을 보는 것만으로 모든 피로와 스트레스가 사라지는 느낌이었다.

"선배님!"

경은이 작지만 단호하게 용운을 불렀다. 용운이 대답했다.

"왜?"

"저 아무래도 선배님이 좋은가 봐요."

경은이 용운의 얼굴을 보며 배시시 웃음을 지었다. 용운은 그녀의 말간 웃음에 어쩐지 말문이 막혔다.

"정말 무서운 선배일 뿐이었는데 이제는 선배님 얼굴만 봐도 안심이 돼요."

설마하니 그 무서운 선배랑, 그것도 피 튀긴 가운을 입고 있는 이 선배랑 야밤에 병원 복도 한가운데에서 껴안게 될 것이라는 것을 누가 상상이라도 했을까? 하지만 지금 이 순간 그녀가 느끼고 있는 이 감정은 한 치의 거짓도 없는 진실이었다.

용운의 손을 지분거리는 경은의 손끝에서는 애정이 넘실거렸다. 용운은 마치 장난이라도 치듯 손가락을 댔다가 떨어뜨리는 경은의 행동에 말없이 그녀를 바라보았다. 나도 널 사랑한다 말을 해 주고 싶은데 지금 이 순간 경은이 너무 예뻐서 용운은 괜스레 목이 메었다.

용운은 조용히 손을 뻗어 경은의 어깨에 손을 올렸다. 경은의 몸이 용운을 향해 살짝 기울어졌다. 그의 어깨에 머리를 댄 경은은 이 시간이 계속되기를 바라며 조용히 눈을 감았다.

✦　　✦　　✦

"으갸갸갸!"

이른 아침 요란한 괴성을 지르며 기지개를 켜던 흉부외과 인턴은 그의 옆구리를 치는 동료로 인해 억지로 입을 다물 수밖에 없었다.

"야, 조용히 해 봐. 앞쪽에 저 남자 정형외과 치프 샘 맞지?"

"정형외과 치프 샘이 왜 저기에 있……. 헐!"

심드렁하게 대꾸하던 인턴의 입이 다물렸다. ER 앞 벤치에 쉬고 있는 두 남녀 중 한 사람이 심하게 낯이 익었기 때문이다. 그는 불과 두 달 전까지 그가 인턴을 돌았던 정형외과의 치프 샘이었다.

간밤에 밀려든 환자들로 인해 의료진들은 전공을 막론하고 전부 다 탈진 상태였지만 그들 앞에 있는 사람은 그중에서도 좀 특별했다. 칼로 찔러도 안 쓰러질 것 같은 사람이 벤치에 앉아서 잠이 들다니……. 하지만 문제는 그것뿐만이 아니었다.

혼자 잠이 들었다면 그저 용운이 피곤해서 그렇다고 넘어갈 수도 있는 일이었겠지만, 옆에 앉은 여자와 머리를 맞대고 나란히 잠든 모습은 누가 봐도 연인 그 자체였다. 게다가 그 여자가 누구인지도 그들은 금방 알아보았다. 그 모습에 흉부외과의 두 인턴은 목소리를 낮춰 속닥거렸다.

"와! 정형외과 치프 샘이랑 작가님이랑 연애하시나 보네."

"그러게. 암만 봐도 아무것도 아닌 사이는 아닌 것 같지?"

그들이 정형외과에서 인턴을 돌 때까지만 해도 쥐와 고양이 같은 관계의 두 사람이기는 했지만 이래서 남녀 관계는 모르는 거다.

두 인턴은 목소리를 낮춰서 박봉달 의료원의 새 커플 탄생을 축하했고, 그사이 병원의 구성원들도 조금씩 깨어났다. 하지만 용운과 경은을 깨우는 사람은 아무도 없었기에 그들이 눈을 떴을 때 용운과 경은은 꽤 많은 구경꾼을 맞이해야만 했다.

소문은 빠르게 퍼졌다. 덕분에 노골적으로 호기심 가득한 시선이 용운과 경은에게 집중되었지만 두 남녀는 보기 드문 꿋꿋함으로 마이웨이를 걸어갔다.

"20대 젊은 환자 병명으로 대퇴골두 무혈성 괴사(avascular necrosis of the femoral head)는 어때요?"

"나쁘지는 않은데 여자 환자? 남자 환자? 네가 원하는 그런 상황을 위해서라면 임신부의 케이스를 적용하는 것이 낫지."

"음, 임신부의 투병이라……. 선배님, 이거 불치병 아닌 것 맞죠?

줄기세포 PRP로 완치 가능하다는 것이 확실해요?"

"어. 국내에서 세계 최초로 입증했어. 곧 '아메리칸 저널 오브 스포츠 메디신'에 발표될 예정이라고는 하더라. 아! '아메리칸 저널 오브 스포츠 메디신'이 SCI급 미국 학술지인 것은 알지? 근데 그건 왜? 해피엔딩으로 끝내고 싶어서 그래? 완치?"

용운의 질문에 경은이 쑥스러운 표정을 지으며 고개를 끄덕였다.

"네. 극적인 것도 좋고, 시청률 잘 나오는 것도 좋은데 아이나 임신부를 괴롭히는 것은 좀 그래서요. 흔하고 뻔한 얘기인 것은 아는데 좀 비현실적이라도 아픈 사람들은 모두 낫고, 불행했던 사람들은 모두가 행복해지는 것이 좋아요."

경은이 붉어진 얼굴로 배시시 웃으면서 말했다. 피식 웃음을 흘린 용운은 경은의 머리를 부드럽게 헤집었다. 마치 장하다, 칭찬하는 듯한 용운의 행동에 경은의 얼굴이 발그레하게 달아올랐다. 그런 그들을 바라보는 의국원들의 얼굴에는 떨떠름함이 감돌았다.

"우와, 정말 사귀나 보네."

그들을 바라보던 진우가 멍한 목소리로 중얼거렸다.

"그러게. 진짜 사귀는가 보네."

상필도 말을 거들었다.

"바보들!"

두 동료의 이야기에 혜정이 코웃음을 치면서 비웃었지만 그들

은 억울했다. 대충 사이가 짐작이라도 가는 구석이 있었더라면 모
르겠지만…….

"짜장면 이야기가 나왔을 때 대충 짐작을 했어야지. 넌 만날
아침드라마를 붙들고 살면서 그런 것도 모르냐?"

은민이 진우에게 핀잔을 주듯이 말했다.

"그건 아는데 이렇게 갑작스럽게 사귈 줄은 몰랐죠."

"아가야, 마음이 가면 어떻게든 다 티가 나게 마련이란다."

혜정은 진우의 어깨에 팔을 걸치고 그를 토닥여 주었다.

아무리 드라마를 사랑한다고 해도 남자는 남자, 눈치코치에 있
어서는 여자를 따라가지 못하는 우매한 1년 차를 보는 은민과 혜
정의 눈에 우월함이 깃들었다.

"헐! 하지만 암만 그래도 이건 좀 아닌 것 같아요."

"제 말도요. 우우! 안 그래도 허전한데 바로 눈앞에서 커플이
꽁냥대면 그것만큼 슬픈 게 어디 있어요?"

진우가 불만을 토하고, 윤권이 제 처지를 빗대 사내커플 금지
를 강하게 외쳤지만 그들의 주장은 씨알도 먹히지 않았다.

"좋은 게 좋은 거지 뭐. 좋게 좋게 생각해."

"제 말이요. 우리 의국이라고 사랑의 시옷 자도 없이 만날 삭
막하기만 하라는 법이 어디에 있나요? 서로 좋다는데! 보기만 좋
아요."

혜정과 은민, 정형외과 의국의 두 여왕님이 그들의 사랑을 적
극 지원하는 형편인지라 남자들은 할 수 있는 말도 없고, 뱉을 수

있는 불만도 없었다. 레지던트들은 조용히 어깨를 으쓱하며 공식 커플의 탄생을 축하했다.

✦　　✦　　✦

오랜만에 혼자 걷는 퇴근길, 버스 정류장 벤치에 앉아 버스를 기다리던 경은은 무심코 올려다본 하늘에서 반짝이는 별 무리를 발견했다. 경은의 입가에서 작게 탄성이 튀어나왔다.

"아, 별이다!"

크고 작은 별들이 눈부시게 빛났다. 도심에서 별을 보는 것은 쉬운 일이 아닌지라 경은은 꽤 오랜만에 보는 듯한 별들의 모습에 소리 내어 웃지 않을 수가 없었다.

"세상에나!"

환하게 웃은 경은은 아예 팔을 지지대 삼아 본격적으로 하늘을 바라보았다. 어제 비가 와서 그런가? 하늘은 맑기 그지없었고, 까만 밤하늘에 점점이 박힌 별들은 마치 보석처럼 반짝였다.

별을 보고 기뻐했던 것은 아주 오래전, 초등학생 땐가 중학생 땐가 기억은 희미하지만 천문대 견학을 갔을 때가 유일했던 것 같다. 경은은 어릴 적 동심으로 돌아가 반짝이는 눈으로 별들을 바라보았다. 그리고 별처럼 반짝이는 또 다른 사람을 떠올렸다.

"미쳤네. 방금 전에 헤어졌는데 또 보고 싶으니……."

경은이 스스로를 타박하듯 중얼거렸지만 그러면 그럴수록 그 사람이 생각난다. 지금 이 시간에도 열심히 일하고 있을 용운을 떠올리니 경은의 입가에 미소가 떠올랐다.

'우리 작가님은 잘될 거야. 좋은 드라마를 만드는 좋은 작가가 될 거라는 말이야. 그리고 본인 일을 사랑하는 사람은 언젠가는 성공해. 내가 장담할게.'

장 작가로 인해 속상해하는 자신에게 읊어 주는 용운의 말들은 마치 주문처럼 경은을 힘나게 한다. 경은은 새삼 떠오르는 용운에 대한 고마움에 잔잔한 미소를 지었다.

"선배도 좋은 의사가 될 거예요."

그래서 경은은 용운에게 해 주지 못했던 한마디를 별을 보며 중얼거렸다.

"선배는 좋은 의사가 될 거고, 선배가 일하는 병원은 좋은 병원이 될 거예요."

경은은 그녀가 사랑하는 남자가 꼭 그렇게 될 것이라는 확신을 가지고 말을 내뱉었다. 그리고 반짝이는 저 별처럼 아름다운 꿈을 꾸면서 홀로 반짝이는 용운의 앞길에 언제나 기쁨과 즐거움과 희망과 행복만이 가득하기를 바라는 마음으로 작게 소원을 빌었다.

11장

공식커플이 된 이후, 가끔 레지던트들이 짓궂게 놀리기도 했지만 그럼에도 사랑은 나날이 더해졌다. 함께하는 시간도 소중하기 그지없었고, 그가 없이 혼자 하는 시간도 용운을 생각하며 소중하게 보냈다. 하지만 초보커플의 깨 볶는 냄새와는 무관하게 업무는 나날이 가중되었다.

"아, 가기 싫다."

방송국으로 향하는 경은의 발걸음이 무거웠다.

불과 몇 시간 전까지만 해도 용운과 함께 이야기를 나누었다는 것이 믿기지 않을 정도로 요즘 경은의 오전은 부산하고 꺼림칙했다.

장금복 작가는 4달이 다 되어 가도록 일이 진척이 되지 않는다며 앞으로 매일 방송국에 들러 일의 진행 상황을 보고하기를 종용했고, 힘없는 신인 작가 경은은 그에 따를 수밖에 없는 입장이었다.

매일 병원과 방송국을 오가는 것도 쉬운 일이 아니지만 그보다 더 힘든 것은 장 작가의 히스테리였다. 불과 며칠 전에는 본인의 보조 작가도 쫓아냈다는 윤 PD의 말을 떠올린 경은의 얼굴에 그림자가 드리워졌다.

'요즘 장 작가님 신경 엄청 날카로운 것 알지? 박 작가도 조심해.'

식당에서 들었던 윤 PD의 조언을 되새긴 경은이 한숨을 내쉬었다.

편성까지 이미 다 나왔는데도 일이 진척되지 않아 답답할 장 작가의 마음도 이해는 되지만 그렇다고 계속 이렇게 부당하게 당하고 있자니 경은의 속 또한 말이 아니긴 매한가지였다.

장금복 작가의 경력이 워낙 출중하다 보니 그녀의 아래에 들어가는 서브 형식을 취했지만 경은도 엄연히 이 드라마의 공동저자였다.

장 작가는 기획과 전체적인 스토리라인을 담당하고 있다면, 경은은 의학과 관련된 에피소드를 담당하고 있었다. 하지만 장 작가는 경은의 일천한 경력과 어린 나이 때문에 그녀를 자신의 보조 작가 정도로 취급했다.

하지만 그런 생각이 문제인 것은 아니었다. 솔직히 그녀의 경력으로 공동저자의 위치에 올랐다는 것만으로도 감지덕지한 일이었다. 그녀가 부족한 부분을 장 작가를 통해 배울 수 있다면 보조 작가가 아니라 그보다 더한 것도 할 수 있었다. 그러나 경은이 보는 장 작가는 그녀의 이상과는 조금 다른 모습이었다.

장 작가가 쓰는 대본이 인기가 많다는 것은 알고 있고, 방송가에서는 시청률이 법이고 권력이라는 것도 잘 알고 있다. 국장이나 윤 PD가 세뇌가 될 정도로 강하게 내뱉는 이야기가 억울하면 출세를 하라는 내용이니까. 하지만 스폰이나 인기, 시청률과 관계가 없다면 그 어떤 것도 가치가 없게 받아들이는 그녀의 가치관이 경은은 참 버거웠다.

시청자들의 애간장을 녹이는 쫀득한 구성이나 매력적인 캐릭터 설정, 내뱉는 족족 유행어가 되는 대사들은 현재의 경은으로서는 죽었다 깨어나도 불가능한 이야기고, 그렇기 때문에 장 작가를 보며 쉴 새 없이 그녀를 갈고닦아야 하겠지만 장 작가의 말 한 마디, 한 마디는 경은의 생각과 너무 달랐다.

'우리 할아버지도 65년 걸리셨어. 첫술에 배부르길 바라면 도둑놈 심보인 것은 알지?'

경은을 다독이는 용운의 말을 생각하면 지금의 그녀로서는 그저 조용히 능력을 쌓고, 인지도를 높이는 것이 최선이라는 것은 알고 있다. 하지만 아직 많이 어리고 부족한 탓인지 경은은 괜스레 마음이 조급해진다. 그러나 이 또한 경은이 원하는 바를 이루기 위해서는 반드시 지나가야 할 일이었다.

경은은 애써 주먹을 쥐고 배에 힘을 실어 크게 소리쳤다.

"아자! 파이팅! 힘내자!"

내키지 않는 발걸음 속에서 경은은 애써 기합을 넣었다.

"부디 오늘 하루도 무사히 지나갈 수 있기를."

그리고 소원도 빌었다.

한숨 한 번으로, 기합 한 번으로 모든 것을 털어 버리고 모든 것을 이겨 낼 수는 없겠지만 경은은 애써 힘을 내며 부디 오늘 하루를, 그리고 이 드라마를 무사히 끝낼 그 날까지 무사히 보낼 수 있기를 바랐다.

장 작가와는 죽어라 안 맞지만 그래도 경은은 별처럼 반짝반짝 빛나는 그녀의 꿈을 위해서 한 발 앞으로 나아갈 생각이다. 언제까지나 옆에서 그녀를 지켜봐 줄 것이라 말하던 용운을 떠올린 경은의 입이 굳게 다물렸다. 경은은 애써 힘을 내 방송국을 향해 걸어갔다.

"아, 진짜 어쩌라는 거야. 환장하겠네!"

"젠장. 야! 아직도 전화 안 받아?"

고성과 욕설이 난무하는 드라마국에 들어서던 경은은 괜스레 그녀가 죄인이 된 기분이었다.

부디 오늘 하루를, 그리고 이 드라마를 무사히 끝낼 그 날까지 무사하기를 바랐던 그녀의 소원이 반작용을 일으킨 것일까? 주먹 쥐고 소리 질러 기합을 넣은 것까지는 좋았는데 불행히도 방송국에는 어제 저녁, 대형 폭탄이 떨어진 상태였다.

"박 작가, 박 작가는 혹시 장 작가한테서 연락받은 것 없어?"

"아뇨."

경은이 고개를 절레절레 흔들었다. 경은의 대답을 들은 국장은 노골적으로 한숨을 내쉬었다.

"그래. 그렇겠지. 했을 리가 없겠지."

그럴 리가 없다는 것은 알고 있지만 그래도 지푸라기라도 잡는 심정으로 질문을 한 것이었다.

연락받은 적 없다는 경은의 대답에 국장은 다시 한 번 한숨을 내쉬었다. 하지만 메인 작가가 잠수를 탄 초유의 상황 앞에서는 아무리 한숨을 내쉬어도 답이 나오지가 않았다.

국장부터 시작해 메인 PD, 기획팀장, 총괄팀장 등 드라마국 관계자 모두가 피 마르는 표정이 되어 장금복 작가에게 연락을 계속했다. 하지만 그녀의 휴대전화는 계속해서 꺼져 있는 형편이고, 국장에게로 온 미안하다는 문자 하나가 그들에게 남겨져 있는 전부였다.

"아, 진짜 책임감도 없이 이렇게 튀어 버리면 어떻게 하란 말이야?"

욕설이 절로 흘러나오는 상황이었다. 머리를 벅벅 긁은 윤 PD가 국장에게 말을 건넸다.

"국장님, 이거 윗선에 보고해야 하는 것 아닙니까?"

"인마, 그거 보고하면 너나 나나 완전 끝이야! 끝! 알긴 아냐?"

국장이 손으로 자신의 목을 가로로 긋는 흉내를 내면서 말했다. 윤 PD가 짜증 섞인 목소리로 반문했다.

"그렇다고 보고를 안 하면 어떻게 할 건데요? 작가가 튀었는데! 이건 우리 선에서 수습할 내용이 아닙니다. 숨기고 있다가 더 대형 사건 되기 전에 위에 보고를 하는 게 낫습니다!"

여느 작가라면 글이 잘 풀리지가 않아 잠수를 핑계로 잠시 휴식을 취한다고 생각할 수도 있었다. 하지만 윤 PD나 국장은 장 작가가 근래 얼마나 스트레스를 받았는지 옆에서 다 보고 겪었던 이들이기에 이것이 결코 잠깐의 슬럼프나 도피 행각으로 끝나지 않을 것이라는 걸 직감했다.

히스테리가 좀 심하기는 해도 방송가에서 뼈가 굵고, 책임감과 의리 하나는 끝내주는 것이 장 작가였는데 그 장 작가가 미안하다는 말 한 마디 던져 놓고 잠수를 탔을 때에는 이미 상황이 끝난 것이라고 봐도 무관했다.

"젠장! 갑자기 왜 이런다니? 도대체 뭐가 문제이기에……."

국장이 머리를 쥐어뜯듯이 벅벅 긁어 댔다. 그러자 윤 PD가 미간을 찌푸리면서 말했다.

"아, 혹시 그것 때문인가?"

"그거라니?"

혹시 단서라도 있나 싶어 국장이 열렬한 반응을 보였다. 국장은 지금 원인 제공자의 머리카락을 최후의 한 가닥까지 죄다 뽑아 놓을 기세였다. 그 모습에 윤 PD가 난처한 목소리로 대꾸했다.

"그거 있잖습니까. 우리 여주인공! 엊그제 장 작가님이랑 또 한

판 싸웠거든요. 옆에서 들으니까 살벌하던데요? 사실 따지고 보면 일이 이 지경까지 망가진 것도 그 아가씨 탓 아닙니까."

윤 PD는 말끝을 흐렸지만 이미 전하고자 하는 말은 다 전달이 된 상황이었다. 국장은 얼굴을 잔뜩 일그러뜨렸다.

그래. 그 말도 일리가 있었다. 사람은 누구나 본인이 가장 잘할 수 있는 분야라는 것이 있기 마련이고, 장 작가의 분야는 누가 뭐래도 출생의 비밀을 사용한 막장 스타일이었다.

하지만 한류 스타나 톱탤런트도 아니고 겨우 주연급으로 올라선 계집애의 말 한마디로 장 작가는 본인이 가장 잘하는 장르를 뒤로 젖혀 놓을 수밖에 없었고, 게다가 그 와중에 쓴 기획안들까지 그녀로 인해 다 엎어야만 했다. 그런 상황을 생각하니 장금복 작가만 욕할 수도 없는 상황이기는 했다.

"그 계집애만 아니었어도……."

국장이 이를 바득바득 갈았다. 하지만 국장이 아무리 이를 갈아도 현재의 상황을 벗어날 수 있는 길은 없었다.

장 작가는 여전히 연락을 받지 않았고, 그들의 여주인공은 감히 손을 댈 수 없는 위치에 있는 사람이었다. 답이 나오지 않는 현실 속에서 드라마국 관계자들은 똑같은 표정으로 한숨만 연신 내쉬었다.

✦　　✦　　✦

"여기 좀 시끌시끌해요."

밖으로 나와 전화를 받는 경은의 표정이 난처했다. 바쁜 용운이 애써 시간을 내 경은에게 전화를 걸어 주는 것은 고마운 일이지만 지금 전화를 받기에는 경은의 사정이 그리 녹녹한 것이 아니었다.

「왜 무슨 일 있어?」

"네. 조금."

「무슨 일인데? 또 그 메인 작가라는 사람이 뭐라고 그래?」

경은이 용운에게 내뱉었던 수많은 불평과 불만을 떠올린 경은이 멋쩍은 표정을 지었다.

"그런 거 아니에요."

「아니면?」

"음, 그게요……."

잠시 망설이던 경은이 입을 열었다. 국장의 입단속이 있기는 했지만 용운이 어디 가서 소문을 낼 사람도 아니었고, 용운은 왜 그녀가 하루가 꼬박 지나도록 병원에 돌아오지 않는지에 대해 알 자격도 있었다.

듣는 사람이 없나 주변을 살핀 경은은 장 작가의 잠적에 대해 용운에게 설명했다.

「이런…….」

하지만 장 작가의 잠적에 대해 들은 용운은 낮게 신음성만 흘릴 뿐이었다. 하기는 워낙에 초유의 사태이기는 했다.

"좀 상황이 그렇기는 하죠?"

경은이 소곤거리면서 말했다.

「그러네.」

용운이 동의했다.

병원에도 고된 업무로 인해 도망을 가는 1년 차들이 종종 있는 형편이라 잠적을 하는 것은 크게 놀랄 일이 아니었지만 그것이 수십 년의 경력을 가진 메인 작가의 일이라면 조금 사정이 달랐다.

장 작가의 잠적은 병원으로 따지면 교수나 과장급의 인물이 과중한 업무를 견디지 못해 무단 탈주를 한 것이나 다름이 없는 일이었다.

「넌 괜찮아?」

용운이 물었다.

"네?"

「너한테 불이익은 없냐고. 일이 과중되거나 힘들게 되지는 않아?」

얼마 있지 않은 레지던트 인원들 중 1년 차가 도망을 가게 되면 남은 1년 차와 그 윗년차들이 그의 업무를 분담하기 때문에 용운은 경은도 혹시 그렇지 않나 싶어 걱정 어린 말을 건넸다. 경은은 씁쓸한 표정으로 부정했다.

"저희 쪽은 조금 달라요. 장 작가님 잠수 타시는 바람에 올스톱 됐어요."

「올스톱?」

"네. 드라마 진행이 될지 안 될지도 모르는 상황이라서요."

기획이나 설정이라도 제대로 잡고 잠수를 탄 것이라면 그나마 괜찮은데 현재 그녀는 그조차 제대로 만들어 놓지 않은 상황에서 잠수를 탄 것이었다.

국장은 장 작가의 행방을 찾으라고 지시하는 동시에, 이 드라마를 이끌어 나갈 또 다른 작가를 찾으려 노력했다. 그러나 그게 그렇게 쉬운 일은 아닌 듯했다.

방송까지 겨우 2달 남짓 남은 상황, 다른 드라마들 같았으면 이미 기획이며 캐스팅, 리딩까지 전부 다 끝내고 지금부터 촬영에 들어가야 마땅한 상황이었다. 작가 투입과 동시에 설정 잡고, 바로 크랭크인에 들어가야 한다는 사실이 기존의 작가들은 매우 부담스러운 듯했다.

기성 작가들이 투입되지 않는다면 무명이나 신인 작가를 써야 한다는 이야기인데 그들을 투입하게 될 경우, 메디컬 드라마라는 점이 또 문제가 되었다. 메디컬 드라마는 일반 트랜디 드라마와 달리 전문성이 있어야 하기 때문이다.

「그게 그렇게 큰 문제가 되나?」

"네. 아주요."

경은이 단호하게 대꾸했다.

병원의 협력을 얻어 의사들의 감수를 받는 것은 물론, 리얼리티가 함께하는 극적인 에피소드를 만들어 가면서 촬영을 하는 데에 신인 작가는 역부족이었다.

"장 작가님이랑 저랑 많이 안 맞긴 했지만 그 부분에 대한 생각은 저도 똑같아요. 사실을 기반으로 하는 에피소드요."

인간미 없는 내용 전개로 인해 경은과 티격태격하기는 했지만 장 작가 또한 나름의 공부를 많이 했다는 부분에 대해서는 경은도 이견이 없었다. 그렇기에 새로 투입되는 작가가 첫 방송까지 고작 2개월가량 남은 기간 동안 그 전문성을 갖출 수 있을까, 하는 질문에 대해서는 경은도 아무런 대답을 할 수가 없었다.

「그러면 기존에 메디컬 드라마를 써 본 작가가 유리할 텐데?」

"그래서 문제가 되는 거죠. 기존에 메디컬 드라마를 써 봤을 정도면 어느 정도 이름이나 경력이 있는 작가고, 그런 작가들은 이런 뒤처리 담당에 투입되는 거 별로 안 좋아하거든요. 충분한 시간과 여유를 가지고 접근해도 시청률이 어떻게 나올지 모르는 마당에 대타라니…… 커리어에 오점이 되기 딱 좋죠."

경은이 시니컬하게 말했다.

"이성적으로 생각하면 이 기획 자체를 엎어야 하는데 그렇게 하자면 지금까지 투입된 돈도 돈이지만 이미 드라마에 대한 홍보가 진행된 형편이라 그것도 쉽지 않고. 이래저래 좀 골치가 아파요."

결국 희생양이 누가 됐든 찾기는 찾아야 할 텐데 그것이 쉽지 않다는 것이 요지였다.

희생양을 찾기 전까지는 당분간 병원에 가지 못한다는 경은의 이야기에 용운이 잠시 말을 골랐다.

「근데 경은아, 그거 혹시 네가 쓰면 안 돼?」

"네?"

「남들은 2달 전에 첫 촬영에 들어가는데, 너희 드라마는 2달 전에 기획 다시 잡고, 설정 잡고, 캐릭터 잡고, 대본도 써야 해서 문제라며. 근데 너는 그거 이미 다 해 놨잖아.」

장 작가와 국장에게 잔뜩 잔소리를 듣고 펑펑 울던 그녀이기는 했지만 경은은 대본 작성을 멈추지 않았다. 언젠가는 이 드라마도 빛을 보게 만들고야 말리라, 이를 악물고 대본을 쓰고 있었다. 그리고 그것은 누구보다 용운이 가장 잘 알고 있었다.

"선배, 그건……."

「내 생각에는 그것도 좋을 것 같은데 넌 어떻게 생각해? 한번 윗사람들한테 이야기라도 해 보지?」

용운이 물었다.

"하지만 선배, 저는 이제 겨우 입봉을 한 신인 작가예요."

「어차피 기성 작가들은 다 투입되기 싫어하는 것이라면서. 그러면 너도 상관없는 것 아냐? 이왕지사 모두 다 신인 작가고 무명 작가라면 최소한 몇 개월 전에 이미 드라마에 투입되어 메디컬 드라마에 대해 기본적인 사항을 다 알고 있는 사람이 좀 더 낫지. 내 생각이 틀린가?」

경은은 단 한 번도 생각해 보지 않았던 대안에 입만 벙긋거렸다.

이미 비웠다 생각한 마음에 욕심이 깃들었다. 용운은 경은에게 힘내라, 용기라도 불어넣어 주고 싶었는지 경은에게 메일을 보내 왔다.

사랑한다, 믿는다, 잘할 수 있다, 해낼 것이다……

용운은 세상의 모든 긍정적인 단어를 모아 그에게 메일을 보냈 다. 경은은 그의 메일을 보고 있노라니 절로 힘이 나는 느낌이었 다.

그래! 그의 말이 옳다. 경력이 없고 나이가 어리다는 것이 약점 일 뿐, 경은은 누구보다 유리한 위치에 서 있었다. 용운의 말대로 어차피 모두 다 신인 작가고 무명 작가라면 최소한 몇 개월 전에 이미 드라마에 투입되어 메디컬 드라마에 대해 기본적인 사항을 다 알고 있는 그녀가 낫지 않을까 하는 생각이 경은의 머릿속에 감돌았다.

연재 방영되고 있는 드라마의 차기작으로 메디컬 드라마가 방 송 예정이라는 것은 이미 홍보 기사가 나갔고, 무엇보다 현재 이 드라마에 투입된 예산이 적지 않았다. 그리고 박봉달 의료원을 포 함한 각 스폰서들과의 협찬도 문제였다.

드라마를 엎기에는 너무 늦었고, 지금 당장 메디컬 드라마는 제작이 되어야만 한다. 그 메인이 굳이 경은이 되지 못할 이유가 무엇이 있을까? 경은의 머릿속에 작은 결심이 세워졌다.

용운은 나중에 후회하지 않기 위해 경은에게 손을 내밀었다고 했다. 그것은 경은 또한 마찬가지로 조금 얼떨떨한 상황이었지만 경은은 그에 대한 호감을 기반으로 모험을 한 것이나 다름없었다. 그리고 다행히 그녀의 모험, 그녀의 도박은 커다란 베팅만큼이나 커다란 이득으로 돌아왔다.

이미 기획이며 설정, 캐릭터까지 다 잡아 놓았고 트리트먼트도 작성을 끝냈다. 비록 혼자만의 희망사항을 담은 것에 불과할지는 몰라도 경은은 그녀의 드라마를 살리기 위한 최적의 구성이 무엇일지에 대해 수없이 고민하고 또 고심했었다. 게다가 10화까지 적어 놓은 대본들은 경은의 실력을 불안해하는 이들에게 조금 더 신뢰를 심어 줄 수 있을 것이 분명했다.

경은은 모험을 결심했다.

+ + +

결심을 하는 것이 어려웠을 뿐이지 행동을 취하는 것은 어렵지가 않았다. 양해를 구하고 의국에 온 경은이 대본을 들고 방송국으로 돌아가는 것은 순식간이었다.

경은이 드라마국에 막 도착을 했을 때에는 장 작가의 잠적에 대해 이미 경영진들은 물론이고 다른 팀에서도 다 알게 된 것인지 시끄럽기 이루 말할 데가 없었다.

"민 국장님! 이게 미안하다는 말로 끝날 것 같아요?"

고성이 오가는 속에서 국장은 연신 고개를 숙였다. 사장실이며 회의실에 불려 가 잔뜩 깨진 후였음에도 국장은 재무회계팀 박 부장의 말에 고개를 들지 못했다.

"세트장 설립은 어쩔 겁니까? 이거 못 무르는 것 알고 있죠? 미술 쪽에만 40억, 의료기기 구매에 지금까지 들어간 것만 33억입니다. 지금 주문해 놓은 것만 해도 18억이 추가 지급되어야 합니다. 세트장을 빨리 맞춰 줘야 촬영에 들어간다는 이야기에 일을 진행시켰는데 이제 와서 작가가 잠적했다는 것이 말이나 됩니까?"

"박 부장."

국장이 박 부장의 손을 잡으며 말했다. 박 부장은 냉정하게 국장의 손을 뿌리쳤다.

"박 부장이 아니라 해결책을 내 달라는 말입니다. 빨리 예산을 집행해 달라고 해서 승인 없이 올렸다가 지금 문제가 터졌단 말입니다. 이거 감사 나오면 다 걸리는 것 알죠? 누구도 무사할 수가 없습니다. 국장님이라고 예외는 아닙니다."

박 부장이 으름장 놓듯이 말을 했지만 실상 편법으로 예산 승인을 내린 것을 위쪽에서 알게 된다면 가장 위험한 것은 박 부장이었다.

목소리를 높이는 박 부장도, 미안하다 사과하는 국장도 당장이 상황을 타개할 수 있는 방법이 아무것도 없다는 것을 잘 알고 있었기에 난감함 속에서 연신 사과와 고성이 오갈 때였다.

"국장님!"

경은이 국장을 불렀다.

다름 아닌 드라마국의 국장이 깨지는 상황인지라 슬그머니 몸을 감추고 있던 이들은 경은의 돌발 행동에 화들짝 놀랐다. 옆에 있던 윤 PD가 그녀의 옷자락을 잡았다.

"박 작가, 왜 그래?"

작게 소곤거리는 목소리에서는 경은에 대한 걱정이 물씬 배어 났다. 괜찮다는 듯 윤 PD의 손을 슬그머니 뿌리친 경은이 다시 국장을 불렀다.

"무슨 일이야? 지금 바쁜 것 몰라?"

국장이 날카로운 목소리로 경은에게 따져 물었다. 아무것도 아닌 일이라면 가만두지 않겠다는 듯 국장은 서슬이 퍼런 모습으로 소리쳤다.

경은은 애써 태연함을 유지하며 국장에게 다가갔다.

"여기요."

경은이 서류 봉투를 국장에게 내밀면서 말했다.

"뭐야?"

"대본입니다."

원래대로라면 메인 PD인 윤 PD가 기획안과 트리트먼트, 대본을 받겠지만 장 작가가 워낙에 대형 사고를 터트린 터라 드라마 국장이 이번 메디컬 드라마의 대본을 직접 공모하고 있었다.

경은은 그녀가 미리 써 놓았던 10화 분량의 대본과 추가한 2화의 대본, 그리고 조금 더 다듬은 그녀의 기획안을 주저 없이 내밀었다. 갑자기 내밀어진 두툼한 봉투에 국장의 미간이 찌푸려졌다.

"대본이라니?"

국장은 도무지 영문을 모르겠다는 투로 경은에게 질문했다. 경은이 대꾸했다.

"저도 이번 드라마 작가 모집에 공모하겠다는 이야기예요. 거기에 제출하는 겁니다."

경은이 당당하게 말했다. 국장의 얼굴이 신경질적으로 찌푸려졌다.

"이봐, 박 작가! 안 그래도 골치 아픈데 누구 놀려?"

"놀리는 것이 아니라 진심입니다."

이것은 경은에게는 인생을 바꿀 수도 있는 도박이었다.

"기회를 부탁드리는 거예요. 장 작가님 잠적하신 지도 벌써 일주일이 다 되어 가고, 다른 작가분들도 이런 상황에서 드라마에 투입되는 것은 다 거절하셨고요. 제가 알기로는 지금 이 상황에 투입되는 것은 무명 세월이 긴 작가분들도 고사를 하는 상황이라고 알고 있습니다."

경은은 몇 번이고 반복해서 연습했던 대사를 천천히, 그리고 또박또박 옮어 나갔다.

"제 나이가 어리고, 경험이 부족해서 걱정이 된다면 대본을 직접 보고 판단을 부탁드릴게요. 24부작 중 딱 절반, 12화까지의 대본을 준비해 왔습니다. 무작정 저를 믿어 달라는 것이 아니라 대본을 보고 직접 판단을 해 달라고 말씀드리는 거예요. 한 번만 봐 주세요. 그리고 기회를 주십시오."

경은은 국장의 눈을 보면서 말했다.

신경질 섞인 표정으로 짜증스레 그녀를 바라보던 국장의 표정이 점차 풀어졌다. 한참 동안 그렇게 그녀를 내려다보던 국장은 천천히 그녀가 내민 서류 봉투로 눈을 돌렸다.

12장

특별한 대안이 없는 상황에서 경은이 내민 대본은 그리 나쁘지 않은 선택지였다. 비록 독립운동가들을 배경으로 한다는 맹점이 있어 해외 수출 부분에서의 이익을 장담할 수 없는 상황이기는 했지만 2달도 채 남지 않은 상황에서 기획, 설정, 캐릭터를 모두 얻을 수 있는 것은 경은의 것이 유일하다시피 했다. 하지만 그럼에도 드라마 진행까지 가는 길이 그리 수월한 것만은 아니었다.

"전현아 씨 출연 안 하신답니다."

"박태원 씨 매니저 전화예요. 출연 못 하신대요."

"국장님, 도은희 씨 거절이시래요."

배우들이 줄줄이 출연을 고사했다.

메인 작가가 바뀌고, 기획, 설정까지 모두 바뀐 것도 문제지만 그보다 더 큰 문제는 캐릭터상 젊은 배우가 주연을 맡아 줘야 하는데 요즘 대부분의 젊은 배우들은 드라마의 수출 가능성을 중요하게 생각한다는 것이었다.

대본을 보고 도장을 찍었던 배우들마저 소속사 윗선들의 조언에 출연을 포기하는지라 상황은 거의 최악이나 마찬가지였다.

"박 작가, 꼭 이 설정 그대로 가야겠어?"

국장이 한숨을 내쉬며 물었다. 경은이 입술을 질끈 깨물었다.

"전에 장 작가가 했던 말 틀린 것 없어. 이 내용으로 가면 안 팔려! 그래. 애국심 마케팅으로 해서 국내에서는 잘 팔릴 수도 있겠다. 대본 보니까 내용도 제법 재미가 있어. 그래서 시청률 20%로 중박은 때린다고 하자. 그런데 정작 배우들이 싫다고 하잖아. 걔들은 일본에 가서 돈 벌어야 한다잖아."

국장도 한국 사람이었다. 독립운동가들을 주제로 하는 것이 왜 싫을까. 청산하지 못한 역사에 가슴 아파하는 것은 마찬가지였다. 게다가 경은은 드라마 펑크라는 사상 초유의 사태로 인해 그가 사표를 내야 할지도 모르는 상황에서 그를 구해 준 구세주나 다름이 없었다. 그래서 그도 되도록 경은의 의사를 존중해 주고 싶었다.

하지만 동시에 그는 드라마팀을 총괄하는 드라마국의 국장이었다. 그는 좀 더 잘 팔리는 드라마를 만들어 세계 각지에 비싼 값으로 팔아서 방송국에 이윤을 안겨 줘야 할 의무가 있는 사람이었다.

"박 작가가 독립운동가들을 끌어들여서 딱 좋은 거 한 가지가 뭔지 알아? 희진인지 희나린지 하는 그 국회의원 애첩이 떨어져 나갔다는 거, 그거 딱 하나야."

국장이 솔직하게 말했다.

희진인지 희나린지 하는 그 여배우는 개념 있는 배우가 되기 위해 막장드라마는 거부했지만, 동시에 일본에서 성공하기 위해 독립운동 운운하는 드라마도 싫다고 했다.

그 원흉이 자신이라는 것은 아는지 모르는지 그 여배우는 작가가 바뀐 것을 핑계 삼아 계약을 어겼다며 경은의 드라마가 방영될 동시간대의 어느 신데렐라 드라마와 계약을 했다.

"걔 떨어져 나간 것을 생각하면 내가 독립운동 아니라 독립운동 할애비들이라도 써 주고 싶은데 배우들이 출연을 안 한다잖아. 이거 타깃이 20대인데 그 주력 배우들이 출연을 안 해 주면 우리 드라마 못 만들어. 그러니까 대충 이 정도에서 고집 접자. 지금 방영 중인 드라마는 이미 2화 연장시켜서 더 이상 시간도 못 줘."

국장이 달래듯이 말했다. 경은은 말없이 입만 꽉 다물었다.

"……다 거절했대요?"

"그래. 박 작가가 내밀었던 그쪽 배우들 다 거절이야. 요즘 좀 뜬다 싶은 주연급 배우들은 죄다!"

국장이 강한 어조로 말했다. 그는 그의 말 한마디에 경은의 마음이 조금이라도 바뀔까 싶어 계속 그녀를 달랬다.

"그냥 설정 조금만 비틀면 되잖아. 그 치프도 좋고, 드라마 작가 투입되는 것도 좋고. 그냥 거기에서 독립운동가 내용만 **빼**. 간 단하잖아. 어려운 일 아니야. 그 내용만 **빼**면 드라마 출연하겠다 는 배우들 줄을 섰어. 물론 박 작가가 아직 신인이니만큼 거물급 은 무리더라도 주연급 배우들 몇은 콜을 외쳤다고."

국장은 경은도 익히 이름을 알고 있는 몇몇 배우들의 이름을 늘어놓으면서 말했다.

그들을 캐스팅해서 즉시 촬영에 들어가면 그리 나쁘지 않은 결 과가 나올 것이고, 그렇게 할 경우 국장 또한 경은의 차기작에 도 움을 준다는 이야기가 달콤하게 흘러나왔다. 하지만 그런 국장의 말에도 경은은 여전히 답을 하지 않았다.

그가 말하고자 하는 요점을 경은은 충분히 알아들었지만 그러기 에는 이것을 위해 쏟았던 자신의 정성과 용운의 도움, 그리고 말없 이 묵묵하게 애원에 서 있는 독립운동가들에게 너무 죄송했다.

✦   ✦   ✦

정원을 걷는 경은의 발걸음이 씁쓸했다.

병원을 떠나 있었던 것이 고작 보름 남짓이었음에도 경은은 이 곳이 부쩍 낯설게 느껴졌다. 아니, 사실은 몸이 아니라 마음이 낯 설어진 것인지도 모르겠다.

'더 이상은 시간을 못 줘! 사흘이야. 사흘 안에 결정을 내자. 개그 맨이든 가수든 배우든 난 아무런 상관이 없으니 박 작가가 원하는 대

로 드라마를 쓰고 싶거든 사흘 안에 배우를 구해 와! 그게 불가능하다면 내 말 듣고! 기억해. 사흘이야!'

국장은 경은에게 최후통첩을 내렸고, 그의 말을 들은 경은은 흔들렸다.

'박 작가, 이번에는 국장님 말 듣자. 내가 보기에도 이번에는 힘들어. 대신 다음에는 꼭 만들어 줄게. 아예 3.1운동이나 2.8독립선언을 배경으로 만들자. 안중근 의사나 안창호 의사, 윤봉길 의사 일대기를 만들어도 좋아. 이번에만 숙이자. 편성을 통으로 펑크 낼 수는 없잖아.'

줄곧 경은의 대본을 지지해 주던 윤 PD마저 경은을 설득하고 나섰기에 돌파구가 없는 시점에서 경은은 정말로 흔들렸다.

국장이나 윤 PD의 말대로 경은의 고집만 유지를 하다가 방송을 펑크 낼 수도 없는 노릇이었다. 적절한 배우만 하나 있다면 어떻게든 밀어붙이겠는데 남자 주인공 하나와 여자 주인공 하나, 이렇게 딱 두 사람이 모자랐다.

고즈넉한 정원을 걷는 경은의 발걸음에는 많은 생각이 담겼다. 걸음 하나에 생각 하나를 담았고, 또 다른 걸음 하나에 또 다른 생각 하나를 담았다. 한 걸음을 디딜 때마다 '이상'과 '현실'이 경은의 머릿속을 참 복잡하게 어지럽혔다.

경은의 만능 척척박사님, 용운을 본다면 이 복잡함이 조금은 없어질까 하는 생각이 들기도 하지만 그러기에는 용운에게 보여 줄 이 현실이 너무나도 미안했다.

처음 장 작가와 국장에게 이런 대본은 현실성이 없는 이상주의일 뿐이라며 깨졌을 때와는 사정이 달랐다. 그때의 경은에게는 아무런 결정권이 없었고, 지금의 경은에게는 최소한의 결정권이 있었다.

지금 경은이 용운에게 가서 이 복잡한 현실을 이야기하는 것은 그녀의 손으로 그 '이상'을 포기하겠으니 용운도 동의를 하라는 말이나 다름이 없었다.

"이런 게 현실이구나."

경은이 씁쓸한 목소리로 중얼거렸다.

장 작가의 가치관이 마음에 들지 않는다며 참 많이도 투덜거렸는데 지금 보니 그녀는 경은보다 현실을 조금 더 잘 알고 있었던 것에 불과했다. 아직까지도 연락이 없는 장 작가를 떠올린 경은이 한숨을 내쉬며 고개를 가로저었다.

경은은 몇 달 전, 용운을 따라 이곳에 처음에 왔을 때의 동선을 그대로 밟아 나갔다. 고즈넉한 산책로를 따라 걸으며 예쁜 꽃도 보고, 아름드리나무도 보고, 나무를 통째로 조각해 놓은 예술성 넘치는 의자도 봤다. 유관순 열사나 안중근 의사, 윤봉길 의사의 흉상도 봤다.

그리고 그녀가 가슴으로 감동했었던 학봉 김성일 종가의 13대 종손인 김용환의 일화가 적힌 흉상도 보았고, 용운이 들려준 김락 여사의 일대기도 떠올렸다. 시아버지와 남편, 사위, 두 아들, 그리고 그녀 본인까지도 독립운동가였던 집안…….

이제 겨우 100년이 지났을 뿐인데 사람들은 너무 많은 것을 잊고, 그리고 또 모른 척하면서 지내려고 한다.

"미안해요. 정말 죄송해요."

김용환의 흉상 앞에 걸음을 멈춘 경은은 그들에게 사죄했다. 저분들은 현실 앞에 무너지려는 비겁한 경은이 하는 사죄 따위는 듣고 싶지 않으실지 몰라도 그녀는 그렇게라도 해야 마음이 편할 것 같았다.

"정말 죄송해요."

경은이 고개 숙여 사죄했다. 경은의 눈가에서는 어느새 눈물마저 한 방울씩 떨어졌다.

차라리 아무것도 몰랐다면 애써 모른 척하기라도 할 텐데 오직 후손들에게 온전한 나라를 되돌려 주기 위해 모든 것을 다 바쳐 노력했던 독립운동가들의 삶에 대해 알고 있기에 경은은 이루 말할 수 없이 미안하고, 또 죄스러웠다.

경은은 이 아름다우면서도 슬픈 정원에서 고개를 들 자격도 없는 사람이었다. 차마 더 앞으로 나아갈 자신이 없는 경은이 몸을 돌려 정원을 빠져나가려고 할 때였다.

"박경은!"

경은의 이름을 부르는 낯익은 목소리가 들려왔다. 경은이 놀라 고개를 들었다. 용운이 성큼성큼 경은에게 다가왔다.

"울고 있었어?"

용운이 미간을 꿈틀거리며 물었다. 마음에 안 든다는 티가 역력한 용운의 모습에 경은은 눈을 끔벅였다.

"……여긴 어떻게 왔어요?"

"어떻게 오기는. 여긴 내 구역인 것 몰라?"

용운이 마치 삐지듯이 물었다. 경은의 속상함을 아는 것인지 용운은 일부러 익살맞은 흉내를 냈다. 경은은 그런 그의 모습에 희미하게 미소를 지었다. 미소인지도 분간이 가지 않는 희미한 미소지만 용운은 그것만으로도 만족했다는 듯 경은의 입가를 손으로 부드럽게 쓸었다.

"그래. 이렇게 웃어. 그게 예쁜데 왜 울고 그래?"

용운이 타박하듯 말했다. 경은은 그런 용운의 말에 괜스레 눈물이 났다.

"그러게요. 왜 울고 그럴까요."

분명히 아까 전까지만 해도 괜찮았는데 용운의 말을 듣고 나니 경은은 자꾸만 눈시울이 뜨거워진다. 애써 참았던 눈물보가 다시 터질 것 같아 경은은 왈칵 용운에게 안겼다. 용운은 가만히 그런 경은을 안아 주었다. 말없이 등을 다독이는 손길이 한없이 부드러웠다.

"보고 싶었어요."

눈에는 눈물이 차올랐고, 목은 멨다. 경은은 사실 조금 힘들었는지도 모르겠다.

"수고했어."

용운은 그런 경은에게 수고했다는 말만 거듭했다. 평소라면 뭐가 힘들었느냐, 나 보고 싶었냐 등 이런저런 말들을 늘어놓았을 용운이지만 오늘 용운은 가만히 말을 자제했다. 대신 몸으로 경은의 마음을 녹였다.

"근데 선배님, 저 정말 수고 많이 했는데⋯⋯. 정말 노력 많이 했는데⋯⋯. 근데 결과가 엉망이에요."

경은이 용운의 품에 안겨 속삭이듯 중얼거렸다. 본인에 대한 부끄러움과 용운에 대한 미안함, 그리고 죄스러움으로 인해 경은은 차마 얼굴을 들 수가 없었다.

용운은 그런 경은이 안타까운 듯 연신 그녀의 등을 다독였다. 그 어떤 말도 할 수 없어 침묵하는 경은의 마음을 알기라도 하는 것인지 용운이 먼저 입을 열었다.

"돌아가는 것도 나쁘지 않아. 넌 최선을 다했잖아. 그저 한 발을 내디뎠을 뿐인데 그 한 발로 모든 것을 다 이루겠다는 것은 과욕이야."

용운은 자신은 아직 아무것도 해낸 것이 없는데 너는 벌써 이만큼이나 오지 않았느냐, 그래서 네가 자랑스럽다는 말을 경은에게 건넸다. 경은은 그 말 한마디에 애써 참았던 눈물을 그대로 쏟아 냈다.

그의 말을 면죄부 삼는 것은 아니지만 경은은 용운의 말이 잔뜩 상처 입은 그녀를 위로해 주는 것처럼 느껴졌다. 용운은 그의 품에서 펑펑 우는 그의 연약한 연인을 보며 다정한 미소를 지어 보였다. 그리고 눈을 감고 그녀의 입술에 자신의 입술을 가만히 포개었다.

애틋하고 부드럽고 다정하고 달콤하게, 위로하는 듯한 입맞춤은 경은과 용운 모두에게 힐링이 되었다.

"선배가 너무 좋아요."

용운의 팔짱을 낀 경은이 그의 어깨에 머리를 기댔다. 용운은 달콤한 키스의 여운이 사라지지 않은 것인지 아직까지 붉은 볼을 한 연인을 사랑스럽게 바라보았다.

"내가 좋아?"

"네. 좋아요. 선배가 좋고, 이 병원이 좋고, 이 병원의 사람들이 좋고……."

그래서 이 병원을 배경으로 좋은 드라마를 하나 만들고 싶었어요. 이제는 정말 포기해야겠지만.

마음속에 포기라는 단어를 새긴 경은이 낮게 가라앉은 목소리로 대꾸했다. 용운은 그런 경은을 보며 눈썹을 꿈틀했다.

"비중은?"

"네?"

"아니, 순위가 있을 것 아니야. 내가 더 좋은가, 아니면 병원이 더 좋은가, 병원 사람들이 더 좋은가. 1순위, 2순위, 3순위라고 말을 해도 좋고, 네 마음을 100%라고 놓았을 때 나를 99%만큼의 비중으로 좋아하고 나머지를 0.5%씩의 비중으로 좋아한다고 말해도 좋고."

용운이 진지한 목소리로 말했다. 경은은 뜨악한 표정으로 그를 바라보았지만 용운은 제법 진지한 눈으로 그녀를 바라보고 있었다.

"아, 음……."

경은이 슬금슬금 용운의 눈치를 보았다. 용운은 심기가 불편한 것인지 흠흠, 헛기침을 했다.

"어서 대답해 봐."

용운은 조금은 강압적인 어조로 말을 했다. 경은은 혀를 내밀어 마른 입술을 축이며 말했다.

"저기……. 진심이에요?"

"그러면?"

용운은 당연하지 않느냐는 투로 대꾸했다. 그는 뻔뻔한 모습으로 답변을 기다렸다. 대답 없는 경은을 채근하지 않고 그저 긴 시간 동안 바라보기만 했을 뿐이었다. 그 변함없는 눈빛이 부끄러워 경은은 슬그머니 눈을 피하려고 했다. 그녀의 눈에 조금씩 위로 상승 중이던 용운의 입꼬리가 보인 것은 그때였다.

용운은 자꾸만 위로 올라가는 입꼬리를 억지로 내리며 감정을 자제하고 있었다. 경은은 그제야 용운의 말이 농담이라는 것을 깨달았다. 황당한 눈으로 용운을 바라보던 경은의 입가에는 서서히 장난기가 감돌았다. 피식 웃은 경은이 가볍게 용운의 어깨를 때렸다.

"왜 당연한 것을 묻고 그래요?"

"당연한 것이라니?"

"당연히 선배가 꼴찌죠!"

경은이 단호하게 대답했다. 용운은 전혀 생각지도 못한 말에 눈을 크게 떴다. 그는 정말 놀란 표정으로 경은을 돌아보며 물었다.

"내가 꼴찌야?"

"꼴찌예요."

경은은 조금은 한심하다는 듯한 눈으로 용운을 아래위로 훑으면서 말했다.

농담이라고는 해도 연인에게 꼴찌라는 말을 들은 것은 퍽 충격적이었는지 용운은 어깨를 조금 늘어뜨린 채 낮게 으르렁대는 듯한 말투로 경은을 다그쳤다.

"왜?"

"왜긴 왜예요? 정신 연령이 꼴찌라서 그렇지."

경은이 샐쭉하니 그를 흘겨보듯이 말을 이었다.

"세상에나, 유치하게 1순위, 2순위, 3순위가 뭐예요? 비중 99%는 또 뭐고."

"뭐? 유치해?"

"그럼 유치하지, 안 유치해요?"

용운에게서 팔짱을 푼 경은이 장난스럽게 눈꼬리를 휘면서 말했다. 용운은 익살맞은 곰처럼 눈썹을 꿈틀거렸다.

"나보고 유치하다고 말한 거 후회할 텐데?"

"후회 안 해요."

"정말로?"

"정말로!"

경은은 다짐하듯 고개를 끄덕였다. 용운은 그런 경은의 모습을 보며 크흠, 진지하게 고민하는 흉내를 냈다.

"그럼 우리 박경은 작가님은 유치한 남자를 사귀는 것인데?"

"아, 그렇게 되는 건가요?"

"그렇지. 게다가 유치한 남자를 사랑하기까지 하는 것이니까."

"흐음, 그건 좀 고민이네요."

경은이 귀밑머리를 손가락으로 꼬면서 답했다. 용운은 마치 연기를 하는 듯한 경은의 행동을 키득거리며 바라보았다. 그리고 큰 손으로 경은의 머리를 거칠게 쓰다듬으며 말했다.

"알았어. 백기 들었다. 뭐 이렇게 귀엽냐?"

용운은 경은의 머리를 마치 동네 아이의 더벅머리를 쓰다듬듯 헤집은 주제에 그와는 대조적으로 부드러운 입맞춤을 그녀의 이마에 내려앉혔다.

"예뻐. 우리 작가님!"

"선배님……."

"정말 예뻐. 내 눈에는 네가 세상에서 가장 예뻐."

용운의 잔잔하고 다정한 고백은 경은의 마음을 설레게 했다. 장난을 그만둔 경은이 다시 용운에게 다가가 그의 팔짱을 꼈다. 그리고 조금은 지치고 힘겨운 목소리로, 이번에는 진심으로 사과를 건넸다.

"난 겁쟁이예요. 알죠?"

지금 경은은 용운의 얼굴을 보고 그와 눈을 마주칠 자신이 없었다. 용운은 그녀가 무슨 말을 하려는지 알고 있는 것인지 아무런 대답이 없었다. 경은이 조곤조곤 말을 이었다.

"난 앞으로 이상을 버리고 현실에 타협할 거예요. 장 작가님이나 국장님, PD님들 말처럼 시청률 하나만 보면서 드라마를 만들 거예요. 선배님이 도와준 내용으로, 독립운동가들에 대한 내용이나 병원의 유래에 대한 내용 같은 것은 죄다 쏙 빼 버리고."

경은은 마치 그녀 자신에게 상처 주듯이 앞으로 벌이게 될 일을 하나하나 낮게 읊조렸다. 용운은 그쯤하면 됐다며 그녀를 말리고 싶었지만 그것은 경은이 바라지 않았다.

"스폰서도 안 붙고, 다른 나라에 안 팔려도 상관이 없는데 배우들이 출연을 하지 않겠다는 데에는 답이 없더라고요. 욕하려면 욕해요. 하지만 맹세하건대 이번이 정말 마지막이에요. 난 꼭 성공할 거예요. 그래서 선배 도움 헛된 것 아니게 만들게요. 정말이에요."

용운은 정말 괜찮은데 경은은 용운이 가장 마음에 걸린 모양이었다. 그는 위로하듯 경은의 팔을 다독거렸다. 그의 팔짱을 낀 경은의 왼팔을 그의 왼손으로 강하게 잡아 줬다.

"난 정말 괜찮대도 그러네."

"내가 안 괜찮아요. 이건 맹세나 다름없어요. 선배랑 이 정원에 대고 하는. 그러니까 선배는 증인만 해 줘요. 그리고 나중에, 아주 나중에 내가 또 울게 되면 그때는 내 눈물을 닦아 줘요. 그리고 맹세했지 않느냐, 내가 증인이지 않느냐 하면서 내 등을 밀어 줘요. 그게 선배님 역할이야."

경은은 용운의 어깨에 머리를 기대면서 말했다. 용운은 알겠다는 듯 경은의 손을 잡은 그의 손에 강하게 힘을 줬다. 경은은 그의 대답 아닌 대답을 듣고 나서야 긴장이 풀린 듯 팔짱을 풀고 용운과 마주 섰다.

"자, 그럼 이걸로 내 볼일은 끝났어요."

"어?"

"저 여기에 마음 결정하러 왔거든요. 지금 이 자리에서 이상을 포기하고 현실을 택했잖아요. 그리고 대신 맹세를 했고. 이제 이것으로 제 볼일은 끝났어요. 그러니까 선배 얘기해 주세요."

"내 얘기라니?"

"선배, 제가 여기에 있는지 어떻게 알았어요?"

경은은 사실 아까부터 이것이 가장 궁금했다. 경은의 물음에 용운이 작게 웃음을 터트렸다.

"뭐야, 그게 궁금했어?"

"네! 사실은 아까부터 진짜, 진짜, 진짜로 궁금했어요."

경은이 거듭 강조를 하면서 말했다. 그리고 중요하지도 않은 부분에 집중하는 경은을 보며 용운이 비실비실 웃음을 섞어 대꾸했다.

"눈으로 봤거든."

"눈으로요?"

"네 생각하면서 창밖을 보고 있는데 낯익은 아가씨가 지나는 거야. 혹시 잘못 봤나 싶어서 눈을 비비고 봤는데도 여전히 똑같은 모습의 아가씨가. 그래서 냉큼 달려왔지."

용운이 대답했다.

"정말 봤어요?"

"그렇다니까?"

묘한 우연의 일치에 용운이 선선히 고개를 끄덕였다. 용운은 가운 앞주머니에서 무엇인가를 꺼내 들며 말을 이었다.

"사실은 이걸 받았거든."

경은은 용운이 꺼낸 그 무엇인가를 손으로 받았다. 반으로 접혀 있는 종이를 펼쳐 보니 그것은 뮤지컬 티켓이었다.

"어? 이건……."

"뮤지컬 티켓. 며칠 전에 보니까 TV에서 광고도 하더라고. 꽤 유명한 공연 같던데 혹시 보러 갈래?"

용운은 이미 오프까지 다 맞춰 놨다며 가끔씩 튀어나오는 그의 흑심을 슬그머니 내보였다. 기분 전환도 할 겸 단둘이서 뮤지컬도 보고, 맛있는 식사도 하고, 드라이브도 했으면 좋겠다며 야심찬 계획을 늘어놓았다.

하지만 경은은 그런 용운의 반응에도 말없이 눈만 끔벅였다. 경은의 눈은 용운이 건넨 뮤지컬 티켓에서 떨어질 줄을 몰랐다. 한참 동안 말을 늘어놓던 용운이 경은의 이상한 점을 눈치채고 입을 닫았다. 그리고 조심스레 경은을 불렀다.

"경은아, 왜? 시간이 안 돼?"

"아니요. 그것보다는……."

경은이 말끝을 흐렸다. 경은은 손바닥을 다 덮은 티켓에 당당하게 박혀 있는 뮤지컬의 제목을 손으로 연신 쓸어내렸다. 경은의 머릿속에는 이 뮤지컬의 주연으로 발탁된 걸로 알고 있는 누군가의 이름이 맴돌았다. 그래. 왜 이 사람을 생각하지 못했을까? 경은이 입술을 잘근거렸다.

"선배, 혹시 이거 막공 언제예요?"

"막공?"

"예. 마지막 공연이요."

경은은 혹시나 해서 물었다. 용운이 알 리 없을 것 같기는 하지만……

"내일모레. 우리가 보러 갈 공연이 막공인데?"

용운이 대답을 했다. 경은이 고개를 들어 용운을 바라보았다. 용운은 여전히 영문을 알 수 없다는 표정으로 경은을 바라보고 있었다.

"정말이에요?"

"그래. 마지막 공연이야. 마지막 공연이니 볼만할 거라고 갖다 주더라."

"누가 갖다 줬는데요?"

"정서준. 유명한 배우라고는 하던데 TV에 안 나오는 것을 보

340

면 크게 안 유명한 것 같기도 하고."

용운이 대수롭지 않게 말했다. 경은은 그런 용운의 말에 그의
뒤에서 조금씩 서광이 비치는 듯한 느낌을 받았다.

"정서준이요?"

"······알아?"

"알다마다요!"

경은이 비명을 지르는 듯이 대답했다.

"친해요? 연락처 알아요? 혹시 정서준 씨 다음 스케줄 잡혀 있
대요?"

경은은 마치 따지듯이 물었다. 용운은 그녀의 말이나 행동이
이해가 가지 않는 것처럼 보이는 듯했다. 하지만 경은은 그런 용
운의 의아함이나 궁금증 따위에 신경 쓸 겨를이 없었다.

"연락처 줘 봐요. 아니, 친분이 있는 사람이 있는 게 낫겠다.
아예 선배가 같이 가요. 그리고 같이 말 좀 해 줘요!"

실낱같은 희망이라고 해도 좋았다. 하지만 이유도 모르게 기분
이 좋았다. 잘은 모르겠지만 정서준이라면 출연을 해 줄지도 모른
다는 생각이 경은의 머릿속에 확신처럼 맴돌았다.

✦　　✦　　✦

배우 정서준은 잘생긴 외모와 출중한 연기력도 유명하지만 그
보다 더 유명한 것은 작품을 택하는 그의 높은 안목이었다. 그가

택하는 작품은 시놉이나 다른 출연진, 연출진을 보지 않아도 무조건 대박이라는 것이 충무로나 뮤지컬계의 공통된 의견이었다.

드라마 쪽에는 출연한 적이 없었지만 그가 나오는 작품은 영화가 됐건 뮤지컬이 됐건 연극이 됐건 모두 매진 행렬이었다. 그리고 그 때문인지 배우들은 정서준과 함께했다는 필모그래피를 만들기 위해 제법 열심이었다. 경은의 드라마에 만약 그가 나온다면 드라마는 그것만으로도 성공하는 것이나 다름없었다.

아니, 사실 성공 여부는 상관이 없었다. 지금 경은에게 중요한 것은 대본의 수정 없이, 정확하게 말하자면 배경에 대한 삭제 없이 드라마가 무사히 방영되는 것이었다. 경은은 그가 인기나 돈에 크게 욕심이 없다는 것에 집중했다. 그리고 그것 하나만 믿고 용운을 끌고 그에게 찾아간 것이었다.

무릎을 꿇으라고 하면 무릎을 꿇을 것이고, 두 손을 모아서 빌라고 하면 빌 생각이었다. 물론 그렇게 한다고 정서준이 드라마에 출연을 하지는 않겠지만 경은은 그녀가 할 수 있는 한 모든 노력을 다할 생각이었다.

용운을 닦달해서 정서준을 찾아갈 때까지만 해도 경은은 정말 마음의 각오를 단단히 하고 있던 상황이었다. 그래서 경은은 지금 그녀가 이런 상황에 처했단 것이 믿어지지가 않았다.

"그래. 본(本)이 어떻게 된다고?"

"밀양 박가입니다."

"집안에서 돌림자는 무엇을 쓰는고?"

"특별하게 돌림자를 사용하지는 않습니다만, 규정공파 26대손입니다."

조곤조곤 대답을 뱉고는 있었지만 경은은 지금 그녀의 정신이 온전히 자신의 것이라는 확신이 들지 않았다. 경은은 분명 배우 정서준을 만나기 위해서 용운을 따라온 것인데 지금 그녀와 마주하고 있는 사람은 이사장님이었다.

"가족은 어떻게?"

"부모님은 무엇을 하시지?"

"나이는? 생년월일은?"

생각도 해 본 적 없는 호구조사에 경은은 반쯤 혼이 나간 상태에서 대답을 늘어놓았다. 마음의 준비도 되어 있지 않은 상황에서 질문은 끝도 없이 쏟아져 나왔다. 경은은 혼미한 정신으로도 기절을 하지 않는 자신이 그저 용하게만 느껴졌다.

용운은 그런 조부와 경은을 번갈아 보며 한숨을 내쉬었다. 이래서 집으로 오고 싶지 않았는데…….

집에 있으면서 전화도 안 받은 서준을 향해 눈을 흘긴 용운이 한숨을 내쉬며 조부에게 말했다.

"그만하시죠?"

"무얼?"

"오늘은 인사를 드리러 온 것이 아닙니다. 업무 관계로 온 겁니다."

박봉달 이사장이 코웃음을 쳤다.

"업무는 무슨 업무?"

"저 녀석과 관련된 것이요."

용운이 서준을 가리키며 말했다.

"엑? 나?"

소파에 앉아 경은을 구경하고 있던 서준이 손가락으로 자신을 가리키며 놀란 표정을 지었다. 고개를 끄덕인 용운이 거두절미하고 본론으로 들어갔다.

"너 좀 나와라."

"나가다니? 어디로? 그냥 여기에서 이야기하면 안 돼?"

서준이 거리낌 가득한 표정을 지으며 고개를 저었다. 용운은 무뚝뚝한 목소리로 그의 반항을 묵살시켰다.

"까불지 말고 빨리 나와."

도대체 서준과 무슨 사이인지는 모르겠지만 마치 명령하는 듯한 용운의 말투에 경은이 조심스레 용운의 옷자락을 잡아당겼다.

"도대체 무슨 사이기에……."

경은이 용운과 서준, 그리고 박봉달 이사장의 눈치를 살피면서 말했다.

서준의 집이라고 찾아온 곳에 박봉달 이사장이 있고, 또 지나치게 태평한 투로 이야기를 하는 두 사람을 보고 있노라면 짐작을 가는 부분이 하나 있기는 하지만 그러기에는 용운과 서준, 그리고 박봉달 이사장까지 세 사람의 얼굴이 너무 달랐다.

경은이 조심스레 세 사람의 얼굴을 관찰할 때였다. 무엇인가 말하려는 용운을 막은 서준이 피식 웃으며 손을 내밀었다.

"자, 형수! 인사합시다."

"예?"

"형제예요, 우리."

서준이 히죽 웃으면서 말했다. 깜짝 놀란 경은의 모습에 용운이 말을 덧붙였다.

"동생이야."

"동생이라고요?"

용운이 고개를 끄덕였다. 경은은 못 믿겠다는 표정으로 용운과 서준의 얼굴을 번갈아 보았다. 서준이 있는 집이라고 온 곳에 박봉달 이사장이 있는 것을 보았을 때부터 조금 수상하기는 했지만 그래도 그렇지 동생이라니!

한 사람은 원조 꽃미남의 얼굴이었고, 또 다른 한 사람은 잘생기기는 했어도 타고난 인상파였기에 경은은 이 집안에 무엇인가 출생의 비밀이 있을지도 모른다는 생각이 들었다.

"이름이 다른데……."

"예명이지."

"얼굴도 다른데……."

"저 녀석은 외탁해서 그래."

경은의 말에 용운은 하나하나 대꾸하며 그와 형제라는 사실을 증명했다.

경은은 떨리는 눈으로 서준을 바라보았다. 경은은 아직까지도 그녀에게 손을 내민 채 악수를 기다리고 있는 서준을 보며 눈을 끔벅였다. 그리고 그 순간 속으로 '올레'를 외치며 그의 캐스팅을 확신했다.

13장

도대체 어떻게 정서준을 끌어들였는지. 그것은 경은이 애써 기억을 더듬어야 할 정도로 정신없이 이루어졌다.

그가 용운의 동생이라는 것을 알게 되자마자 경은은 타깃을 변경했다. 그녀는 박봉달 이사장에게 정서준이 드라마에 출연을 해야 하는 이유를 늘어놓았고, 그 즉시 정서준의 운명은 정해졌다.

서준이 항변했지만 그의 출연 여부에 따라 '독립운동가의 후예가 만든 병원'이 배경이 되느냐 마느냐가 정해진다는 이야기에 박봉달 이사장은 거두절미하고 서준의 드라마 출연을 결정 내렸다. 물론 그곳에 서준의 의견은 병아리 눈곱만큼도 들어가지 않았다.

하지만 정서준의 의견이 무시를 당했건 말건, 그의 드라마 투입은 장금복 작가의 하차보다 훨씬 큰 이슈를 불러왔다. 데뷔 이

후 단 한 차례도 드라마에 출연하지 않았던 충무로 최고 배우의 드라마 출연은 방송가 전체를 술렁이게 했다. 그리고 그 즉시 경은의 드라마는 주목을 받기 시작했다.

지지부진했던 캐스팅도 정서준의 투입으로 순조롭게 진행이 되었고, 협찬이 줄을 이었다. 그것은 여론의 평가 또한 마찬가지였다.

경은의 드라마는 장금복 작가의 빈자리를 채우기 위한 졸속기획이 아니라, 박경은이라는 작가가 쓰는 제법 기대할 만한 작품이라 불리기 시작했고 그 기대를 저버리지 않기 위해 배우와 제작진들은 최선을 다하기로 마음먹었다. 그리고 그것은 경은이라고 예외는 아니었다.

제작발표회와 크랭크인, 그리고 첫 방송까지 남은 시간은 그리 길지가 않았다.

경은은 노트북과 커피를 친구로 삼고 혼자서 글을 썼다. 대본의 감수를 위해 박봉달 의료원 정형외과 오김구 교수와 간간이 연락을 주고받기는 했지만 경은의 작업은 온전히 그녀 혼자만의 몫이었다. 용운 또한 전문의 시험을 위해 9월부터 병원에서 손을 떼기에 대본과 싸우는 경은의 고독은 그 정도를 부쩍 더해 갔다.

한 번만이라도 얼굴을 보았으면 좋겠다는 생각이 두 사람의 머릿속에 빈번하게 스쳤다. 하지만 경은과 용운은 목표를 위해 열심히 달려 나가는 상대의 성공을 기원하며 잠을 자기 전 하루에 딱 5분, 밤 11시 55분부터 12시까지 하는 통화 하나로 서로에 대한 그리움을 달랬다.

워낙에 시간이 촉박하기도 했지만, 그 와중에 캐스팅까지 늦어진 덕분에 경은의 드라마는 다른 드라마에 비해 유독 진행이 늦었다. 그나마 경은이 미리 대본을 써 놓은 덕분에 쪽대본은 겨우 면했지만 그것도 안정적인 수준은 아니었기에 외출을 극단적으로 자제하고 글만 쓰고 있었다.

제작 기간과 촬영 기간, 일주일에 한 번 방영하는 기간을 모두 총망라하여 드라마 종영까지 8개월 정도 되는 여정의 달리기, 그리고 내년 1월에 있을 전문의 시험을 향한 달리기가 함께 시작되었다.

✦　　✦　　✦

7월의 어느 밤, 초침이 12라는 숫자에 다다르기를 기다리던 경은은 떨리는 손으로 휴대전화의 통화 버튼을 누르려고 했다. 하지만 용운이 조금 더 빨랐던 모양이다. 전화가 왔음을 알리는 진동음을 기분 좋게 받아들이며 경은이 서둘러 휴대전화의 통화 버튼을 눌렀다.

"선배님! 오늘도 수고 많으셨죠?"

「나야 그렇지. 우리 작가님도 수고 많았지?」

"저야 언제나 그렇죠. 선배님이 많이 힘드셨을까 봐 그러는 거지. 공부도 하고, 일도 하면 많이 힘드시죠? 어서 전문의 시험이 끝나야 할 텐데……."

본인의 고생보다 연인의 고생이 더 안타까운 용운과 경은이 대화를 주고받았다.

무리하지 말 것, 그 어떤 것보다 자신의 건강을 가장 먼저 챙길 것, 자신의 몸은 자신의 것이 아니라 멀리 있는 상대의 것임을 잊지 말 것, 등이 경은과 용운이 주고받은 이야기였다.

사랑한다는 말로 끝난 5분은 연인들이 지난 회포를 풀기에는 지나치게 짧았다.

8월 넷째 주, 첫 방송이 시작하던 날 경은은 일부러 TV도 끄고, 컴퓨터도 끄고 침대에 누웠다. 연출진들이 어떻게 영상을 뽑았을까를 생각하면 드라마의 내용이 궁금해서 미칠 지경이지만 보고 나면 도리어 대본을 쓰는 것이 더 어려울 것 같았다.

용운의 말에 따르자면 CP며 PD들이 병원 곳곳을 알차게 찍어 갔다고 했다. 도민의 카페까지 유용하게 잘 찍고 있다는 그의 우스갯소리를 떠올린 경은은 당장이라도 TV를 켜고 싶은 손을 억지로 억눌렀다. 그런데 바로 그때였다.

Rrrr.

밤 10시에 전화 올 곳이 없는데…….

시계를 힐끗 본 경은의 미간이 좁혀졌다. 누가 상식 없이 이 시간에 전화를 하냐며 경은이 투덜거리며 몸을 일으켰을 때였다. 발신자란에 '님♥'이라는 단어가 보였다. 용운이었다.

"선배님! 웬일이세요? 이 시간에."

경은이 발랄한 목소리로 전화를 받았다.

"밤에 혹시 응급수술이라도 잡히신 거예요? 선배님 힘들어서 어째요……."

전화하기로 되어 있는 시간보다 2시간 먼저 온 전화는 경은에게 기쁨이 되기도 했지만, 용운이 그 시간을 지키지 못할 정도로 바쁜 일정이 생겼다는 것은 경은에게 안타까움이 되었다.

1분 1초로 생명이 오가는 환자들에게는 참 못할 생각이지만 팔은 안으로 굽는다고 잠도 제대로 못 자고, 밥도 제대로 못 먹는 용운을 생각할 때면 경은은 공연히 그들이 원망스럽다. 세상 누구도 아프거나 다치지 말았으면 하는 생각을 품고 경은이 입을 열었을 때였다.

「그런 거 아니야.」

낮고 성량 풍부한 목소리가 잔웃음을 토했다. 바쁜 병원 일정에 대해 불만을 토로하며 용운의 걱정에 대한 잔소리를 하려고 하던 경은이 멈칫하며 수화기 너머의 상황을 살폈다. 경은이 입을 다문 사이 용운이 다시 입을 열었다.

「오늘 첫 방송이지?」

"……알고 있었어요?"

「네 드라마 첫 방송인데 그걸 모를 리가 있나. 지금 그 드라마 보고 있는데?」

여유 있고 편안한 목소리에 웃음기가 담겼다. 첫 방송 때문에 잔뜩 긴장해 있던 경은은 네 드라마라 모든 일정을 뒤로하고 그것을 보고 있다는 용운의 말에 피식 웃음을 흘렸다.

"안 봐도 돼요. 나도 안 보는 드라마를……."

「드라마 안 보고 있어?」

"네. 그거 보면 가슴이 떨려서 금방이라도 죽어 버릴지 몰라요. 아니면 창피해서 죽든가."

경은이 눈을 찡그리면서 말했다. 으르렁대듯 낮게 깔린 희극적인 목소리에 용운이 잔웃음을 토했다.

「왜, 창피해?」

"그건……."

「우리 연애담이라 그래?」

"어? 알고 있어요?"

「모를 리가 없다. 모르기에는 너무 낯익어서. 근데 이거 저작권료라도 받아야 하는 게 아닌가 싶어. 안 그래?」

용운이 능청스럽게 말했다. 경은은 공연히 부끄러워서 휴대전화를 받지 않고 있는 손으로 마른세수를 했다. 얼굴을 쓸어내리는 경은의 손짓에 미열이 잡혔다. 부끄러움 탓이었다.

용운은 말없는 경은의 행동에 작게 웃음을 흘렸다. 그리고 그가 전화를 건 목적을 위해 천천히 입을 열었다.

「첫 방송 축하해. 이 말이 해 주고 싶었어.」

용운의 말에 경은은 순간 목이 멨다. 용운의 전화가 첫 축하였다.

"……고마워요."

「나도 고마워. 내 곁에 있어 줘서.」

작지만 강하고 힘 있는 목소리가 경은의 귓가에 울렸다. 경은은 가슴이 간질거려 속이 울렁거리기까지 했지만 그 마음을 애써 숨기려 노력했다.

"나도 고마워요. 내 곁에 있어 줘서."

대신 함께 있어 감사하다는 고백을 남겼다.

10월 첫째 주, 경은은 용운에게 환절기니 감기 조심하라는 안부 인사를 남겼다. 집안의 청결과 습도를 유지하고 따뜻한 물과 차를 많이 마시라는 조언을 남겼다.

의사인 용운에게 경은이 감기 조심을 운운하는 것이 다소 어색한 상황이라는 것은 알지만 사랑하는 사람에 대한 걱정과 염려는 그의 직업과는 상관이 없는 것이니까…….

경은은 전문의 시험을 앞두고 스터디에 열중인 용운을 위해 오늘은 음성 녹음으로 통화를 대신했다.

11월의 어느 날, 국장이 보낸 시청률표를 받아 든 경은의 얼굴에 얼핏 불안감이 스쳤다.

드라마는 나날이 승승장구를 하고 있는데 경은은 공연히 이유도 없이 겁이 났다. 호사다마라고 하던데 혹시 생각지도 못한 곳에서 나쁜 일이 생긴 것은 아닌가 하는 생각에 경은은 오늘은 밤 11시 55분이 되기 5분 전, 11시 50분에 용운에게 전화를 걸었다.

"시청률이 34.9%예요."

「와! 그거 엄청 높은 거 아니야?」

"네. 진짜 높은 거예요. 완전 대박! 근데 왜 기쁘지가 않지? 선배를 못 봐서 그런가 봐."

경은은 애정 속에 불안감을 감추고 용운을 향해 투덜거렸다. 하지만 용운은 그런 눈속임에 속아 넘어갈 정도로 관찰력이 낮은 사람이 아니었다.

「불안해?」

"……네. 그것도 아주 많이요."

용운의 직설적인 물음에 경은은 솔직하게 답했다.

너무 인기가 적어도 문제지만 너무 많아도 불안하고, 초조하고, 떨렸다. 이 드라마는 보나 안 보나 망할 것이라며 독설을 퍼부은 장 작가와 국장의 콧대를 꽉 눌러 주었다는 것은 만족스럽지만 경은은 태생이 소심쟁이에 겁쟁이라 그런가 이 예상치 못한 대박이 크게 반갑지만은 않았다.

나중에 혹시라도 시청자들의 기대를 충족시키지 못하면 어쩌나, 시청자들의 찬사에 괜스레 우쭐해져서 초심을 잃으면 어쩌나 하는 복합적인 고민이 경은을 힘들게 했다.

주절주절 흘러나오는 이야기에 용운은 이내 그의 겁쟁이 작가님의 속내를 파악하고 다정하게 말했다.

「그럼 커피를 마셔 봐.」

"커피요?"

「어. 그것도 아주 쓴 커피.」

용운이 말을 이었다.

「내가 잘 쓰는 방법인데 난 수술이 끝나면 쓴 커피를 마셔. 수술이 성공했다는 달콤함에 취해 실패를 하지 않도록. 그러니까 너도 한번 쓴 커피를 마셔 봐. 그러면 네 불안한 마음도 가라앉을 거야.」

언젠가 용운을 보았을 때 그에게 커피를 좋아하냐 물었던 적이 있었다. 그때 용운은 커피를 안 좋아한다고 답했었고. 그때 그녀가 보았던 용운은 커피를 마시며 긴장을 되살리는 중이었던 모양이다.

그리 오래되지 않은 기억을 되살리는 경은의 콧잔등을 찡긋거렸다.

경은은 아주, 아주 완벽한 사람처럼 보였던 용운도 그녀와 같은 고민을 하는가 싶어 조금은 마음이 가라앉는 느낌이었다.

12월, 올해의 첫눈이 내리던 날 용운은 경은에게 전화를 걸었다.

「오늘따라 네가 유난히 그립다.」

고백을 하는 용운의 목소리에서는 간절한 애틋함이 풍겨져 나왔다. 들릴락 말락 작은 숨소리 같기도 한 고백이었지만 경은의 귀에는 천둥보다 더 큰 소리였다.

"저도요. 보고 싶어요."

경은도 마음 한쪽에 가만히 숨겨 놓았던 그리움을 꺼내 놓았다. 그녀의 고백에 용운은 잠깐 동안 말을 멈추고 거칠게 숨만 내쉬었다.

「……내가 갈까?」

침을 삼킨 용운이 제안했다.

"가다뇨?"

「네가 있는 곳으로. 잠깐 얼굴만이라도 보고 싶어.」

용운이 간절한 목소리로 말했다. 경은은 흔들렸다. 그와 직접 얼굴을 보고 그의 품에 안긴 것이 도대체 언제던가, 라는 생각이 경은의 머릿속을 감쌌다.

"……안 바빠요?"

「바쁘지만 보고 싶은 마음이 더 강해.」

용운의 말은 달콤하기 그지없었다. 고저 없는 무뚝뚝한 말이 경은의 마음을 설레게 했다. 하지만 경은은 그와의 만남을 단 한 번으로 자제할 자신이 없었다.

"근데 선배님, 내가 바빠."

경은이 말했다.

「잠깐의 시간도 내기 어려울까?」

"시간은 낼 수 있는데 선배님 얼굴을 보면 놓아주기가 싫을 것 같아서……. 안 보는 것은 감정을 억지로 억누르면 되는데 잠깐 동안 딱 한 번만 보고 다시는 안 볼 자신이 없어요. 그러니까 우리 조금만 더 참아요."

경은은 독하게 마음을 다잡았다. 용운은 꽉 잠긴 목소리로 그녀의 말을 수긍했다.

「그래. 나도 널 놓아줄 자신이 없다.」

"그렇죠? 그러니까 우리 선배 시험 보는 날 봐요. 나 정말 열심히 쓰고 있어요. 우리가 함께 썼던 그 대본으로 드라마를 만들어서 보다 더 많은 사람들에게 보여 주기 위해서 노력하고 있으니까, 그 여세를 몰아서 우리 조금만 더 참아요. 사랑해요. 선배."

경은이 지금 쓰는 드라마는 용운과 함께 만든 꿈이었다. 경은은 그것을 보다 아름답게 해서 용운에게, 그리고 어딘가에 있을 독립운동가들의 후손들에게 보여 주고 싶었다. 힘겹게 이 나라를 지켜 준 당신들을 아름답게 추억하는 사람이 있다고. 경은은 그것을 위해 최선을 다하고 있었다.

1월 8일, 용운이 전문의 1차 시험을 앞둔 그 전날 경은은 탈고했다.

경은의 손에서 마지막 원고가 넘어가자 이런 내용의 드라마가 잘될 리 없다 독설을 퍼부었던 국장은 경은에게 차기작 계약을 제안했다. 높은 시청률과, 막장이 넘쳐 나는 방송가에 역사의식을 되살리는 착한 드라마라는 시청자들의 호평이 국장의 마음을 변하게 한 것이었다.

처녀작인지라 구성이며 캐릭터가 흔들리고, 개연성이 위험했던 부분이 없잖아 있기는 했지만 높은 시청률은 단점마저도 가렸다. 경은은 자신만만하게 국장에게 기획안과 트리트먼트, 대본을 내밀었던 과거의 자신을 떠올리며 질린 표정으로 혀를 내둘렀다. 도 대체 9개월 전의 그녀는 무슨 생각으로 그런 강단을 보였는지 모르겠다.

경은은 24부작 드라마를 진행하며 한 단계 더 성장했다. 스스로의 장점을 깨달았고, 부족한 점도 깨달았다. 그녀가 얼마나 더 많이 공부를 하고 연습을 하고 노력을 해야 하는지도 깨달았다. 하지만 지금은 모든 것을 잊고 내일 용운에게 달려갈 것만 생각하고 싶었다. 원고에 마지막 온점을 찍는 경은의 손에서는 강한 힘이 묻어났다.

✦　　✦　　✦

「수고하셨습니다. 합격자 발표는 의사협회 홈페이지 게재와 ARS를 통해 안내될 것입니다. 모든 수험자 여러분에게 좋은 결과 있으시기를 빕니다.」

시험의 종료를 알리는 안내 방송이 울리자 용운은 온몸의 긴장이 한순간에 풀리는 느낌이었다. 이제 겨우 1차 시험이 끝난 것이고, 앞으로 2차 시험이 또 남아 있기는 하지만 시험이 끝난 후의 해방감은 그 어떤 것을 막론하고 기쁜 법이었다. 하지만 용운은 지금 열심히 대본을 쓰고 있을 경은을 떠올리며 애써 들뜨는 감정을 억눌렀다.

드라마의 시청률이 제법 잘 나온다는 것만으로 잔뜩 겁을 먹은 그의 작가님에게 용운이 해 줄 수 있는 것은 그녀가 탈고를 할 때까지 그녀와 똑같은 감정으로 그들이 만날 그날을 기다리는 것뿐이었다.

"술 한잔하러 갈래?"

대학 동기인 현태가 용운에게 질문을 했지만 용운은 가만히 고개만 저었다.

"됐어. 2차 남았잖아."

"인마, 오늘 시험 끝났는데 2차 이야기를 하고 싶냐?"

"그래! 아직 시험은 끝나지 않았어."

용운이 모범생다운 대답을 했다.

이리 보고 저리 봐도 자로 잰 듯한 단정함에 현태가 미묘한 눈으로 그를 노려보듯 바라보았다. 착실한 녀석이기는 하지만 그래도 이 정도로 꽉 막힌 녀석은 아니었는데……. 현태가 눈을 끔벅이며 용운을 관찰할 때였다.

용운은 어느새 현태가 옆에 있다는 사실도 잊고 휴대전화를 켜고 있었다. 문자든 전화든 휴대전화에는 부재중 연락이 하나도 없었다.

"바쁜가?"

용운은 자신도 모르게 한숨 섞인 한탄을 내보였다. 그 모습을 본 현태는 그가 하는 말의 의미를 바로 깨달았다.

"쯧쯧."

혀를 찬 현태가 용운에게 다가가 그의 목에 팔을 두르며 물었다.

"인마, 공부가 아니라 여자 친구 때문이었잖아! 데이트가 있으면 데이트가 있다고 말을 할 일이지……."

현태가 퉁명스러운 목소리로 타박했다. 용운이 억울한 표정으로 고개를 들었다.

"아니거든?"

"아니긴 뭐가 아냐? 여자 친구랑 약속 있는 거 아냐?"

"내 여자 친구는 요즘 심하게 바쁘시다. 그래서 그분 탈고할 때까지 난 수절해야 한다. 술은 무슨. 우리 작가님 일하는데 내가 내 일 끝났다고 부어라 마셔라 할 순 없지."

다정한 눈을 하고 수절을 운운하는 용운을 보고 현태가 질린 표정을 지었다.

"진심이야?"

"그래. 그러니까 날 유혹하지 마라. 술은 무슨."

용운은 현태의 팔을 풀며 몸을 일으켰다. 현태는 쓸데없이 성실한 용운의 모습에 인상을 찌푸리며 말했다.

"인마, 네가 그런다고 네 여자 친구가 알기나 할 것 같아?"

"몰라도 해야지. 혼자면 쓸쓸하잖아."

용운은 단호하게 답했다. 그리고 몸을 돌려 현태를 향해 손을 반쯤 치켜 올렸다.

"암튼 난 이만 간다. 술은 다른 녀석들이랑 같이 해라."

"인마! 박용운! 야!"

뒤에서 현태의 애타는 부름이 들려왔지만 용운은 꿋꿋하게 무시했다.

날이 날이니만큼 혹시라도 운이 좋아 경은에게 연락이 올지도 모르는데 그 기회를 현태로 인해 놓치고 싶지 않았다. 술은 나중에라도 마실 수 있지만 경은과의 연락은 하루에 채 10분도 허락되지 못한 것이었다. 용운은 휴대전화의 볼륨을 최대로 높이며 건물에서 빠져나왔다.

술을 마시지 못한다는 것이 조금 아쉬울 뿐, 시험이 끝난 것에 대한 기쁨과 후련함은 용운에게도 존재했다. 용운이 드물게 개운한 표정으로 건물에서 걸어 나올 때였다.

Rrrr.

전화벨이 울렸다. 발신자를 확인한 용운의 얼굴이 화사하게 개었다. 경은은 마치 어딘가에서 보고 있기라도 한 듯 용운의 시험이 끝나는 시간에 맞춰 그에게 전화를 걸었다. 용운은 서둘러 전화를 받았다.

"어쩐 일이야? 안 바빠?"

「바쁜 것보다도……. 선배 혹시 지금 어디에 있어요?」

"어디긴 시험 보러 왔지."

「그러니까 시험 보는 데에서 어디에 있냐는……. 어? 찾았다!」

경은은 알 수 없는 말을 내뱉더니 그 즉시 전화를 끊어 버렸다. 용운은 도무지 영문을 알 수 없다는 표정으로 눈을 끔벅였다. 그리고 그때였다.

"선배!"

누군가 용운을 부르며 그의 뒤에 매달렸다. 갑작스런 매달림에 용운이 몸을 휘청거렸다.

"선배, 보고 싶었어요!"

뒤에서 왈칵 용운을 껴안는 작은 몸집에 용운은 그의 뒤에 매달린 사람이 누군지 알 수 있었다. 용운이 서둘러 몸을 돌렸다. 그리고 그는 그곳에서 그의 연인을 발견했다. 아주 오랜만에 보는 그의 연인은 조금 살이 빠진 모습이었다.

용운은 믿기 어렵다는 눈으로 그녀를 바라보며 조심스레 경은의 뺨을 향해 손을 뻗었다. 경은은 조심스런 그의 마음을 아는지 모르는지 자신의 뺨을 향해 다가오는 그의 손을 잡아 냉큼 그녀의 볼에 문질렀다.

"아, 선배 손 따뜻하다!"

경은이 배시시 웃으며 그녀의 손도 용운의 볼을 향해 뻗었다.

"잠깐인데 그새 볼이 차가워졌네. 제 손도 따뜻하죠? 선배가 오면 선배 볼 데워 주려고 계속해서 핫팩 쥐고 있었거든요. 그나저나 오늘 시험은 잘 봤어요?"

경은은 그간의 공백이 무색할 정도로 씩씩하게 질문을 던졌다. 경은을 보고 있노라면 마치 엊그제 헤어졌다가 다시 만난 듯한 기분이 들었다. 용운은 경은을 보며 조심스레 고개를 끄덕였다.

"그럼. 잘 봤지. 네가 빌어 줬을 텐데. 근데 안 추웠어? 볼이 차가운 걸 보니 제법 기다린 모양인데……."

용운이 경은의 양 볼을 자신의 손으로 녹이면서 말했다. 경은은 용운이 곁에 있다는 것이 좋은 듯 연신 웃음을 헤실거렸다.

"사실은 아침부터 기다렸어요."

"뭐?"

"저 어제 탈고했거든요. 근데 선배 오늘 시험 보니까 선뜻 전화해서 난 다 끝났다, 라고 말할 자신이 없는 거예요. 그래서 조용히 입에 지퍼 채우고 오늘까지 기다렸어요. 조금만 더 참고 시험 끝나면 실컷 데이트하게! 저 잘했죠?"

경은은 용운의 옷깃을 세심하게 다독이며 말을 늘어놓았다. 지분거리는 손끝에 애정이 담겨 있었다. 용운은 그런 경은이 너무 예뻐서 자신도 모르게 미소를 지었다.

경은은 따뜻한 눈길에 사랑스럽다는 마음을 담아서 그녀를 바라보는 용운을 보며 작게 웃음을 터트렸다. 그리고 다시 용운의 옆에 서서 용운의 팔에 팔짱을 꼈다.

"선배, 그럼 이제 정말로 데이트해요. 맛있는 것도 먹고, 드라이브도 하고! 우리 그동안 계속 못 봤으니까 오늘 하루만이라도 마음 놓고 데이트해요."

경은이 애교 섞인 목소리로 말했다. 소심함 따위는 접어 둔 채 당당하게 그를 바라보는 그녀의 행동에 용운은 마냥 헤픈 웃음을 흘렸다.

"그럴까?"

"넵!"

경은이 경쾌한 목소리로 대꾸하며 발을 굴렀다. 용운도 덩달아

기운차게 걸음을 걸어 나갔다.

팔짱을 끼고 걸어가는 경은과 용운은 운동회 때 이인삼각의 일인자처럼 흔들림 없는 경쾌한 발걸음으로 척척 나아갔다.

✦　　✦　　✦

세월은 유수와 같았다.

1차 시험을 보고 눈을 깜박한 것뿐인데 2차 시험이 끝났고, 2차 시험이 끝나고 눈을 깜박한 것뿐인데 어느새 합격자 발표 날이 되었다.

함께 카페에 앉아 스마트폰으로 홈페이지를 확하고 있던 경은과 용운의 목소리가 터져나온 것은 거의 동시였다.

"합격이다!"

경은과 용운은 합격을 핑계 삼아 얼싸안고 기쁨을 표현했다. 전문의 시험 평균 합격률이 93.9%라는 것은 그리 중요한 것이 아니었다. 경은과 용운은 한껏 밝아진 표정으로 서로의 쾌거를 축하했다.

"선배님, 정말 축하드려요."

"나도 축하드려요. 작가님."

경은은 용운의 전문의 시험 합격을 축하했고, 용운은 드라마의 종방과 새 계약을 축하했다.

경은의 드라마는 최종시청률 36.8%로 올해의 대박 드라마가 되었고, 그 여파를 몰아 경은은 회당 500만 원으로 100회 계약을 했다. 이름이 있는 인기 작가들은 회당 수천만 원이 우습다고는 하지만 아직 신인인 경은으로서 그 정도면 최고의 대우를 받은 것이나 다름이 없었다.

국장이 병원으로 가라고 했을 때만 해도 정말 가기가 싫었는데 그녀는 박봉달 의료원에 온 이후 항상 좋은 일들만 계속되었다. 카데바 꿈이나, 그날 겪은 머피의 법칙까지 모두 다 좋은 일이라는 것은 아니지만 최소한 경은에게 박봉달 의료원은 많은 것을 가져다 준 곳이었다.

"선배, 우리 병원 갈래요?"

경은이 용운에게 제안을 건넨 것은 바로 그 이유였다.

"병원?"

"네. 선배 합격한 것 자랑도 하고, 오랜만에 정원에도 가 보고 싶고."

병원에서 데이트를 하는 것이 조금 우스운 것도 같지만 드라마가 대박이 난 이후 박봉달 의료원의 애원은 조금 다른 의미로 인기몰이 중이었다. 뜻깊은 의미를 새기고, 아름다운 풍경을 함께 즐길 수 있는 데이트 장소로 유명해진 것이다. 경은이 눈꼬리를 휘면서 말했다.

"혜정이도 보고 싶고, 상필이도 보고 싶고, 다른 의국 식구들도 모두 보고 싶지만 지금 가장 보고 싶은 것은 애원에 있는 독립운동가들의 흉상이에요. 아무래도 그분들 덕분에 드라마가 잘된 거나 다름없으니까요. 실제로도 흉상 보면서 현실 앞에서 포기하지 않을 수 있는 힘도 얻었고요."

독립운동가들에 대한 내용만 삭제한다면 언제든지 촬영에 들어갈 수 있다는 국장의 말이며 윤 PD의 조언 등, 경은은 모든 것을 다 포기하고 싶었던 그때를 생각하며 상념에 잠겼다. 그 당시, 몹시 힘들어했던 경은을 떠올린 용운이 조심스레 그녀의 손을 토닥였다. 경은은 그런 용운의 다독임이 고마워 용운의 손을 맞잡았다. 용운이 말했다.

"병원에 가자. 병원에 살고 있는 녀석들도 보고, 자랑도 하고, 네 말대로 정원에도 가고."

용운은 망설임 없이 경은에게 손을 내밀면서 말했다.

"지금이요?"

"말 나온 김에 가야지. 곧 눈이 온다고 하더라고. 아무도 밟지 않은 눈길을 밟는 기분도 새로워."

눈을 찡긋한 용운은 경은에게 그의 비밀 장소들을 알려 주겠다며 말했다. 하얗게 소복하니 눈이 쌓여 있을 광경은 생각만으로도 꽤 운치가 있었다. 경은은 배시시 웃으며 용운에게 손을 내밀었다. 용운은 그에게 내밀어진 경은의 손을 꽉 잡았다.

일이 아닌 데이트를 위해 병원을 찾는 기분은 제법 독특했다.

전문의 시험을 이유로 용운은 이제 더 이상 병원에 출근하지 않았고, 경은 또한 드라마의 종영으로 병원을 찾을 일이 없어졌다. 거의 지박령처럼 붙어 있었던 과거를 생각하면 격세지감이 따로 없었다. 하지만 그래서일까? 지금 이 순간 경은과 용운은 병원이 유독 낯설게 느껴졌다.

"음, 지금 의국에 가면 다들 바쁘겠죠?"

"……아마도?"

"데이트하러 왔다고 하면 누구 약 올리느냐고 화를 낼지도 모른다는 생각이 들었어요."

눈꺼풀을 내리깐 경은이 작게 웅얼거렸다. 용운은 차마 부정할 수 없는 가정에 애써 웃음만 지었다.

"그럼 위에 올라가지 말까?"

"지금은요."

경은이 눈꺼풀을 곱게 접어 미소 지으며 말했다.

"정원부터 갔다 와요. 조용한 애원 산책로 따라서 조금 걸어요."

불쑥 손을 내민 경은이 용운의 손을 달라는 듯 손을 까딱거렸다. 용운은 묘하게 적극적이 되어 버린 경은의 변모에 못 말리겠다는 듯 어깨를 으쓱하며 경은의 손을 마주 잡았다.

곧은 손가락에 단정하고 얇은 손가락이 얽히고, 서로 다른 크기의 두 손은 깍지를 끼고 다정함을 자랑했다. 용운과 경은은 서로를 바라보며 헤픈 웃음만 연신 흘렸다.

팔을 쭉 뻗어 마주 잡은 손을 앞뒤로 흔들고, 다리를 쭉 뻗어 걸음을 재촉했다. 경은과 용운이 추억을 되짚으며 앞을 향해 경쾌하게 걸어갈 때였다.

"어?"

신나게 걷던 경은과 용운이 멈칫하며 걸음을 멈추었다. 애원으로 통하는 나무 사잇길에 흰 가운을 입은 두 남녀가 진한 키스를 하고 있었다.

"헤헤."

경은은 다른 커플의 애정 행각을 목격하게 되자 공연히 그녀가 부끄러워져서 용운을 향해 멋쩍은 웃음을 흘렸다. 피식 웃은 용운이 경은의 손을 잡아 다른 곳으로 이끌었다.

"저쪽으로 가자. 방해하면 못 쓰는 법이야."

마치 유치원생 아이를 가르치는 듯 또박또박 말하는 용운의 모습에 경은은 그를 가늘게 흘겼지만 다른 곳으로 가자는 의견에는 이견이 없었다.

"그럼 반대쪽으로 가요."

항상 걷던 길이 아닌 것은 안타까운 일이지만 모로 가도 서울만 가면 된다고 했다. 경은은 병원의 구성원일 것이 분명한 두 남녀에게 마음속으로나마 파이팅을 외치며 걸음을 돌렸다. 아니, 묘하게 낯익은 뒤통수가 기묘한 비명 소리를 내지만 않았어도 경은과 용운은 분명히 발걸음을 돌렸을 것이다.

"앗, 아프잖아요!"

버럭 지르는 목소리가 낯익었다.

"그거 가지고 아프다고 하면 어떻게 해? 키스 처음 해 봐? 흥분하면 입술도 깨물고 혀도 깨물고 그러는 거지!"

반박하는 소리는 더 낯익었다. 용운과 경은의 눈동자가 자신들도 모르게 돌아갔다. 병원의 구성원임은 분명하지만 모르는 사람이겠거니 생각하던 두 남녀의 얼굴이 그들의 눈에 들어왔다. 키스하던 두 남녀는 다름 아닌 진우와 혜정이었다.

"둘이 사귀었나?"

"어머……!"

경은과 용운은 전혀 생각지도 못했던 구성에 멍한 눈으로 그들을 바라보았다. 혜정은 바락바락 반항하는 진우에게 키스의 이론에 대한 설명을 늘어놓았다.

혜정의 이론에 따르자면 키스는 상대의 아랫입술을 살짝 깨문 후에 이를 가볍게 쓸어내리고, 흥분한 상태에 따라 혀로 힘겨루기도 하고 상대의 치열 상태도 한 번 점검하는 것이었다. 흥분하면 입술도 깨물고 혀도 깨물고 살도 깨물 수 있는.

말로 설명하는 것일 뿐인데 혜정의 말을 듣고 있자니 괜스레 그들이 더 부끄러워지는 느낌이었다. 그것은 그들의 생각만은 아닌 듯 진우가 벌겋게 달아오른 얼굴로 바락바락 혜정에게 대들면서 말했다.

"아, 무슨 여자가 그런 말을 해요?"

"야! 여자라고 욕구도 없고 키스도 못해?"

"그런 게 아니잖아요."

진우가 울상이 되어 소리쳤다. 하지만 혜정은 이미 기분이 상한 듯했다. 진우는 새치름한 혜정의 팔을 잡고 양손을 모았다.

진우와 혜정은 몸을 돌렸다, 다시 되돌렸다, 또다시 돌렸다 하면서 연신 툭탁거리더니 못 이기는 척하며 몸을 하나로 겹쳤다. 슬그머니 다시 상대의 입술을 찾는 그들의 움직임은 조심스러우면서도 제법 열심이었다. 경은과 용운은 한 커플의 은밀한 사랑싸움을 보고 있는 듯한 기분에 조용히 발걸음을 돌렸다.

부끄러운 느낌에 두 사람은 말없이 걸음만 걸었다. 얼마나 걸었을까, 경은이 작게 입을 열었다.

"둘이 사귀나 봐요."

"그러게."

"선배님은 알고 계셨어요?"

"그럴 리가."

용운이 어깨를 작게 으쓱였다. 경은은 희미한 미소를 지으며 문득 어떤 기억을 떠올렸다.

"사실 예전에 혜정이 관심 있는 사람이 있다는 이야기는 들은 적이 있는데……. 그게 진우였나 봐요."

"그랬어?"

"네. 근데 제법 재밌는 연인이죠?"

경은이 작게 키득거렸다. 방금 전에는 너무 당황해서 미처 말을 못 했는데 지금 생각해 보니 혜정과 진우는 제법 잘 어울렸다. 나이 차이가 3살이 나기는 하지만 연상연하 커플의 씩씩함 앞에 경은은 자꾸 웃음만 나왔다.

"근데 여기는 정말 사랑의 신이 있기라도 한가 봐요. 우리도 여기에서 툭탁거리다가 마음이 간 거였잖아요."

"그랬어?"

경은이 고개를 끄덕였다.

처음에는 참 많이 무서웠는데 어느 날부터 조금씩 가깝게 느껴지고, 또 어느 날 보니 다정한 면도 보였고, 자부심으로 가득 찬 멋진 남자이면서 부끄러워하는 모습에 설레기도 했다. 그러고 나서 깨달으니 사랑이었다.

무서운 선배와 겁쟁이 후배가 꼭 닮은 팔불출 커플로 변하는 데에는 그리 오랜 시간이 걸리지 않았다. 경은은 애정을 물씬 담아 용운을 바라보았다.

용운도 그가 사랑에 빠진 계기를 생각했다. 불청객이라 생각했던 여자가 언제부터 자꾸 신경이 쓰였고, 소심하던 여자가 열정으로 빛나는 눈을 했다. 그 열정이 어느 날부터 당차고 예뻐 보였다. 어느 날부터 눈에 들어왔고, 어느 날 그녀의 빈자리에 허전함을 느끼고 나니 용운은 어느새 자신의 마음이 항상 그녀를 찾고 있었다는 것을 깨달았다.

"나도…… 그랬네."

용운이 희미하게 미소를 지으며 답했다.

"그렇다니까요."

혹시라도 아니라고 하면 어떻게 하나, 조금은 떨리는 마음으로 용운의 답변을 기다렸던 경은이 웃음을 지으면서 답을 했다.

이곳에 올 때까지만 해도 경은은 그녀가 연애를 하리라고는 생각도 해 본 적이 없었다. 꿈을 이루기 위해 하루하루가 바쁜 나날이었기에 그쪽으로 내어 줄 마음의 여유가 없었다. 하지만 사람의 인연은 오묘하기 그지없어서 경은의 마음은 용운에게 이끌렸다.

코너를 돌고 돌아 꽤 오래전 그들이 함께 대화를 나누었던 김용환 선생의 흉상 앞에 선 경은이 얼굴에 미소를 띠며 몸을 돌렸다. 용운은 그녀가 알고 있는 예의 그 다정한 표정을 지으며 경은을 향해 미소 짓고 있었다.

용운을 보고 있노라면 경은은 어쩐지 가슴이 간질거렸다. 언제든지, 그리고 언제까지라도 그녀를 지켜 줄 것 같은 느낌이 들어 경은은 자신도 모르게 그에게 기대고 만다. 다정한 남자, 그리고 변함없는 남자.

이제 전혀 무섭지 않은 용운을 향해 경은이 곱게 눈웃음을 지으면서 말했다.

"근데 선배님, 여기 아무도 없어요."

"어?"

"아무도 없다고요."

당황한 용운의 반문에 경은이 다시 한 번 아무도 없음을 강조했다. 주변을 슬쩍 살핀 경은이 용운에게 한 발 다가가 그의 가슴께에 손가락을 가져다 대고 원을 그렸다.

"아까 혜정이가 한 말이요, 그거 혜정이한테만 해당사항이 있는 건 아니거든요."

"아!"

작게 감탄사를 터트린 용운의 얼굴이 붉어졌다. 경은은 도대체 무슨 상상을 하는 것이기에 얼굴을 붉히느냐며 용운을 가늘게 흘겨보면서도 방금 전 혜정이 했던, 여자도 욕구가 있고 키스도 하고 싶고 사랑하는 남자를 만져도 보고 싶다는 말을 온몸으로 증명했다.

"눈 감아 줘요."

경은의 지시에 용운은 순순히 눈을 꼭 감았다.

"키도 낮춰 주고, 고개도 살짝만 기울여 줘요."

용운은 갑자기 적극적으로 나오는 경은의 행동에 얼굴을 붉혔지만 그녀의 명령에 충실하게 따랐다.

경은은 두 손으로 용운의 양손에 깍지를 끼고 용운의 입술에 입을 맞췄다. 용운의 입술이 길게 늘어나는 것이 느껴졌다. 웃고 있는 모양이었다. 까치발을 하고 있는 그녀의 발이 살짝 떨릴 때쯤 살짝 입술을 떨어뜨린 경은이 조곤조곤한 목소리로 얌전하게 사랑을 고백했다.

"선배님이 좋아요."

익히 들어 왔던 고백이지만 눈을 감고, 양손을 결박당한 채로 듣는 고백은 색달랐다. 용운의 얼굴이 붉어졌다. 경은은 그런 용운의 모습을 보며 또다시 작게 웃음을 흘렸다. 그리고 도톰한 용운의 아랫입술을 아프지 않게 깨물었다.

"이건 도장이에요. 선배님이 내 것이라는!"

경은이 드물게 단호한 어조로 말했다. 용운은 불만 따위는 전혀 없다는 표정으로 연신 고개를 끄덕였다. 경은이 말을 이었다.

"바보 선배님! 내가 이렇게까지 기다린 건 선배님이 먼저 말을 해 줬으면 하는 마음에서였다고요. 하지만 선배님이 말이 없으니 제가 할게요."

크게 심호흡을 한 경은이 깍지 낀 손에 힘을 주며 말했다.

"함께해요."

"뭐?"

"함께하자고요!"

놀란 용운이 눈을 떴다. 경은이 말을 이었다.

"내가 대본을 쓸 때, 그리고 선배가 시험을 봤을 때. 전 우리가 떨어져 있던 그때가 너무나도 멀게만 느껴졌어요. 전화 한 통화가 너무나도 간절하고, 문자 한 개가 너무나도 소중하고."

공감이 가는 이야기에 용운이 고개를 끄덕였다. 경은은 그런 용운을 보며 쌜쭉하게 여우웃음을 지으며 말했다.

"그래서 깨달았어요. 아, 난 이 남자랑 함께하고 싶은 거구나 하는 생각을."

용운의 눈동자가 커졌다. 깨끔발을 한 경은은 시험 기간 동안 조금은 수척해진 그의 뺨에 입을 맞추고서 말했다.

"그러니까 함께해요. 잘해 줄게요. 그러니까 선배님도 저만 보고, 저만 사랑하고, 저만 아껴 주세요. 네? 아셨죠?"

경은이 눈을 깜박이면서 말했다. 용운은 경은의 당돌한 프러포즈에 말문이 막혀. 이 소심한 아가씨가 언제부터 이렇게 당차졌었나, 싶어 말문이 막혔다. 하지만 동시에 그녀의 소중함에 대해서도 새삼 깨달았다. 경은의 모습은 사랑스러움 그 자체로 다가왔다.

용운은 함께 있는 것만으로도 행복에 벅차했는데 경은과 함께 하는 미래, 아내가 된 경은과 그녀를 꼭 닮은 딸을 상상하니 가슴이 터질 듯 벅차올랐다. 용운은 그 순간 그가 경은을 그 자신보다, 그가 가진 그 어느 것보다 더 사랑한다는 사실을 깨달았다.

용운이 메이는 목소리로 경은에게 답했다.

"내가…… 사랑한다는 말을 했었나?"

"글쎄요?"

의뭉을 떠는 경은의 행각에 용운이 목을 가다듬고 말을 이었다. 그리고 진심으로 고백을 건넸다.

"사랑한다. 박경은."

용운이 건넨 고백은 짧았지만 경은을 향한 그의 모든 감정이 다 포함된 고백이었다. 경은은 그런 그에게 세상에서 가장 고운 미소를 보여 주기 위해 이까지 드러내며 환하게 웃었다. 그리고 용운의 고백에 대한 보상으로 방금 전 혜정이 말한 것보다 더 진한 키스를 용운에게 건넸다.

—The end

에필로그

　신혼집의 냄새가 폴폴 풍기는 거실 소파에 경은과 용운이 나란히 앉아 있었다. 나른한 얼굴을 한 경은은 살짝 봉긋하게 곡선을 그리는 배를 어루만지고 있었고 그 옆에서 용운은 따뜻한 햇살을 받고 있는 그녀의 얼굴을 다정하게 바라보고 있었다.

　"아! 우리 아기 태명을 지을까요?"

　고요를 깬 경은이 어느새 눈을 반짝거리며 용운을 바라보았다. 용운은 피식 웃으면서 고개를 끄덕였다. 그러자 그녀의 얼굴이 순식간에 진지해졌다. 그녀의 고민이 꽤 길어지자 용운도 덩달아 진지해지며 어떤 이름이 나올지 기대하는 눈으로 경은을 바라보았다.

　"중기는 어때요?"

　"기각!"

첫 번째 이름은 나오자마자 거절당했다. 경은은 다시 고민했다. 그리고 요즘 부쩍 잘 자란 엄마 친구 아들 같은 연예인을 떠올리며 말했다.

"어, 그러면……. 승기는 어때요? 박승기, 좋다! 박승기! 중기랑 다르게 성도 딱이고. 박승기는 어떻게 생각해요?"

경은이 박수를 치며 탁월한 선택이라 자화자찬을 했다. 하지만 경은이 일부러 호들갑까지 떨었음에도 용운은 말없이 거절을 표시했다. 경은은 떨떠름한 표정으로 입을 다물었다. 하여간 까칠하기는…….

한참 동안 심술 사나운 표정으로 용운을 노려보던 경은은 또다시 좋은 이름을 찾았다. 앞의 두 사람과는 다른 매력을 뿜어내는 미남자의 이름이었다.

"그것도 안 되면 세훈이는 어때요? 요즘 대세인 아이돌! 나 요즘 걔들 좋던데……."

경은이 슬금슬금 용운의 눈치를 살피면서 말했다. 하지만 그녀의 남편은 모두 다 안 된다는 듯 계속해서 고개만 가로저었다. '아이돌'이라는 대목이 나온 부분에서 용운의 도리질이 조금 거칠어진 듯한 느낌이 드는 것은 경은의 착각인지는 모르겠지만 어찌 됐건 용운은 일관성 있게 고개를 흔들었다. 계속되는 거절에 경은이 가늘게 입술을 비틀었다.

"……그럼 되는 게 뭐가 있어요?"

"마나님, 연예인 이름 말고 다른 것으로 합시다."

눈을 감은 용운이 근엄하게 답했다. 경은은 가늘게 찢은 입술을 위아래로 달싹이며 불만을 표출했다. 그리고 급기야는 대놓고 용운에게 따져 물었다.

"안 되는 이유가 뭔데요?"

"안 되는 이유가 뭐냐고?"

"네! 이유를 말해 줘요. 잘생기고, 성격 좋고, 대인관계 원만하고, 공부 잘하고! 아들 가진 엄마가 이 이상 바라는 것이 또 뭐가 있는데요? 동명의 연예인을 보면서 태교도 좀 하고, 내 아들이 저 연예인이랑 비슷하게 좀 잘나졌으면 하는 건데 도대체 뭐가 문젠데요?"

태명 작명부터 난관에 부딪힌 경은이 거친 목소리로 따져 물었다. '잘생기고', '성격 좋고', '대인관계 원만하고', '공부 잘하고'라는 표현이 나올 때마다 움찔움찔하던 용운은 대놓고 따지는 경은의 행동의 모습에 점점 미간이 좁혀졌다.

새치름한 표정으로 용운을 흘긴 경은이 불퉁한 목소리로 던지듯이 말을 꺼냈다.

"그럼 도민으로 하든가!"

"박경은!"

"아, 왜요?"

용운은 결국 폭발해서 소리를 질렀고, 경은 또한 날 선 목소리로 용운의 말을 받았다. 이름을 짓자는 것도 아니고 태명 한 번 짓자는 것인데 사람을 이렇게 골탕 먹이나? 경은이 가늘게 뜬 눈으로 용운을 노려보았다.

용운은 소심쟁이에 수줍던 그 아가씨가 드세게 대드는 모습을 보며 이를 악물었다.

"내 아들한테 네 첫사랑 이름 붙이자는 것은 좀 문제가 있지 않아?"

"……선배 친구이기도 하잖아요."

조금 찔린 경은이 먼 산을 보며 중얼거렸다. 용운이 말했다.

"내 친구이기 전에 우리 마나님 첫사랑이지. 예나 지금이나 카페 매출은 혼자 다 올려 주고 계시는. 요즘도 매일 카페에 출석 도장 찍는다며?"

음절 하나하나에 강세를 두며 씹듯이 말을 내뱉는 용운의 모습에 경은인 어색한 웃음을 흘렸다.

"헤헤, 그거야 가는 김에……."

"산부인과가 매일매일 가는 곳이던가?"

"……뭐, 카페도 가고, 산부인과도 가고."

경은이 두루뭉술하게 말을 넘겼다. 용운이 뾰족한 목소리로 말했다.

"그 정성으로 내 면회라도 한 번 오지?"

"출퇴근하는 군의관이면서 면회는 무슨 면회예요?"

내내 밀리다가 드디어 합당한 변명거리를 떠올린 경은이 용수철처럼 튀어나오며 용운의 말에 반박했다. 하지만 그녀를 바라보는 용운의 표정은 여전히 떨떠름했다.

"도민이가 카페 비웠을 때 1시간 동안 그 앞에서 서성였다며?"

"아……."

엊그제의 일이었다. 쓸데없이 소문에 빠른 신랑을 향해 눈을 흘긴 경은이 손가락으로 볼을 긁적였다. 궁지에 몰린 경은이 배시시 웃으며 용운을 향해 조심조심 다가가 그의 옆구리를 찌르면서 말했다.

"우리 용운이 2세가 커피가 마시고 싶다고 해서."

"……용운이 2세?"

"네. 용운이 2세!"

아, 이렇게 태명을 헐값에 넘기고 싶지는 않았는데……. 경은은 남몰래 땅을 치며 슬퍼했지만, 약점이 잡힌 상황에서는 답이 없었다. 하지만 용운은 경은이 슬퍼하든 말든 자신의 2세라는 단어에 입꼬리가 귀까지 벌어져서 웃고 있었다.

"용운이 2세, 그건 좀 괜찮네."

"그렇죠. 2세."

조만간 앞에 붙은 '용운이'를 떼어 버릴 심산으로 경은이 눈을 가늘게 찢었다.

독립운동가도 좋고 다 좋은데 그렇다고 경은은 그녀의 아들을 위인과 똑같은 이름으로 지을 생각은 추호도 없었다.

그녀의 남편인 용운의 이름은 만해 한용운. 도련님인 장서준의 실명 박봉길은 매헌 윤봉길에서 따왔다고 한다.

처음 그 이야기를 들은 경은은 열혈 이사장님의 열정에 그냥 할 말만 잃었었다. 그리고 도련님이 예명을 가질 수밖에 없었던 그 절절한 심정도 이해했고.

그 꽃미남의 얼굴에 봉길이라는 이름이 다 무엇이던가, 만약 도련님이 예명이 아닌 실명으로 연예계를 데뷔했다면 그는 결코 뜨지 못했으리라.

하지만 그때까지만 해도 경은은 생각지도 못했었다. 설마 그 열혈 이사장님이 그녀의 아이에게도 그런 이름을 지어 주려고 할 줄은!

'아가야, 이봉창 의사는 어떠하냐?'

'네? 이봉창 의사라니요?'

'이봉창 의사를 몰라? 일왕에게 수류탄을 투척했던 그분 말이다!'

시조부 박봉달 이사장이 이봉창 의사에 대해서 이야기를 늘어 놓았을 때 경은은 그가 도대체 무슨 이야기를 하는지 감도 잡을 수 없었다. 그때 필사적으로 고개를 가로젓는 도련님만 아니었어도 경은의 아들은 박봉창이 되었을 수도 있었다.

세상에나, 자다가 봉창 두드리는 것도 아니고 박봉창이라니……. 이봉창 의사에게는 너무나도 잘 어울렸던 이름이지만 그녀의 아들이 그 이름을 갖게 된다면 경은은 정말 남편이고 뭐고 사생결단을 낼지도 모르겠다는 생각까지 들었다.

고개를 돌린 경은은 아직까지도 '용운이 2세'를 운운하며 희희낙락하고 있는 남편을 보았다. '콩콩이'라는 태명을 버리고 임신 15주에 새로운 태명으로 개명하려는 그녀의 속내도 모르는 바보 같은 남편 같으니라고…….

경은은 또다시 울컥하며 울화가 치솟아 오르는 것을 느꼈다. 임신을 해서 그런지 요즘 정말 감정 변화가 잦았다. 도민이나 세훈이, 승기나 중기가 뭐 어쨌다고!

용운을 노려보며 씩씩거리던 경은은 무엇인가를 결심한 듯 심호흡을 크게 했다. 그리고 아직까지도 용운이 2세를 그리며 헤벌쭉 웃고 있는 남편에게 다가가 그의 목을 감았다. 영문을 몰라 하고 있던 용운은 경은의 접근에 어느새 음흉하고 은밀한 표정을 짓고 있었다.

경은은 그런 용운을 보며 눈을 조금 더 가늘게 휘었다. 그리고 그의 몸에 몸을 바싹 붙여 그의 코를 물었다.

"악!"

아프게 문 것은 아니지만 용운은 놀랐는지 짧게 비명을 질렀다. 경은이 배시시 웃으며 그의 이마에 그녀의 이마를 부딪쳤다.

"당신!"

"애정 표현이에요."

경은은 그녀를 부르는 용운에게 미소를 보여 주며 말했다.

"애정 표현?"

용운은 그런 그녀를 보며 그녀가 내뱉었던 말을 곱씹었다. 경은은 여전히 웃는 얼굴로 헤실헤실 고개를 까닥였다. 그의 목에서 무엇인가 울리는 소리가 들려왔다.

"그럼 나도 애정 표현을 해야 하나?"

내가 한 것이랑 당신이 할 것은 조금 다를 것 같은데? 여전히 용운의 목에 팔을 감은 경은이 몸을 슬쩍 뒤로 젖혀 용운의 표정을 가늠해 봤다. 용운은 이미 준비가 되어 있다는 듯 엉큼한 손을 스멀스멀 그녀의 엉덩이로 향하고 있었다.

뱃속의 '2세'에게 무리가 가지 않도록 조심스럽지만 그럼에도 욕망은 고스란히 드러나는 손길에 경은은 키득 웃음을 터트렸다. 그의 뺨 위를 거슬러 올라가던 자신의 손가락을 용운이 이로 문 순간, 경은은 오늘도 그녀가 질 수 밖에 없음을 깨달았다.

"……조심해야 해요. 알죠?"

경은의 말에 용운은 눈빛으로 동의했다. 그리고 그 즉시, 아무런 말도 없이 경은의 목덜미에 그의 얼굴을 묻었다.

그의 손은 자유롭게 움직였고, 경은은 거친 숨을 흘리며 그에게 꽉 매달릴 뿐이었다. 손가락으로 경은의 등을 애무하는 용운의 손길에서는 사랑과 애정이 넘실거렸다.

경은은 조심스럽지만 뜨거운 그녀의 남편을 향해 세상에서 가장 달콤한 미소를 지어 보이며 그의 입술을 훔쳤다.

병원에는 그들이 산다

1판 1쇄 찍음 2014년 2월 18일
1판 1쇄 펴냄 2014년 2월 24일

지은이 | 서은진
펴낸이 | 정 필
펴낸곳 | 도서출판 **뿔미디어**

편집장 | 이재권
기획 · 편집 | 정시연, 이은정
편집디자인 | 이진선

출판등록 | 2002년 9월 11일 (제1081-1-132호)
주소 | 경기도 부천시 원미구 상동로 117번길 49(상동) 503호
전화 | 032)651-6513 / 팩스 032)651-6094
E-mail | scarlets2012@hanmail.net
블로그 | http://blog.naver.com/dahyangs
홈페이지 | http://bbulmedia.com

값 9,000원

ISBN 979-11-7003-266-3 03810

Scarlet

스칼렛

Scarlet

스칼렛